ファイナル・ゼロ

鳴海　章

集英社文庫

Contents

プロローグ 007
第一部 攻撃計画 023
第二部 強行縦断 144
第三部 男たちの死闘 281
エピローグ 434
解説――近藤 篤 443

ファイナル・ゼロ

Final Zero

プロローグ

一九九三年六月、ニューヨーク。

セントラルパークを見下ろすアパート。コンクリートの壁には、緑がかったグレーの苔《こけ》がしみ込んでいた。食べ物の染みがついた制服を着た老人が手動で操作するエレベーターが一基、地下には故障したままで何年も火が入っていない暖房用ボイラーがある。単身者用の造作で、各フロアには狭い部屋が並んでいた。

八階の一角、ちょうど公園に面した部屋はダブルベッドで半分埋まっていた。訪問客はドアを開けると下着やワイシャツを脱ぎ散らかしたベッドに対面することになる。

ひびの入った陶器のバスタブと、コックをひねると茶色の水が飛び出すシャワー、蓋が壊れた便器のあるバスルームが奥にある。台所は入口のすぐ脇に申し訳程度に設けられ、一九六〇年代物の冷蔵庫が置いてあった。

自称新進気鋭の小説家マイケル・ホッパーがこの部屋に住むようになって七年。決して安くはない家賃を払い、冬は電気ストーブに手足をこすりつけ、夏は騒音の激しいクーラーを蹴飛ばしながら生活しているのは、作家であるためだった。

作家たるもの、刺激的な大都会に住む必要がある。ホッパーの持論であり、また、ニューヨークに在住する芸術家たちの大半が同じように吹聴《ふいちょう》している。数多くの作家や詩人が、人を殺したくなるような蒸し暑い夏、自ら首を絞めたくなるような凍土の冬と表現しているにもかかわらず、だ。芸術家たちにとってビッグ・アップルは決して地上の楽園ではない。だが、その名は特別な響きを持っているのだった。

ベッドの横にライティングデスクが置いてある。ホッパーは軋《きし》む椅子に座り、旧式のタイプライターに向かっていた。

キーを叩《たた》き、単語を三つ並べてみる。気に入らない。窓枠に引っかけた紺色のジャケットにちらりと目をやる。しばらくジャケットを見ていたが、やがて首を振り、タイプライターに向かう。三分、五分、七分、十五分——ようやく単語を一つ紡ぎだした。

指の動きが止まった。タイプライターの右側にあるレバーを操作してタイプ用紙を繰り出した。白い紙に打ち出された四つの単語をじっと見つめる。染みのようにしか見えなかった。

彼は小柄で、大きな鳶色《とびいろ》の目、角張った顔をしていた。胸の筋肉は十数年にわたる不摂生で削《そ》げ落ちている。彼はそれをダイエットの成果だと自慢していたが、その白っぽく乾いた皮膚からは、誰もが不健康な臭いをかぎとっていた。

小さな新聞社で文芸記者をしていた頃に書いた短編が小説雑誌の新人賞に選ばれ、作家としてのスタートを切った。最初は順調だった。ヴェトナム戦争以後に台頭してきた新しい作家群の一員としてもてはやされ、注文をさばくのに悲鳴を上げるほどだったのだ。だが、黄金時代は長くは続かなかった。

個性的と絶賛された文体はすぐに読者に飽きられた。若くて経験に乏しい彼の描く世界は限られていたのである。その上、彼には戦争体験すらなかった。

記者時代の友人を頼ってルポルタージュを書いたり、図書館で解説員としての仕事にありついたり、時折、彼にデビューのきっかけを与えた小説雑誌に短編を載せてもらって糊口《ここう》をしのいでいる。

すでに三十代後半、独身だった。

ホッパーの眉にこもっていた力が抜け、息を漏らすとタイプ用紙を丸めて床《ゆか》に放り出した。ついでにティッシュペーパーの箱に手を伸ばす。大きな音をたてて鼻をかんだ。濡《ぬ》れたティッシュペーパーを丸めて放り投げる。床の上にはタイプ用紙やティッシュペーパーが散らばっていた。

タイプライターに新しい紙を差し込む。溜《た》め息《いき》をついてジャケットに目をやった。

今、取り組んでいるのは彼に新人賞を与えた小説雑誌から舞いこんだ注文だった。年に一度か二度の、作家らしい仕事である。あと三日で気のきいた短編を仕上げて渡さなければならない。彼が二言、三言書きかけては手を止めてしまうのは、思いつく文章のどれもがどこかで見たことのあるようなものに思えたからだった。

盗作を恐れていない。

英語による物語のすべてはシェークスピアが完成させている。何を書こうとどのように書こうと所詮はシェークスピアの習作をなぞるに過ぎない。彼は他人の作品を真似《まね》て書くことを、そのように正当化していた。実際、デビュー作をのぞけば、彼の作品は大抵誰かの作品を模倣していたのである。

だが、たった一人だけ模倣しない相手がいた。ホッパー自身である。

小説を書く上でテーマに詰まり、表現方法に詰まって小学生の作文を引き写しにする羽目に陥っても、自分がかつて書いたものをなぞることだけはしたくなかった。生活に窮しても、作家である矜持《きょうじ》を捨てるつもりはない。

新作に取り組む時、ホッパーは五百枚入りのタイプ用紙一束、インスタントコーヒーの大瓶一つ、それに少量のコカインを買った。彼にとっては一種の儀式であり、新作に取り組む時には欠かせなかった。すでにタイプ用紙の包み紙を破って百枚近い用紙を無駄にしていた。昨日の朝からマグカップで四十杯ものコーヒーを飲んでいる。三十五時間、眠っていない。

睡眠と覚醒の狭間《はざま》にある、粘膜のような狂気が作品のコアになる。少なくともホッパーはそう信じていた。

ジャケットの内ポケットには、最後の頼みの綱である少量のコカインが入った小さなビニール袋がある。三日ほど前、馴染《なじ》みのバーで知り合いから買った。

騒音で気が散るためにクーラーは停《と》めてあった。彼の細い顎からは汗が滴っている。喉が痛かった。これも彼の集中力を削いだ。いつも二つ返事でセックスに応じてくれる女友達は先月ロサンゼルスに引っ越していった。この歳《とし》になってマスターベーションに耽《ふけ》るつもりはなく、持て余した精力が彼の小さな脳を曇らせている。

彼は何もかも書けない理由にした。だが、たった一つだけ、自分の才能が枯渇し、もはや身体《からだ》の内側に言葉が残っていないとは考えなかった。

新作のためだ、新しい空想の世界を広げるためだ――彼は胸の内でつぶやきながら立ち上がった。ジャケットに手を伸ばす。内ポケットを探り、ビニール袋を取り出す。ライティングデスクの上に立てかけてあった鏡を下ろし、ベッドの上に置いた。

ビニールを破って、白い粉を鏡の上に並べた。細かく、上質な粒子がかすかな風とともに部屋の中に漂った。

彼はタイプライターの脇に放り出してあった五ドル札を取ると小さく丸めて筒状にした。紙幣の筒を右の鼻の穴に突っ込む。指で左の鼻の穴をふさぎ、鏡に顔を近づけた。まのぬけた自分の顔が近づく。白い粉を一気に吸い込む。

喉に痛みを感じた。

常習になっているコカインの吸引によって鼻と喉の粘膜がただれ、ひどい炎症を起こしている。風邪のせいだと思いこもうとしていたが、ひっきりなしに鼻水がたれ、彼に症状の重さを思い知らせていた。

鼻の粘膜で溶けたコカインが喉に落ち、舌の付け根に刺すような苦みを感じる。やがてコカインの成分が血に混じり、脳を覚醒させてくれるのを待った。

いつもの幸福感がなかなかやって来ないことに気がついた。頭はますますもやがかかったようになってくる。量を間違えたか、と思ったが、喉を突き上げる強烈な吐き気に思考は寸断された。

息が出来なかった。

喉に詰まった塊を吐き出そうとした。何度も、何度も痰《たん》を吐く要領で喉を鳴らしたが、呼吸は戻らなかった。両手を首にあてて絞め上げる。物理的な力で喉の中に詰まっているものを絞り出そうとした。

目の前が暗くなってくる。手足から力が抜ける。汗が噴き出し、全身を気味悪く濡らしている。

床がせり上がってきた。彼は自分が倒れかかっていることにも気がつかなかった。

マンハッタンの南、終夜営業をしているドライブスルーのハンバーガーショップにクリーム色のフォードセダンが停まっていた。傷だらけの車体には二人の男が乗っている。助手席の窓にはトレイが据えつけられ、ハンバーガーの包み紙、ペーパーカップ入りのコーラ、フライドポテトの入った袋が置いてあった。

「就寝の三時間前から何も食べないのがコツだそうだ、マック」運転席の男がいった。

「何の？」

マックと呼ばれた助手席の男、ニューヨーク市警察麻薬課のジェラルド・マクファーソン刑事は口いっぱいにチーズバーガーを頬張ったまま訊《き》き返す。

マクファーソンの頭は耳の上に茶色の髪があるだけで禿《は》げ上がっていた。胸板が厚い。が、それ以上に腹が突き出ている。髭《ひげ》を生やし、丸い明るい茶色の目をしていた。

「肥満防止」同僚の刑事、ピート・シムズが答えた。

シムズは白髪のまじった髪をやや長めに伸ばしている。マクファーソンとは対照的な細身で、顔には深い皺《しわ》が刻まれている。シムズの手には、ペーパーカップのコーヒーだけがある。

「まだ午後十一時だぜ」マクファーソンは左手首に巻いた腕時計を示した。「あと三時間でベッドに潜りこめると思っているのか？」

「このところ妙に忙しいと思わないか」シムズが唇の両端に深く皺を刻んでいう。

「そうだな」マクファーソンはあっさり認めた。

三週間にわたって出勤日は超過勤務の連続だった。帰宅時間は午前二時か三時になった。マクファーソンはハンバーガーを持った右手の甲でまぶたをこする。目の中に細かい砂が入っているような気がした。

「この間、ディスコのトイレで死んでいた田舎者もコカインが原因だった」シムズはハンドルの上部を指先で叩きながらいった。「最近じゃ、素人までが簡単にコカインに手を出している。そいつにコカインを売った水色のスーツを着た伊達男《だておとこ》を知っているか？」

「エンジェルだろう？　奴《やつ》が逮捕されるのははじめてじゃない。あいつらはコカインをさばく以外に金を稼ぐ方法を知らない。今回の件で何年か食らいこんでも釈放されれば、また薄汚い街角で田舎者相手にコカインを売りつけているだろうぜ」

「そうなるかな？」シムズはちらりと相棒の横顔を見た。

「どうして？」マクファーソンはフライドポテトをひとつかみ口の中に放り込み、むしゃむしゃやりながらコーラで飲み下す。

「エンジェルは再犯だ」シムズが肩をすくめる。「それにコカインを売りつけた相手が死んじまった。ピクニック気分でおつとめするわけにはいかないだろう。今度こそ奴は窮地に立たされるはずだ」

「窮地に立たされる、ね」マクファーソンはコーラを飲む。「俺はあんたの糞《くそ》面白くない検察官のような喋《しゃべ》り方が大好きだよ、相棒」

シムズが口を開きかけた途端、無線機からヒステリックな女の声が流れた。

〝ゼブラ・シックス・ワン、ゼブラ・シックス・ワン、応答願います〟

〈ゼブラ61〉はマクファーソンとシムズが駆っている覆面パトロールカーのコールサインだった。

「こちらゼブラ・シックス・ワン、どうぞ」素早くマイクロフォンを取り上げたマクファーソンが応える。唇はフライドポテトの脂で光っている。

〝セントラルパーク付近のアパートで薬物の過剰摂取による死亡事故が発生。現場へ急行して下さい。現場は――〟

マクファーソンは警察無線が告げる住所をノートに書き取った。

車を飛ばせば三、四分で到着できる。時計をちらりと見やり、午後十一時二十五分と書き込む。

「了解」

マクファーソンはマイクロフォンをフックに戻すと、そばを通りかかったウェイトレスを呼んだ。ローラースケートを履いた若いウェイトレスが滑りながら近づいてくると車の屋根に手をつき、助手席をのぞきこむ。

「何かご用ですか？」

「これ、頼む」

マクファーソンは助手席に据えつけたトレイを外してウェイトレスに差し出した。コーラのカップやトレイを放り出して車を発進させられるのはテレビの刑事ドラマでだけだ。マクファーソンはウェイトレスににっこり微笑《ほほえ》むと赤い回転灯のスイッチを入れ、屋根の上に載せた。

「なあ、言った通りだろう？」走りだした車の中でマクファーソンが得意そうにいった。

「何が？」

「あと三時間じゃベッドに潜りこめやしないって」

シムズは鼻を鳴らし、さらにアクセルを踏み込みながらいった。

「被害者についてもっと詳しい情報がないか、本部に問い合わせてくれ」

「わかったよ、相棒」マクファーソンはにやにやしながらマイクロフォンを取り上げると、気取った仕種《しぐさ》でスイッチを入れた。「こちら、ゼブラ・シックス・ワン――」

七分後。

〈ゼブラ61〉号車はセントラルパークにほど近いアパートの前で、右の前輪を歩道に乗り上げて停車した。

他にパトロールカーが三台、赤色灯を回転させて停まっている。

マクファーソンはウィンドブレーカーのポケットから革製のホルダーを取り出し、中に挟んであったバッジを外した。バッジを腹の前でベルトに引っかけて留める。エンジンを切ったシムズが同じようにバッジを身につけていた。

アパートの入口には二名の制服警官が立っていた。彼らはマクファーソンとシムズに向かって敬礼を送り、二人の中年刑事は中途半端に右手を挙げて答礼した。

すすけた廊下を足早に歩きながら、マクファーソンが手帳を見る。

「死んだのは作家だって？」シムズが訊いた。

「そう。マイケル・ホッパー、三十八歳、白人、作家、麻薬常習者。コカインの過剰摂取による中毒死」マクファーソンは手帳をズボンの尻ポケットに突っ込んで付け加えた。「と思われる、そうだ」

二人は旧式のエレベーターにたどり着き、ボタンを押した。鐘の音が響き、ドアが開く。汚れた制服姿の老人が顔を出した。

「何階にいらっしゃいますか？」老人がいう。

二人はエレベーターに乗り込み、マクファーソンが低い声で八階と告げた。エレベーターはひどく揺れながら上昇しはじめる。

「もう何年もこのエレベーターで仕事をしているんですか？」マクファーソンが訊《たず》ねた。

「ええ、三十年か三十五年になります」老人は操作パネルにもたれかかるようにして二人の刑事に向き合った。

「八階にお住まいだったミスタ・ホッパーをご存じで？」

「よく知ってます。彼は若いがかなり才能のある小説家ということでしたね」

「ところで今日、ミスタ・ホッパーのところか、あるいは八階の別の人のところへ訪問客はありましたか？」マクファーソンが愛想笑いを浮かべていう。

「ただ、最近の若い人が書く小説は、どうもよくわからんのです」老人はマクファーソンの言葉を聞いていない。「八階です」

マクファーソンが肩をすくめる間もなくエレベーターは八階で停まった。二人の刑事がフロアへ出る。左右を見渡した。右奥の部屋の前に制服警官が一人立っている。

二人の刑事は被害者マイケル・ホッパーのアパートに入った。散らかった部屋だった。マクファーソンはウィンドブレーカーのポケットから薄いラテックスの手袋を取り出して、両手にはめる。

「部屋の中の様子は、住人の頭脳構造を反映するという話、聞いたことないか？」シムズも手袋をつけながら訊いた。

「なあ、相棒」マクファーソンは唇を歪《ゆが》める。「あんたの検察官みたいな喋り方が俺は大好きだっていっただろう」

シムズは肩をすくめた。二人の刑事はライティングデスクの前で倒れている男のそばに寄るとしゃがみこんだ。

「驚いたな」マクファーソンがうめく。「奴、どんな小説を書いていたんだ?」

「ポルノかね」シムズが応えた。

ホッパーは全裸で倒れていた。背中を丸め、そろえた両足を抱え込むような恰好《かっこう》をしている。大きく見開いた目は乾きはじめている。

「ポルノは難しそうだな」マクファーソンはホッパーのしなびた、小さな性器を見つめながらいった。

「マック」ベッドの上を見ていたシムズが声をかける。

マクファーソンは立ち上がってベッドに近づいた。シムズが口を閉ざしたまま、ベッドの上に置いてある鏡を顎で指した。鏡の上には白い粉が散らばっている。

マクファーソンは顔をしかめ、それから部屋の隅で控えている制服警官に声をかけた。

「第一発見者は?」

「被害者の恋人です」制服警官は生真面目《きまじめ》な顔つきで答える。「事情をお聴きする場合があるといって待ってもらっています」

「よし、連れてきてくれ」マクファーソンは右手を振っていった。

空いた部屋で待たされていたホッパーの恋人が連れて来られた。恋人は、若く痩身で黒人の――男だった。

マクファーソンとシムズが第二〇分署の麻薬課に帰って来た時には、午前三時を回っていた。シムズがホッパーの恋人から事情聴取を行い、マクファーソンは鑑識課員が現場検証しているのを見ていた。鏡の上にあった薬品は回収され、鑑定に回されることになっている。

マクファーソンは自分の席まで来ると椅子を引き、大げさに溜め息をつきながら腰を下ろした。座った途端、悲鳴を上げて立ち上がる。

「銃の上に座っちまったぜ、糞ッ」マクファーソンは腰骨の後ろに留めてあった拳銃とホルスターを外すとデスクの上に放り出し、椅子に腰を落とした。

シムズが背中を丸め、押し殺したように笑う。マクファーソンは口許《くちもと》を歪めるとシャツの胸ポケットから煙草《たばこ》を抜いた。唇にはさんで火を点《つ》ける。

「てっきり禁煙したのかと思ったぜ」シムズがいう。

「これが今日初めての煙草だ」

マクファーソンは火の点いた煙草を目の前にかざした。忙しかったんだ、と胸の内でつぶやく。

煙草を吸い終えるとマクファーソンは机の引出しを開け、中から警察のマークが印刷されたレターヘッドを取り出した。タイプライターに紙をセットする。

キーを叩きはじめた時、数人の刑事が麻薬課に入ってきた。誰もが汗に濡れたシャツを着ており、肌には艶がなく、疲れ切ってうるんだ目をしていた。

マクファーソンの隣に東洋系の刑事が座った。真夏でもワイシャツのボタンを一番上まできっちりとはめ、ネクタイを緩めたことがなく、紺のスーツを着て汗ひとつかかない男だった。太りすぎ、暑がりのマクファーソンには奇跡の男に思える。だが、この日は東洋系の刑事でさえが脂の浮いた顔をしていた。

「お疲れさん」マクファーソンが声をかける。

「どうも」東洋系の刑事が沈んだ声で応えた。「あんたもひどい顔しているよ」

「お互いさまか。それで、そっちはどんな事件だった?」

「コカイン中毒患者が死んだんです。黒人男性で、元バスケットボールの選手」

「第一発見者は?」

「恋人です」

「女か?」

マクファーソンの問いに東洋系の刑事は眉をひそめた。マクファーソンが真剣な顔つきをしているのを確かめてからうなずく。

「良かった」マクファーソンはタイプライターに向かった。

「二人いましたけどね」東洋系の刑事が付け加えた。

マクファーソンはうなり声を上げ、くわえていた煙草を床に落とした。火の粉の散った煙草に向かって毒づく。

「ご機嫌、斜めですね」東洋系の刑事が静かにいった。

「最低の夜さ」マクファーソンは煙草を拾い上げ、しばらくの間じっと見つめていたが、首を振るとアルミニウムの灰皿で押しつぶした。

「そんなにひどかったですか？」

「いや」マクファーソンはタイプライターのキーを叩きながら答える。「実際はそれほどでもないのかも知れない」

東洋系の刑事の顔つきが明るくなった。

「最低の夜が三週間続いているのに比べれば、な」マクファーソンはその日三本目の煙草を取り出しながら唸《うな》った。

マクファーソンとシムズがアパートで起こった中毒患者の死亡事件に関する報告書をまとめあげた時には、すっかり夜が明けていた。マクファーソンは欠伸《あくび》をしながら報告書を課長の机の上に放り出した。

この時、二人の疲れ切った刑事は知るよしもなかったが、その報告書は、連邦捜査局《FBI》の手に渡り、二度と市警に戻ってはこなかった。

第一部　攻撃計画

一九九三年七月、ワシントンDC。

五角形の特異な形状であるところからペンタゴンと称される国防総省。建物のもっとも外周にあたるEリング棟の廊下をフランクリン・F・バーンズは足早に歩いていた。

午後三時。

二E八七八号室、統合参謀本部議長のオフィス。

バーンズが秘書に案内されて執務室に入った時、統合参謀本部議長は書類から目を上げたところだった。

「楽にしてくれ、フランキー」統合参謀本部議長は机の横を回ってバーンズに近づいた。

「お久しぶりです、議長」

フランクリン・バーンズは右手を差し出しながらいった。統合参謀本部議長が握り返す。二人は執務机の前、応接セットに向かい合って腰を下ろした。統合参謀本部議長はバーンズをまじまじと見た。

スカイブルーの涼しげなスーツ、無地のワイシャツ、ネクタイは落ちついたグリーンで靴はよく磨かれていた。バーンズは一九五センチ、一〇〇キロを超える巨軀《きょく》の持ち主で、長い間空軍の制服姿を見てきた目にはウォール街のビジネスマンたちが着用するようなスーツがいかにも不似合いに映った。左手には黒い革の手袋をしている。七月のワシントンでは暑苦しい印象を与えたが、実際のところ、バーンズの左手は義手であり、汗をかくことはなかった。

バーンズの向かい側に座った統合参謀本部議長が声をかけた。

「コーヒーでも、どうかね？」

「ありがとうございます。せっかくですが、遠慮いたします。軍務を離脱して以来、わずかでも気を抜くと身体がふやけてしまいそうで、できるかぎり節制を心掛けています」バーンズは歯切れよくいった。

統合参謀本部議長はうなずき、バーンズの顔つきが現役時代と変わらず精悍《せいかん》であることに感心した。

「早速だが、例の爆撃作戦については検討してもらえたかね」

「議長がおっしゃるように例の戦闘機があれば、決して侵入して爆撃するのは不可能ではないと思います」バーンズの視線がけわしくなった。「ただし、出発する地点をどこにするかが問題となります。今回は軍の援助手段を一切あてにしないという条件がつきますので、低高度で潜入し、低高度精密爆撃を行い、低高度で離脱しなければなりません。しかも往路復路ともに空中給油を受けることはできません。ご存じのようにジェット戦闘機は低高度では極端に燃料消費効率が落ちます。そのため作戦行動半径は狭くなります」

「どこから出発すればいいと思うかね？」

「先日お聞きした目標地点の位置からすれば、ブラジル、コロンビア、エクアドル、ぎりぎりの距離になるでしょうが、ベネズエラ、ボリビアから作戦を行うことも不可能ではありません。ただし、ベネズエラとボリビアから出発した場合、まったく余裕がありません。爆撃後、すべての手順が一〇〇パーセント間違いなく実行されたとしても帰投できる可能性は半分以下になります。ブラジルから作戦を開始する場合には、アマゾン流域のジャングルから作戦を実行することになります。隠密《おんみつ》作戦に使用できそうな滑走路はありますが、そこまで機材と人員を送り込む手段が見つかりません。コロンビアは政情を考慮すると対象国にはなりそうもありません」

「エクアドルだね」統合参謀本部議長が口を挟んだ。

バーンズがうなずいた。

「作戦機は？」統合参謀本部議長が訊ねた。

「私が空軍にいた頃、戦闘機用の先進型電子機器開発時に組み立てた機体が一機残っています。機体強度を測定するためのものですが、試験をする前に計画そのものがキャンセルされましたから、ほとんど手つかずの状態で残っているはずです」

「スーパー・ゼロといったね」

「正確にはネオ・ゼロですね。我々の電子機器を搭載した発展型がＸＦＶ－14、スーパー・ゼロで、機体強度測定用の機体は日本が開発した攻撃機のままですから、ネオ・ゼロと呼ぶべきでしょう」

「どうやってエクアドルまで運ぶつもりだね？」

「ロシア空軍がチャーターした貨物船を使おうと思っています。エクアドルに対して戦闘機を売るためのデモンストレーションを行う計画があります。少なくともわが軍が動き回るより目につかないですし、まさか我々の戦闘機を運んでいるとは、世界中の誰も思わないでしょうから」バーンズは言葉を切り、唇をなめた。「私が協力を要請しようと思っているロシア空軍の男は今、戦闘機セールスを担当する商務官としてハバテにいます。そこから作戦を開始しようと思います」

ハバナと聞いて統合参謀本部議長は露骨に顔をしかめた。

キューバはアメリカにとってカリブ海に浮かぶ諸悪の根源に他ならない。アメリカは第二次世界大戦後、カリブ海におけるハリケーン以外の厄介事の原因を、すべてキューバに押しつけてきた。

「それでパイロットは？」統合参謀本部議長は椅子の背に身体をあずけ、見下ろすようにしてバーンズを睨《にら》んだ。

「ネオ・ゼロを手足のように操ることができる唯一の男を考えています」

「北朝鮮の原子力施設攻撃とＸＦＶ－14に関する君の報告書は読んでいる」統合参謀本部議長は押し出すようにいった。「また、あの男を使うつもりなのか？」

バーンズはもう一度うなずいた。

ワシントンDC、ホワイトハウス。

アメリカ合衆国大統領は執務室に入るなり、首を締めつけていた細身のレジメンタルタイを緩め、チャコールグレーの上着を脱いで椅子の上に放り出した。

大きな机のへりに尻をのせ、節の大きな両手で顔を強く擦《こす》る。午前十一時。今日のスケジュールは、まだ三分の一も消化していなかった。

一九九〇年代に入って、ソ連が消滅した。二大超大国がにらみ合う冷戦構造の崩壊は、抑止されてきた民族間・人種間闘争の噴出を招いた。突出した軍事力を保有する唯一の超大国としてアメリカは中東、中南米、欧州北部、ロシア、アフリカ、東南アジアの各地域に乗り込んでいかなければならなくなった。

時折、共産主義に歯止めをかけるという鮮明な旗印があった前任者たちを羨ましく思った。今では、軍事予算を削減しながらも、世界中のあらゆる紛争地域へ陸、海、空軍兵力を展開させるだけの即応力を維持しなければならない。

一方、急速に経済の建て直しを図るロシアからは、大量殺戮《さつりく》兵器が世界各国に溢《あふ》れ出している。

国民は大統領がスーパーマンであることを求め、大統領もそのことは強く意識していた。高校生の頃、この国でナンバーワンのヒーローである大統領に面会を求めたのが自分自身に他ならなかったからだ。

それが今では人気回復のために飼い猫まで動員する始末だった。午前中、早い時間に、白血病に冒された八歳になる少女との対面があった。人間性をアピールする好機として設定されたものだったが、少女の目当ては大統領との握手より彼の飼い猫にあった。

急遽《きゆうきよ》、猫が呼ばれることになったが、すぐには見つからなかった。

猫を待つ間、世界中を一瞬にして灰にする核ミサイルの発射ボタンを押すことができる男が少女のご機嫌取りをして時間を稼がねばならなかった。

これ以上、何をしろというのか？――大統領は再び顔を強く擦った。

ドアがノックされた。大統領が返事をすると樫《かし》材で作られた重厚な扉が開き、副大統領、法務担当の大統領特別補佐官、統合参謀本部議長、中央情報局《CIA》長官が続いて入ってきた。

「ブリーフィングのお時間です、大統領」グレーのスーツを着た副大統領が若々しい声でいった。

元弁護士の副大統領は、四十代後半だったが、スカッシュとジョギングでまめにシェイプアップしているためにほとんど贅肉《ぜいにく》がない。髪は茶色、瞳は鳶色だった。

「そうだったな」大統領は顔触れを見てうなずいた。胸に圧迫感をおぼえる。

大統領は気乗りしない様子で立ち上がり、執務室の隅にしつらえてあるカウチに座るように手で示した。壁際に置いてある一人掛けの椅子に大統領が座り、右側に副大統領と特別補佐官、左側に統合参謀本部議長とＣＩＡ長官が腰を下ろした。

「さて、と――」大統領は居並ぶスタッフを見渡しながらいった。「最初は誰のお話から聞くのかな。まず前菜に有能な新聞発表屋とスパイの親分からいただこうか？　そしてメインディッシュは歯ごたえのありそうな将軍、デザートは優しき副大統領という順かな」

「大統領――」副大統領がたしなめる。

大統領はすぐに自分の言葉を後悔した。解決の方策とてない課題をその場しのぎで支えているだけの毎日が彼をすり減らしている。

大統領は顔を上げ、特別補佐官に目をやった。黒っぽい背広を着た小柄な男。大きな鷲鼻《わしばな》が顔の真ん中に突き出ている。目尻には深い皺が刻まれていた。元の検察局長官で、大統領のスタッフの中ではもっとも高齢だったが、それでも六十歳になるまであと数年の猶予があった。

「ピート」大統領は特別補佐官をファーストネームで呼んだ。

「まずい状況です、閣下。先月一カ月だけでコカイン中毒者の死亡事件は五十四件、七十名以上が死んでいます。意識不明の重態に陥っている者は二十八名。その大半は確実な死を待つか、あるいは脳死状態の未来しかありません。それにこの事件は――」

「いいんだ」大統領は断ち切るようにいった。「死にたい者は死なせてやるがいいさ。コカインを使うのも彼らの自由意志なんだからね。ここは自由と平等とチャンスの国だ。ドラッグも自由だし、死ぬのも好きにしたらいい」

特別補佐官はうつむいた。

副大統領はちらりと大統領の表情をうかがった。先月の死亡者のリストには、ニューヨーク在住の作家マイケル・ホッパーの名がある。FBIは市警の報告書を取り上げ、封印した。ホッパーが大統領の義弟だったからである。

最優先課題の一つに麻薬、とくにコカインの撲滅が挙げられた。大統領は積極的に麻薬追放キャンペーンに参加し、深刻な被害と密売組織撲滅を訴えた。一部には非常に歓迎されたが、マスコミの論調は冷たく、国民の目をもっと深刻な問題から逸《そ》らせるためのパフォーマンスと非難した。

大統領はひるむことなく、麻薬撲滅を訴え続けた。その陰に大統領夫人の強い意志があることを知っているのは、ごく一部のＦＢＩ関係者、それに副大統領と法務担当の特別補佐官だった。

身内のスキャンダルは破滅を呼ぶ――副大統領は指先であごをさすりながら、胸の内でつぶやいた。

その一連の活動を通じて、ＣＩＡはペルーに新しいコカインの生産、供給基地が新設されたことをつかんだのである。市中に出回るコカインの量が急激に増えたのは、そのためだった。大統領は断固とした処置を決心していた。

大統領のブルーの瞳が動き、ＣＩＡ長官を見た。

長官は統合参謀本部議長をちらりと見てから持参した封筒をテーブルの上に置き、中からモノクロ写真を取り出した。大統領は一瞥《いちべつ》しただけでその写真が偵察衛星から撮影されたものであることを理解した。

ＣＩＡ長官はズボンのポケットからハンカチを取り出すと丸々とした鼻の頭を拭った。

こめかみにも汗が噴き出している。太り気味。中東方面担当の情報分析官として出世した男だった。

「ペルーの奥地を撮影した写真です」ＣＩＡ長官は取り出した写真の内、一枚を大統領の前へ押し出した。

大統領は椅子の背に身体をあずけたまま、目だけ動かして写真を見た。

エイト・バイ・テンの写真には全面に不規則な幾何学的な模様が写っていた。切り立った岩山、所々に申し訳程度の緑がある。中央部、やや右寄りに白っぽいＸ字があり、さらに右側に白い長方形が写っている。

ＣＩＡ長官の太い指がＸ字を指した。

「これは滑走路です。ジャングルを切り開いて作られたもので、風向きによって使用する滑走路を変更できるようにＸ字になっています」指がさらに右に動き、白い長方形を指した。「ここは延べ二〇〇平方マイルの土地です。標高五〇〇〇メートルの山岳地帯の真ん中にあるにしてはかなり広大な土地ということができます。場所は首都リマの北西、約一九〇マイルほどの地点です。今ご覧いただいている写真は約半年前に撮影されました。こちらを見て下さい」

ＣＩＡ長官は二枚目の写真を一枚目に重ねて置いた。長方形とＸ字の両方が写真のほぼ中央で、一枚目よりはるかに拡大されている。

「この写真はつい三日前に撮影されたものです」長方形の中を指で示した。「この敷地内に数棟の建築物があるのを見ることができます」

ＣＩＡ長官の指がＸ字を形成している滑走路を示した。大統領は身を乗り出し、滑走路上に小さな白い模様があるのを見た。目を凝らす。

「航空機のようだが？」大統領が自信が無さそうにいった。

「その通りです、閣下」ＣＩＡ長官は素直に喜びの表情を見せた。「ここに停まっているのはイリューシンＩｌ－76、コードネームで〈キャンディッド〉と呼ばれる四発ターボファン輸送機です」

ＣＩＡ長官は簡単にキャンディッドに関して説明した。

キャンディッドは一九七一年に初飛行した大型輸送機で四八トンの貨物を積み、八七〇〇キロを飛ぶことができる。タフな旧ソ連機の特徴を備え、未舗装滑走路や地上設備の乏しい場所での運用が可能だった。

「ただし、ペルー空軍にキャンディッドはありません」ＣＩＡ長官がずばりといった。

「ロシア人が飛ばしているのか？」大統領が訊いた。

「キャンディッドは現在、ロシア空軍で四百八十機、アエロフロートで百機です。その他七十五機が中東、東欧に輸出されています。目下すべてのキャンディッドに関して稼働状況と行方を調査中でありますが、一つ申し上げられるのはロシア空軍は末端においてコントロールを喪失している状況にあるということです」

「その輸送機でコカインを運んでいる、とでも？」

「いいえ、大統領」ＣＩＡ長官はいいにくそうに唇を歪めながら、ゆっくりと切り出した。「周辺の債務超過国からジェット戦闘機を購入しているという噂《うわさ》があります。イリューシンは、補助機材や整備の人員を運搬するために使用されていると思われます。我々がこの地に一大麻薬基地があると目をつけたのは、この大型輸送機の用途を検討した結果なのです」

「ジェット戦闘機、はっ？」大統領は吐き捨てるようにいった。

「予想されるのは、アメリカ製のＦ－５ＥタイガーII、イスラエル製のクフィルＣ－３、それにロシア製のＭｉＧ《ミグ》－23です」統合参謀本部議長が補足した。

「並の国家より強力な戦闘機部隊になるんじゃないか？　それでどの程度の航空機があると予想されるんだね？」

「現在わかっているだけで、ざっと三十機ほどであります。稼働機はその三分の一程度と見積もっていますが――」ＣＩＡ長官が説明した。

「それだけかね？」大統領は眠そうな顔でいった。

「二七ミリ、三七ミリ、五五ミリの各対空機関砲、それに携帯式の小型地対空ミサイルが配備されています」ＣＩＡ長官が答える。

「麻薬組織も贅沢になったものだな」大統領は皮肉っぽくいった。

ＣＩＡ長官が統合参謀本部議長をすがるように見やった。大統領はゆっくりと頭を巡らし、巨漢の陸軍大将を見やった。分厚い胸には色とりどりの略章が付けられている。縁なしの眼鏡をかけていた。

「よし、将軍。君の考えを聞かせてもらおう」

「キャンディッドがどこの国によって、あるいはどのような組織によって運用されているにせよ、この地を攻撃するのは可能です」

「ペルーに軍を派遣するつもりかね？」大統領の口許が皮肉っぽく歪む。

アメリカ合衆国は中南米に軍を派遣し、数度のスキャンダルと手痛い敗北を喫している。歴代大統領にとって中南米は鬼門以外の何物でもない。

「あるいは単機の戦闘爆撃機を侵入させ、基地の全部もしくは一部を破壊することを考えています」

「ステルス爆撃機を使用するのか？」

「一九八九年、わが空軍が日本で開発された次期支援戦闘機を利用して朝鮮民主主義人民共和国の原子力施設を爆撃しました」統合参謀本部議長は一度言葉を切り、大統領の目を見つめたまま続けた。「もう一度、同じ作戦を敢行することをご提案します、閣下。バーンズに指揮をとらせます」

「バーンズ少将ね」大統領がつぶやいた。「私の前任者には受けが良かったのかね。寧辺《ニヨンビヨン》の原子力施設を攻撃することに成功したからだな。だが、彼は先進型戦闘爆撃機の電子装置開発に失敗して退役したのではなかったか?」

「その方が都合がよろしいのでは?」統合参謀本部議長の口許に笑みが広がった。「退役した軍人とわが国の物ではない戦闘爆撃機の組み合わせなら、失敗したとしても我々の権益にとってわずかな痛痒《つうよう》でしかありません」

「すでに手をつけているような口ぶりだね、将軍」大統領の口許にも笑みが浮かぶ。

「越権行為かとは存じましたが、閣下、バーンズにはプランを策定させております。キャンディッドがロシア空軍のコントロール下を逸脱して活動しているとすれば、ロシア側の協力も得られそうです」

「さて、退役少将をキューバまで派遣する作戦の概要を説明してもらおう」大統領はうなずいていった。

統合参謀本部議長とCIA長官は互いを見交わしたが、やがて統合参謀本部議長が口を切った。

「私からご説明申し上げます、大統領閣下」

「手短に頼むよ」大統領は腕時計をちらりと見ていった。

「この作戦は、一応バーンズの立案となっていますが、実際は軍とCIAの共同作戦です。使用する戦闘機はキューバで船積みします。ロシアはキューバに展開していたＳｕ－27《スホーイ》部隊を今年六月いっぱいで解散させました。そこで使用していた機は、本来ならロシアに持ち帰るところですが、まさかわが国の鼻先を飛ばすわけにいきません。そこで中南米各国への熱心なセールスをすることになります」統合参謀本部議長は言葉を切り、唇をなめると続けた。「今のところ、買いつけに興味を示したのがエクアドルとペルーの二カ国です。ロシアは近々エクアドルにＳｕ－27を持ち込む予定です」

「その中にわが方の作戦機を潜りこませるというわけだな。それで？」

「一番肝心なところは、この作戦にわが国が関係していることを一切表面化させない点にあります。パイロットはキューバからメキシコに入る際に現地の工作員とスイッチします」

「スイッチ？」

「パイロットがメキシコ空港に到着したら、工作員はパスポートを受け取り、パイロットになりかわってメキシコに入国します。もしパイロットがエクアドルかペルーで拘束されても身元を手繰りにくくさせるのです」

「パイロットは実際にメキシコに入らないということだな。それで？」

「空港内に今回の作戦に必要な金や支援装具を積んだ小型飛行機を用意しておきます。パイロットはそれに乗ってエクアドルに向かいます。もちろん、それでダイレクトにエクアドルまで飛ぶことは不可能ですから、中継地点が必要になります」

統合参謀本部議長はCIA長官を見た。うなずいたCIA長官が後を引き取って話しはじめる。

「中継地点はニカラグアを予定しています。現地には親米資産家がおりまして、その男が新しい飛行機を用意して待っていることになっています。そちらは我々が手配しました。ニカラグアからコロンビアをかすめ、エクアドルまでひとっ飛びの予定です」

「簡単そうにいうじゃないか」大統領は口許をゆがめた。「それで?」

「ニカラグアに潜入したパイロットはエクアドルとコロンビアの国境付近にある小さな空港から離陸し、ペルーの奥地にある例のコカイン集積地を爆撃します」CIA長官は一気にまくしたてた。「爆撃後、潜入機は再びエクアドル領内に戻り、西側の港湾地帯まで飛びます。そこには我々のC－130輸送機が待機しておりまして、作戦機とパイロットを回収して戻る予定になっています」

統合参謀本部議長が付け加える。

「ネオ・ゼロと呼ばれる特殊な作戦機を使用しますので成功の確率は高いものです。それにわが国との関係は一切絶ってありますから、万が一の場合でもわが国に害が及ぶ危険性はありません」

「それに作戦中は、計画を立案し、関係諸国への工作を実際に行ったうちのエージェントをバーンズに随行させます」ＣＩＡ長官も言葉を添える。

「バーンズにはどのような見返りを提示したんだ？」大統領が統合参謀本部議長に訊いた。

「空軍への復帰であります、閣下」

「もし今度の作戦が成功するようなら、我々の方から彼の復帰を願い出るべきではないかね、将軍」

大統領はにやりと笑って立ち上がった。


数週間後、ワシントンDC郊外。早朝。

退役後、バーンズ自身が暇にまかせて手入れをした芝生に囲まれている小さな二階建ての家屋を、彼は〈終《つい》の住処《すみか》〉と呼んでいた。五十歳を超える現在にいたるまでバーンズは家を買ったことがなかった。軍人の常として転勤が多く、退官するまで自宅を購入することなど考えもしなかったのだ。

バーンズと妻のジャネットの間に子供はなかった。結婚してからジャネットは二度妊娠したが、いずれも流産してしまった。ジャネットは養子縁組を望んだが、バーンズが承知しなかった。

妻との気楽な二人暮らしにバーンズ自身は満足していたが、勤務で家を空けることが多く、この二十七年間でジャネットが一人で過ごした寂しい夜は三千回をはるかに超えていたのである。

居間にある二五インチサイズのテレビからはCNNのニュースが流れていた。両足を放り出すような恰好をしてソファに座ったバーンズが眠そうな目をして画面をながめていた。

テーブルの上にはボストンバッグが一つ置いてある。急にキューバへ行くことになったと告げただけで、ジャネットには詳しい説明をしなかった。バーンズは長袖のスポーツシャツ、白っぽいスラックス、スニーカーを身につけている。ツーリストカードの渡航目的は観光となっていた。

ジークはキューバに現れるだろうか？——テレビ画面を眺めながら、ぼんやりと考えていた。統合参謀本部議長には、当てがあるように話したものの、ジーク——那須野治朗《なすのじろう》が一通の手紙でやって来るという確信はなかった。

ただ、特別な訓練もなくネオ・ゼロを飛ばすことができるのは、あの男の外になかった。あるいはどれほどの訓練をしようと、あの男ほどうまく飛ばせるパイロットも思い当たらない。

爪先から足の上へ伝わる感触にバーンズは頬を緩めた。白く、大きな猫がバーンズの大腿部《だいたいぶ》あたりに駆け登ってくる。

「ヘイ、ドラゴンボーイ」バーンズは小さな子供に話しかけるような声を出しながら猫を両手で抱え上げた。「俺が留守の間、またジャネットを守ってくれよ」

そういって猫の顔に頬をすりつける。猫はくしゃみをしそうな顔をした。ドラゴンボーイと名付けられた猫が同居するようになって、すでに十二年になる。

台所からオレンジジュースの入ったグラスを持ったジャネットが出てきた。猫に向かって真剣な顔つきで喋っている夫がおかしかった。

「ドラゴンにまで命令するおつもりですか、将軍？」

バーンズは顔を上げた。にこやかに微笑んでいるジャネットを見て、もう一度猫に向かうとおごそかにいった。

「ドラゴン・バーンズ二等兵。君にわが家の警護を命ずる。くれぐれも抜かりないように頼むぞ」

猫は小さく鳴いて、前足で顔を撫《な》でた。

「見たか、ジャネット？」バーンズが喜色を浮かべた。「こいつ、将軍に対する礼儀をちゃんと身につけているぞ。敬礼しやがった」

「あなたの教育の成果ね」

ジャネットはそういいながらバーンズに近づくとグラスを手渡した。午前三時。バーンズは朝食の代わりにオレンジジュースを飲みたいといったのだった。間もなく空軍の迎えが来る。ワシントンからマイアミまで飛び、マイアミで二時間のトランジットを経た後、ハバナまで飛ぶことになっている。

バーンズはグラスに口をつけるとほとんど一息で飲み干した。バーンズの膝から猫が滑り降り、欠伸をしながら階段の方へ歩いていった。

「ドアを出ていくと、また空軍に戻るのね」ジャネットが静かにいった。

バーンズは視線を動かした。

ジャネットは小柄で丸顔の女だった。肌の色はコーヒーブラウン。くるくる動く瞳をして、なかなか歳をとらないように見えたが、黒人将官の妻として将官の妻たちの特別なクラブの中で暮らす内に前髪の一部が真っ白になっていた。バーンズはジャネットの目尻に皺があることに気がついた。

「一週間ほどすれば戻って来るさ」バーンズが答える。

「私は必ずしもあなたが空軍に復帰することに賛成ではないわ。でも、覚えておいて」ジャネットはそういってバーンズの肩に手を置いた。「空軍士官であるあなたを含めて、あなたのすべてを愛しているわ」

バーンズはジャネットの小さな手に自分の手を重ねた。

「お前がどんなに寂しい思いをしてきたか、想像もできない。ただ、空軍を放り出されてからというもの、自分が何者であるかを確認できなかったよ。多分、私は生まれついての軍人なんだろう」バーンズはジャネットの手にキスをした。「愛している。お前がそばにいてくれなければ、俺はここまで来ることができなかったと思う」

玄関の呼《よ》び鈴《りん》が鳴った。バーンズが立ち上がる。二人は互いをもう一度強く抱きしめた。ボストンバッグを持ち上げたバーンズが玄関に向かって歩く。ジャネットはその後ろを歩いた。

玄関のドアを開いたバーンズはそこに統合参謀本部議長が立っているのを見て驚いた。

「おはよう、フランキー」統合参謀本部議長が快活にいった。それからジャネットに視線を向ける。「おはよう、ジャネット。久しぶりだね。相変わらずチャーミングだ。再びフランキーをお借りすることになるけれど、空軍を恨まないでくれよ。彼の才能は希《け》有《う》だ。そしてそれは――」

「国家のためだ、でしょう？」ジャネットが後を引き取って、にやりとして見せる。「私は時々自分の亭主が誰の役にも立たないろくでなしであったらと思いますわ。そうすれば苦労はしても私の目の前にいる」

統合参謀本部議長は何もいわずに微笑を浮かべた。

「じゃ、行ってくるよ」バーンズがジャネットにいい、二人は短くキスを交わした。

道路にはダークブルーのセダンが停めてあった。バーンズは統合参謀本部議長と並んで歩きはじめた。

車の前に明るいグレーのスーツを着た男が立っている。バーンズが近づくと右手を差し出していった。

「おはようございます、将軍。空軍のベニー・エイギラー少佐です」

浅黒い顔をして鼻の下にたっぷりと髭をたくわえた少佐の手を握り返しながら、バーンズはちらりと統合参謀本部議長を見た。

「エイギラー少佐はスペイン語が堪能《たんのう》なんだ。通訳だよ、フランキー」統合参謀本部議長が説明する。

三人の男たちが車に乗り込み、走り去るまでジャネットは玄関に立ったまま見送っていた。

空はすっかり明るくなっていた。

2

東京・丸《まる》の内《うち》。

異常低温の夏。八月に入ったというのに気温は摂氏十五度だった。朝から冷たい雨が弱々しく降り続いている。

財閥系総合商社の昭和初期に建てられた重厚な本社ビルは灰色に濡れていた。第二次世界大戦後、占領軍の命令によって解体されたはずの財閥系企業グループは五十年近い歳月をかけて統合と増殖を繰り返し、日本のみならず広く国際社会を人材、金、資源、ハイテク機器、情報の面で支えるまでに至っている。

午前九時二十五分。

地球環境保全対策室に室長古河宏《こがひろし》が入ってきた。オフィスには、机が七つ――古河のデスクだけが窓を背にして少し離れたところに置いてあり、六名の室員の机はひとかたまりになっている――に会議用テーブルと六脚の椅子が配置されている。

古河は机の上をていねいに雑巾で拭いている二人の女性に声をかけ、会議用テーブルで手分けして新聞を切り抜いている三人の男性が次々に挨拶するのに応えた。

自分の机に到着すると通勤電車の中で読んでいたスポーツ新聞を放り出し、代わりに机の上に置いてあった経済新聞を手にして椅子に腰を下ろした。ほとんど同時に女性社員の一人が白い使い捨てのプラスチックカップに入れたコーヒーを持ってくる。

「ありがとう」

古河はカップを受け取り、薄いコーヒーを啜《すす》った。

入社して二十年になる。鉄鋼畑を歩いてきた。若い頃から取り組んでいたのは単に鉄を輸入するだけでなく、海外で鉄鉱石の鉱脈を探し、鉱山の開発を行うことだった。サラリーマン人生の半分を海外で過ごしてきた。学生時代から若白髪の多い質《たち》であり、今ではすっかりグレーだった。体型はずんぐりしているものの柔道の有段者、見かけよりははるかに敏捷《びんしょう》である。

社会面を開いて顔をしかめる。

去年、この総合商社が巻き込まれた数十億円にのぼる骨董品《こっとうひん》売買のスキャンダルに関して検察庁が調査を終えたことが大々的に報じられていた。

ある宗教団体と画廊経営者が画策した架空取引にともなう脱税スキャンダルで、商社が宗教団体幹部の裏金作りに加担、実勢価格よりはるかに高額で骨董品を買いつけたとして容疑に問われているのだった。

数年前なら決してこんな取引はしなかったろうに——記事を目で追い、古河は思った。

明治時代から総合商社は原材料やエネルギー源の輸入と日本で生産された物資を諸外国に輸出する仕事をしてきた。資源をもたない貿易立国日本を企画、演出し、そして自らも主演してきた。

とくに第二次世界大戦後、焦土から復興、奇跡とまでいわれた経済大国への変貌の過程で重要な役割を担ってきた。

変化が生じたのは一九七〇年代、オイルショックを契機とする低成長時代へ突入してからである。鉄鋼をはじめ、自動車、モーターバイク、電子機器分野で世界的なシェアを誇るようになった日本の主要メーカーはアメリカやヨーロッパなどで直接市場と結んでビジネスを展開するようになった。商社の担う範囲が徐々に狭められていったのである。

一方、共産圏諸国や政情不安定な小国との取引においては商社が資金面を保証する必要が生じ、それが発達してやがて金融機関としてのノウハウと実力を養成することになる。今や総合商社の担う役割は単に輸出入にとどまらない。金融機関、情報機関としての機能を持たなければ、生き残れなかった。

古河が勤める財閥系総合商社の場合、社内はエネルギー、鉄鋼、非鉄、機械、食糧、繊維、情報の七部門に分かれている。とくにエネルギーと鉄鋼の両部門は日本の輸出入の過半数を一社でまかなう。

社員の中には、本気で日本を支えてきたと信じる向きが多い。

だが、一九八〇年頃から世界同時不況の黒い雲が頭上を覆い、一九九〇年代に入ると国内でもバブル経済崩壊後の不動産不況、金融不況が産業界全体に深刻な影響を与えるようになった。今まで手をつけなかったジャンルのビジネスにも積極果敢に突入していくことが不可欠になったのである。

その内の一つが今回の骨董品スキャンダルだった。

地球環境保全対策室も商社が変身する過程で誕生したセクションである。主に取り組んでいるのは、南米での森林保護と環境破壊のない資源開発であった。目下、古河を中心とするチームはペルーにおける大規模な事業を推進している。

古河が新聞を畳んで机に置いた時、地球環境保全対策室に室員の一人、夏川衛《なつかわまもる》が飛び込んできた。夏川は古河が席にいるのを見つけると狭いオフィスの中をすり抜けるようにして駆けてきた。

「室長」夏川は顔いっぱいに汗を浮かべ、緊張した声でいった。「これを見て下さい」

古河は夏川が差し出した書類を受け取った。ワシントンにある支社からのテレックスだった。

ワシントン支社には数十名のスタッフが配されているが、ビジネスには一切タッチしていない。支社の任務はアメリカ国内、とくにホワイトハウスや議会に関する情報収集とロビー活動にある。

一九八〇年代後半、アメリカ上院でこの支社から東京本社宛のテレックスの中に国防総省における機密会議の内容が網羅されていたことが問題になった。ワシントン支社は直ちにもみ消し工作を行った。同時に東京本社がアメリカ政府の要請を受け入れ、情報収集に行き過ぎがあったことに関しては管理を強化する旨を発表した。

東京本社を震撼《しんかん》させたのは、むしろ支社と本社の間で交わされるテレックスの内容がアメリカに筒抜けになっていたことだった。以来、通信体制の抜本的な見直しが行われ、海外支社と本社間の連絡に関しては巧妙な暗号化が行われることになった。

夏川が持ってきたのは、そうして送られてきた通信文のコピーだった。ワシントン支社からの通信は通常一日二回送られてくることになっている。

「本当かね？」古河は酸っぱい顔をしていった。

手にしたコピーには、アメリカがペルー北部にあるコカイン集積地を極秘裏に攻撃する計画があるとなっていた。提案者は統合参謀本部議長、実行するのは退役空軍少将フランクリン・バーンズ、すでに大統領が承認したとある。

古河は電文の末尾に記されている記号に目をやった。

情報確度評価〈B〉。

ワシントン支社が使っている情報提供者が直接目にした訳ではなく、伝聞によって知った情報という意味だった。

「どうしますか？」夏川が勢いよく訊いた。

夏川は三十二歳。去年結婚したばかりで、古河の目からすれば、多少の経験を積みようやくビジネスの第一線で働けるようになったところである。古河と同じく鉄鋼畑の出身だった。

「とにかく常務に相談しよう」

古河が立ち上がり、夏川を連れて部屋を出ていった。

地球環境保全対策室が所属する鉄鋼部門の責任者は常務取締役美橋秦作《みはししんさく》だった。本社ビル六階、鉄鋼部門のあるフロアまでエレベーターで上がった古河と夏川は、美橋の執務室に入った。

ワシントン支社からのテレックスを読んでいた美橋が顔を上げる。古河と夏川の表情から同じ内容をすでに目にしていることがわかった。

美橋は背の低い男だった。目つきが鋭く、社内では『カミソリ』と呼ばれる。

「ペルーの件だな？」美橋が口火を切った。

「情報の確度は〈B〉ですが、一応、対策を講じた方がよろしいかと思います」古河の声は落ちついていた。

「そうだな」

美橋は関心が無さそうに答えた。椅子の背に身体をあずけ、机の上に放り出したコピー用紙をぼんやりと見つめている。

「一応かの国の大統領に知らせますか？」古河が畳みかけるように訊いた。

「そうした方がいいだろう。現地での警戒態勢その他諸々《もろもろ》の準備があるだろうから」美橋は重々しくうなずいた。

「キューバで、このバーンズという退役軍人の動きをあたらせてみましょう」古河は眉をしかめ、ゆっくりといった。

「あてがあるのかね？」

「調査部に協力を要請します。地球環境保全対策室としてはキューバと直接取引はありませんが、何らかのコネクションは持っているはずですから」

「そうしてくれ」

「それから――」古河は顔をしかめた。「万が一アメリカが本気だった場合、対抗措置をとらねばなりませんが」

「任せる」美橋はそういうと目をつぶった。

「わかりました。ワシントンでの情報収集をさらに強化してもらいます。それから私はすぐにもペルーへ渡るようにします」

「可能かね？」

「三日後に日本をたつ予定でしたが、少し早めればよろしいか、と」古河が答えた。

美橋は目を閉じたまうなずき、古河と夏川は会釈をすると執務室を出ていった。

何をするにしても――開いたドアの外から再び会釈をしながら古河は腹の底で思った――早急に手を打つ必要があるな。

古河は早速準備にかかったが、キューバの現地スタッフと連絡がとれるまで、二十時間弱の時間が必要だった。

ハバナ市内の東寄りにある住宅街の一角に二階建ての白い建物がある。通りと建物の間には狭い芝生を張った庭があり、そこに白い看板が立ててあった。その看板にはダイナレックス・レコードと赤と青の派手な飾り文字で描かれていた。

二階。開け放った窓から熱風の吹き込むオフィス、その隅でファクシミリを睨んでいる男がいた。浅黒く日焼けしており、痩せている。髪は短く刈って、きちんと後ろへ撫でつけてあった。ブルーとオレンジの模様をプリントしたアロハシャツに白のバミューダショーツ、裸足《はだし》にロウカットのバスケットシューズを履いていた。

同じ部屋に白いブラウスと細いブルージーンズ姿の黒人女性が入ってきた。

「マリア」男はにっこりと微笑んで立ち上がり、女性の細い腰に手を回すと突き出された頬にキスをした。「久しぶりだ」

「本当に久しぶり、カルロス」

マリア・モラレスは少しかすれた声で応える。彼女はダイナレックス・レコード社がアメリカ、ヨーロッパ、日本のマーケットで売り出している女性歌手だった。三十二歳になるが、艶のある黒い肌は少女のような張りがある。

「トウキョウからの秘密指令でも待っているの?」マリアは笑いながらいった。

「ここだけの話だが――」カルロスと呼ばれた男は声を低くした。「君のいう通りだ。日本における君のレコードの売上を倍増するための秘密作戦が送られてくることになっている」

「トウキョウの本社に伝えて」マリアは長い指をピストルのような形にしていった。「どうせなら、日本だけじゃなくアメリカでのレコード売上も倍にしてって。ね、カルロス」

マリアは声を上げて笑いながらオフィスの奥、重役たちが控えている個室の方に向かって歩いていった。

カルロス——東京から派遣されている日本人スタッフの浜本健二《はまもとけんじ》はマリアを見送りながら頬をさすった。彼女の指先が触れていったのだ。

ダイナレックス・レコード社の事業内容は単にレコードを吹き込んでプレスし、売るだけでなく、芸能プロモーションから歌手やバンドのマネージメントまで一切をこなしている。キューバには、ダイナレックス・レコードともう一社、同様の事業をしている会社があった。

ダイナレックス・レコード社には日本資本が入っていた。出資しているのは財閥系の総合商社である。浜本が日本人スタッフとして派遣されているのは、日本人として経営陣に加わるためである。

ベルの音。浜本は視線を下げた。電子音が響き、感熱式のファックス用紙が吐き出される。しばらく紙をながめていた浜本は舌打ちして腕時計に目をやった。

空港に着く日本人をマークせよ、とある。人相、風貌について簡単なメモがあったが、浜本以外の日本人にはすべて当てはまりそうだった。浜本の容貌は、黒人と白人の混血——ムラートといっても通用しそうなのだ。

送られてきた通信文にはメヒカーナ航空六二便に乗っていると書いてあった。浜本は排出された用紙を手にするとオフィスを飛び出した。

午後二時四十分。

ダイナレックス・レコードの社屋裏にある駐車場に停めてあったグリーンのラダに乗り込むとイグニッションキーを回した。咳《せ》き込むようにエンジンがかかる。クラッチを踏み、ギアをローに入れるとアクセルを踏んでクラッチをつないだ。

どうやって日本人を探せっていうんだ——車窓から吹き込んでくる埃《ほこり》っぽい風に顔をしかめながら、浜本は毒づいていた。

二十分で空港に着いた。

浜本の思いは杞憂《きゆう》に終わった。同じ便でハバナに降り立った東洋人は一人だけだった。迎えに来た車が発進する。

尾行は難しくなかった。相手の車が市街地までの一本道を飛ばしはじめたからだ。スピードメーターを見た浜本は思わず唇を歪める。

ラダのスピードメーターの針は時速一二〇キロをさして震えていた。

ワシントンDC、国防総省。

アメリカ合衆国空軍中尉ウィリアム・オブライエンは広げていたバインダーをきちんと閉じて本立てに並べ、ボールペンや鉛筆、消しゴムを引出しにしまうと腕時計に目をやった。午後七時になっていた。

統合参謀本部議長は二時間ほど前にホワイトハウスから帰って来たまま、オフィスにこもっている。議長宛の電話はなく、議長から呼ばれることもなかった。オブライエンの仕事もすっかり片づいている。

もう一度腕時計を見た。

オブライエンは二十六歳で独身だった。太り気味で赤ら顔をしている。縁なしの眼鏡をかけ、頰にはそばかすが散っていた。彼は息を吐いて頰を膨らませると意を決して立ち上がった。

統合参謀本部議長のオフィスに連なる小部屋で彼は午前九時から午後五時まで勤務している。特に命令がない限り残業する必要はなかったが、毎日、退勤時に統合参謀本部議長の顔を見るのが苦痛だった。

オブライエンは続き部屋のドアを控えめにノックした。すぐに返事が返ってくる。ノブに手をかけて回した。統合参謀本部議長執務室の蛍光灯がまぶしかった。

「失礼します」オブライエンは震える声でいった。

「まだいたのか？」統合参謀本部議長は目を見開いていった。「今日の仕事は、とっくに終わったんじゃないのか？」

「何か他にご用はございませんか、閣下？」機先を制され、オブライエンは口をもぐもぐと動かした。

「いや、他にはない。帰宅してよろしい」統合参謀本部議長が微笑みながらいった。「私はもう少し仕事が残っている。先に帰りなさい」

「では、お先に失礼します」オブライエンは歯切れ悪くいった。

「また、明日」

オブライエンはドアを閉めた。彼にとっては急ぎの書類をタイプしている時よりはるかに緊張する一瞬だった。

自分の机の上や周辺をもう一度点検し、きちんと整頓されていることに満足するとオブライエンはオフィスを出た。

廊下をしばらく歩き、ズボンのポケットからロッカーのキーを取り出す。更衣室には数人の職員がいるだけだった。顔見知りに挨拶をして、奥にある自分のロッカーの前まで行くと制服から私服に着替えた。

半袖のポロシャツ、コットンのスラックス、スニーカー——彼はジーンズが嫌いだった。太すぎる自分の腰にジーンズが不似合いだと思っていたからである。

着替えを済ませると彼は制服を着ていた時に使っていたベルトを外して、スラックスのループに通した。金具にベルトの先端を通して、きちんと締める。ロッカーに鍵をかけ、エレベーターに向かった。

二十分後、オブライエンは地下鉄駅のホームに立っていた。郊外にあるアパートから地下鉄で通勤している。だが、今日は途中下車するつもりだった。

駅の数にして七つ、市内にある繁華街で降りる。定期券を使って改札口を通り抜け、足早に石畳の舗道を歩いた。

駅から五分ほど歩いたところで、小さな木製の看板があるバーに寄った。

入口は鉄の帯が付いている古めかしい木の扉だった。押し開けると煙草の臭いと人の話し声が溢れてきた。間口が狭い割に奥行きのあるバーで左側にカウンターが長々と設けられており、すでに二十人ほどの客が立ったままグラスをかたむけていた。

オブライエンは慣れた様子で店の中に進むと奥まったところに空いているスペースを見つけ、太った身体を縮めるようにしてカウンターについた。

「いらっしゃい」顔なじみのバーテンがにっこりと微笑む。四十年配でがっちりとした身体つき、鼻の下にたっぷりと髭をたくわえている。

「ビール」オブライエンは注文した。

「はい」バーテンは拭きかけていたグラスをカウンターの内側におくと縦長のジョッキを取り出してタンクから生ビールを注いだ。ジョッキをオブライエンの前に置く。「おまちどおさま」

「ありがとう」オブライエンは五ドル札を出して、ジョッキを受け取った。

バーテンが紙幣を取り、釣り銭をオブライエンの前に置いた。すぐに別の客から注文する声がかかり、バーテンは肩をすくめて見せてからその客の方へ行った。オブライエンは半ばほっとしながらジョッキに唇をつけ、生クリームのように柔らかな泡の感触を上唇で楽しみながらビールを飲んだ。炭酸が喉を刺激する。ジョッキの半分ほどを飲み干し、オブライエンは太く息を吐いた。

グレーのスーツを着た東洋人がオブライエンの隣に立つ。

「たびたび手をわずらわせるね、中尉」

「やあ、元気かい？」オブライエンは早くも頬を赤く染めていった。

「それで今日の物件は？」

「君たちが興味を持っていた、例の作戦ね」オブライエンは再びジョッキを傾けた。ジョッキを下ろし、げっぷをする。「失礼。それで例の作戦だけど、大統領に提出する作戦計画書のコピーだ。軍とＣＩＡが双方で作った物」

「へえ」東洋人は礼儀正しく眉を上げて見せた。

「今日、僕がタイプしたんだ」オブライエンの顔は熱い湯に浸かってでもいるように真っ赤になっている。

「その書類をお持ちいただいたわけですな」

「その通り。ちょっと待っててね」

　オブライエンはそういって右手を上げるとトイレに向かって歩きだした。狭い店の中、背中を向けている客の何人かに手をつき、その度に謝りながら、ようやく男性用トイレにたどり着く。

　扉を開けてトイレに入った。中に客の姿はない。三つ並んでいるクローゼットの一つに入るとドアをしめた。

　ベルトを緩め、金具のあたりを短い指で探る。目を寄せ、ベルトの裏側についている細いファスナーを探りあてるとにやりと笑った。指先で慎重にファスナーを開き、中から折り畳んだ紙片を取り出す。トイレの中で紙片を広げて見る。昼間、彼がタイプを打った書類のコピーだった。

　オブライエンは書類をスラックスのポケットにしまい、トイレの水を流すとドアを開けた。禿げ頭の中年男が用を足している最中だった。

　トイレを出たオブライエンは東洋人が待っているカウンターに行くと折り畳んだ紙片を取り出して男に渡した。男はすぐに紙片を上着の内ポケットにしまう。それから指を鳴らしてバーテンを呼び、もう一杯生ビールを注文した。

バーテンはうなずいてジョッキにビールを注いで、オブライエンの前に置いた。東洋人の男は十ドル札で払い、釣り銭を受け取るとオブライエンの肩を軽く叩いてバーを出ていった。

オブライエンは一息でジョッキ半分ほどのビールを飲み干し、酒の一杯も付き合えないとは日本人は忙しいものだと思った。溜め息とともにつぶやく。

「なるほど、あの国は儲《もう》かっているわけだ」

周辺にいる酔客の誰ひとりとしてオブライエンの言葉に注意を払わなかった。

3

香港《ホンコン》。

ビクトリア・ハーバーに面する九龍《クーロン》地区の突端。石造りの重厚な建物は港に向かって開いたコの字型になっており、三方を囲まれた中庭の噴水を回り込むようにして車の通り道が正面玄関までついていた。

一九二八年開業、ホテル『ザ・ペニンシュラ・ホンコン』。

正面玄関にブルー・メタリックのメルセデス・ベンツが停まる。

ホテルの中から濃紺のスーツをきっちりと着こなした男が出てくる。ドアボーイがメルセデスの後部ドアに手をかけ、うやうやしく開くのと同時に男は座席に滑りこんだ。ドアボーイが静かにドアを閉めるとメルセデスは低い排気音を残して、車回しを走り去った。

噴水の脇を通り、ホテルに面するソールズベリー・ロードに出たメルセデスは右折した。

「船着場へやってくれないか？　そこを左へ」

脇道が見えるあたりで後部座席の男が声をかけ、メルセデスはスムーズに方向転換をした。ヘッドライトに九龍地区と香港島を結ぶスターー・フェリーのピアが浮かび上がる。車は港に面する倉庫群の前に出た。

「停めてくれ」

午後七時。香港の夜は始まったばかりだった。ビクトリア・ハーバーを挟んで香港島の海岸通り沿いに並ぶビル群が派手に輝いていた。運転席に座る男の顔に反射している。深い光を湛《たた》えた目が前方を睨んでいる。大振りなノミで削り出した彫像のようにふてぶてしい面構えをしていた。

「運転手のような真似をさせて申し訳ない、ジーク」後部座席の男が声をかけた。

ジークと呼ばれた男、那須野治朗はルームミラーを見上げた。

後部座席に座っているのはジェフリー・チャン。白くふくよかな顔つきをしている。二人は香港を拠点とする武器の運び屋だった。

「首尾は？」那須野が短く訊いた。

チャンは首を振り、煙草をくわえた。

「どんな小さな取引にもロシアか、中国が顔を出すようになった。俺たちのようなフリーランスをいじめて、どれほどの儲けがあるのかわからないが——」

チャンの唇の動きに合わせて火の点いていない煙草の先端が上下する。ほどよくエアコンが利いていた車内にはじっとりと重い空気が充満しつつあった。

「奴らも生き残るために必死なのさ」那須野は仕事を失って気落ちしている相棒を慰めるようにいった。

ビジネス面での交渉事はチャンが行っていた。チャンは元々香港を中心として活動している暴力組織の構成員であり、暗黒社会に通じていた。

二人は、追い詰められつつあった。

ソ連が崩壊した直後から早急な外貨稼ぎの方法として武器輸出が行われるようになった。最新鋭のジェット戦闘機から自動小銃にいたる広範な武器がロシアから東南アジア、中南米、中東、アフリカへと流出するようになっている。ロシア製の武器は頑丈で信頼性が高く、その上西側各国の兵器に比べると驚くほど廉価だった。

インドネシア空軍が新鋭戦闘機購入計画を明らかにした時には、アメリカとロシアの間で激しい値引き合戦が行われた。ロシアは新鋭機Ｓｕ－27を、アメリカはＦ－16ファイティングファルコンを売りつけようとしのぎを削ったが、Ｆ－16一機でＳｕ－27が十機購入できるほど価格差がついてしまい、アメリカはついにファイティングファルコンをＳｕ－27と同じくらいの価格で売るとまで言わざるをえなくなっていた。

東南アジア各国が抱えるきな臭い状況に乗じて武器を売り歩く那須野とチャンにとっても廉価なロシア製の武器は脅威だった。ロシアは武器セールスに国家として取り組んでいる。そして那須野とチャンにはロシア製の武器を仕入れる見込みはなかった。

拳銃の売買では、中国本土の暗黒組織が市場を荒し回っており、この方面でも那須野たちの仕事は漸減していたのである。

今日の商談はフィリピンで活動を続けるゲリラ組織へ自動小銃五十挺《ちょう》、弾丸二万発という久々に大がかりなものになるはずだったが、交渉場所として指定されたペニンシュラホテルにおもむいたチャンはゲリラ組織の商談担当に冷たくあしらわれたのだった。ロシアが提示した価格は、チャンが提示したスペイン製の自動小銃の二十分の一、とても太刀打ちできるものではなかった。

チャンは背広の胸ポケットから一枚の名刺を取り出した。折れてしわになっている。

車内灯の明かりの下、名刺にはC&Z、そして電話番号が記されている。

「前はこんなものを使う必要もなかった」チャンはぼんやりと名刺を見つめていった。

「明日は三行広告を打つようになるかも知れないぜ」那須野は煙草をくわえて、古ぼけたオイルライターで火を点けた。

　減収の他にも那須野たちを悩ませている問題があった。

二人とも航空機の操縦資格を持っている。その資格を更新するためには毎年最低でも九十時間を飛ばなければならない。

　彼らの商売が順調だった頃には、戦闘機や輸送機、軽飛行機が商売の対象となった。商品をフェリーする時には自ら操縦桿《そうじゅうかん》を握ることで飛行時間を稼ぐか、あるいは空輸の商品のために輸送機をチャーターし、目的地まで操縦した。

ところが今では航空機売買はほとんどなく、輸送機を駆って品物を運ぶことすらまれになってしまった。

　武器密売というビジネスの特性上、着陸場所を秘匿する上でも自分たちが操縦桿を握るのがもっとも都合が良い。が、飛行ルートの大半は正規のものであるため、操縦資格の喪失は彼らにとって死活問題といえた。

　チャンは名刺を破った。生真面目な表情で、ゆっくりと破り続ける。小さな紙片が指先からこぼれた。

那須野は煙草を吹かしていた。車内に紫煙がこもる。

チャンは顔を上げ、つぶやくようにいった。

「香港島だ、ジーク」

那須野はネオンサインに目をやった。煙草の灰が胸元に転がり落ちた。

「あの光り輝く町並みの向こう側に俺が生まれて、育った街がある。クーラーなんて夢にも出てこない代物《しろもの》だったから、夜になると物干し台に登って涼みながら友達や従兄弟《いとこ》たちと色々な話をした。それこそ一晩中だ」

那須野は眉をひそめ、ルームミラーでチャンを見た。

チャンは火の点いていない煙草を厚めの唇に挟んだまま、窓越しに香港島を見ている。目尻にしわが寄り、口許には笑みが漂っていた。

チャンは続けた。茫洋《ぼうよう》とした目。周囲に誰もいないような口調だった。

「親父《おやじ》もお袋も俺がまだ三歳になる前に死んでしまったから、お祖父《じい》さんの家で育てられたんだ。同じ年頃の従兄弟が何人もいて、寂しくはなかった。板張りの床にわらで作ったマットレスを敷いて寝たよ。一つの部屋に六人だ。六人分のマットレスを敷くと床がほとんど見えなくなるような狭い部屋だった。風呂に入ることはほとんどなかった。井戸があってね、水を汲《く》み、石鹸《せっけん》を塗りたくった後は流すだけさ」

チャンはガスライターを取り出すとやすりを擦って煙草に火を点けた。煙とともに言葉を吐く。

「それが今じゃジャグジー付きのバスに温かい湯の出るシャワーだ。寝室と居間と書斎にエアコンがついていて、大型冷蔵庫の中には缶ビールがつまっている。電話一本で何でも食いたい物を届けさせることができる。毎日洗濯したての服を着て、下着も新しい。俺の身体からはタルカムパウダーとアフターシェーブローションが匂うようになった。剃刀《かみそり》の刃も毎日取り替えられる。なあ、ジーク、俺たちが欲しがっていたのは剃刀の替刃だったのかな?」

「よせよ、チャン。メランコリーなんて柄じゃない」

「五年前なら、俺は自分が衰えることを考えなかった」チャンはまるで那須野の言葉を聞いていなかったように続けた。「世界を相手に戦えると思ってたよ、お前と二人ならな。それが今じゃお気に入りのアフターシェーブローションを買えなくなることが怖い」

チャンの口からかすれた笑い声が漏れた。那須野はチャンにだけ喋らせておくことで胸がうずくのを感じた。

戦闘機乗りである那須野にとっても眼《め》が衰えていくことは恐怖だった。

「俺たちぐらいの歳になるとこの商売はきつい」チャンがぼそりといった。

那須野はズボンの尻ポケットから二つ折りにした封筒を取り出すと後部座席に放り投

げた。チャンが空中で受け止める。那須野がいった。

「お前が出掛けた後に配達された。アメリカにいるバーンズからの招待状だ。キューバまで行ける航空券が同封されている」

ルームミラーに映るチャンの目を那須野は真っ直《ます》ぐ見返した。

「バーンズ？　お前、またあの男と組むつもりなのか？」チャンの目が鋭い光を放つ。

「十分に魅力的な条件だ。ワンフライトの報酬が十万ドル、そして俺が飛ばすのはネオ・ゼロだ」

那須野の言葉にチャンは一瞬惚《ほう》けたような顔をした。目をしばたたき、気を取り直すとルームミラーの中の那須野に向かって訊いた。

「お前、今でも戦闘機を飛ばせるのか？」

「わからない」

「死ぬぞ」

「百人が飛んで九十九人までが死ぬフライトがあったとして、たった一人だけ生き残ることができるのなら、それが自分だと思う」那須野は言葉を切り、にやりと笑った。

「俺は死なんよ」

「キューバか、遠いな」チャンの声が虚《うつ》ろに響いた。「でも、なぜだ？」

那須野は黙って、煙草を吹かしていた。

ハバナ市。

キューバ政府観光局渉外部長ホルヘ・ドミンゴは、後部座席の窓が開かない赤いラダを走らせていた。顔に風を浴びながら、時速一二〇キロくらいか、と思う。スピードメーターは二年前から壊れたままだった。

マレコン通り。

ハバナ市の北側、メキシコ湾に面した片側三車線の幹線道路を走っているのは、観光客を乗せたタクシーか大使館、軍、警察などの公用車が大半で、その数もひどく少なかった。ガソリンが不足しているためだった。

信号が赤になり、ドミンゴはブレーキを踏んだ。ハンドルの上で太い両腕を組み、その上に顎をのせて海岸通り沿いの建物をながめた。

昨年秋、大型のハリケーンによる高波に襲われた。十カ月近く経過した今でも補修用の材料やペンキを調達できなかった。剝《む》き出しになったコンクリートの地肌や浸水した一階をベニヤ板のバリケードで封鎖したままの建物が目立つ。

停車しているラダのすぐ脇で人の腰の高さほどの防波堤に波が砕け、陽光にきらめいた。夕方ともなれば、恋人たちや友人たちが防波堤の上で飽きることなく毎日語り合う。ハリケーンの爪痕を残す町並みを見るたびに、ドミンゴはこの街のツキの無さに腹立ちをおぼえた。

一九六二年にソ連が核弾頭付きのミサイルを、マイアミまで飛行機で三十分足らずのキューバに持ち込もうとした。当時の若きアメリカ合衆国大統領は、ソ連を相手に第三次世界大戦を起こすとまで強烈な恫喝《どうかつ》をかけ、ミサイル設置を中止させた。

その事件は、『キューバ危機』と西側の世界史に記されている。が、常にアメリカの脅威にさらされてきたキューバにしてみれば、毎日が『キューバ危機』だった。

ドミンゴは、今こそ革命以後もっとも苦しい状態にあると思っている。

ソ連が崩壊し、キューバは後ろ楯《だて》を喪失した恰好で物資面で困窮するようになってきた。故障した車は部品がないので修理できない。ガソリンが欠乏しているので道路を走っている自動車の数そのものが減っている。損傷を受けた建物は建材不足から醜い傷痕を残したままだ。

外貨を稼ぐ方法は砂糖、ラム、葉巻、野球、音楽、そして観光事業。

キューバは自国のイメージを大きく変え、ビザの発給やツーリストカードの交付に関する手続きを大幅に簡素化した。一方、国を挙げて一大リゾート地とするためにマレコン通り沿いの建物をすべて塗装し直した。

マイアミやホノルルに劣らない美しい町並みが完成したのが去年の夏。その直後、未《み》曽《ぞ》有《う》の大ハリケーンがハバナを直撃した。

乏しかった建築用資材は一大変身時に使い果たしていたのである。

信号が変わり、ドミンゴは溜め息をつくとクラッチを踏んでギアをローにいれ、車を静かに発進させた。

湾曲したマレコン通りをしばらく走り、ドミンゴ自身のオフィスもある官庁街を抜けたところで左折、各国大使館や大使公邸が建ち並ぶ区画に入った。ハリケーンの直撃を受けなかった地帯ではあるが、たとえ手ひどい被害を被ったとしても数カ月で新品のように補修してしまう。

通りを二つ通過し、大使館街のさらに奥まった一角に一際巨大な建築物がある。四方に二階建ての建物が延び、中央に塔が建ち、さらにその上に直方体の建造物が載っているという特異な形状をしていた。

四方に鉄製の防護柵を張り巡らし、正門には警備が立っている。さらにその前には小さな詰所が設けられてキューバの警察官が常駐していた。ドミンゴは運転席から警察官と警備に向かって手を挙げ、その敷地内に車を進めた。

旧ソ連大使館。

今ではロシアをはじめいくつかの共和国が共同で利用していた。建物自体は新しくはない。ベージュのペンキは風雨にさらされ、所々ひび割れていた。

来客用の駐車スペースにラダを停めるとエンジンを切り、車から降りた。

ドミンゴはスペイン系の白人で短軀だった。五十一歳。身長は一六五センチ、胸板が厚くがっちりとした身体つきだが、腹が突き出ている。縮れた明るい茶色の髪が頭頂部でわずかに薄くなっている。眉が太く、眉と目の間が極端に詰まっていた。鼻は低めで丸く、口許には開けっ広げな笑みがいつも漂っている。

ただ、目までがいつも笑みを湛えているとは限らなかった。

エレベーターで八階に上がり、廊下を歩きはじめる。目指す部屋は廊下の突き当たりにあった。ドアの前に立つ。ロシア語とスペイン語で〈商務官〉とだけ記されていた。ノックする。すぐに返事が聞こえ、ドミンゴは部屋の中に入った。冷気が心地よく全身を包み、汗が急速に引いていく。まるで冷蔵庫だな、と思った。

部屋の中にはピンポンができそうなほど大きな机が窓を背にして据えられており、その前に簡単な応接セットが置かれていた。面会の相手は机を前にして革張りの黒い椅子に座っている。

グレーの髪をきっちりとオールバックになでつけた男だった。ドミンゴは、その男の年が自分とあまり違わない、と思った。

「セニョール・ドミンゴ？」声はやや甲高い。

「そう。あなたに会うようにいわれてやって来ました。同志――」

ドミンゴがいいかけると男は右手を前に出して制した。英語でいう。

「申し訳ないが、スペイン語はほとんど喋れない。英語かロシア語でお願いしたい」

「珍しいですな」ドミンゴは英語に切り換えていった。「この国を担当する商務官がスペイン語をお話しにならないとは。同志——」

「クルビコフ。ユーリ・クルビコフです。ただ、我々の間ではもう同志という呼び方はしない」

「失礼」ドミンゴは肩をすくめて見せた。

クルビコフが立ち上がった。ドミンゴよりは二五センチほど背が高かった。右手を差し出す。ドミンゴが握り返した。

「商務官とはいっても本業は飛行機屋でね」

「パイロット？」

「今じゃセールスマンと兼業ですがね——」クルビコフはそういいながら机を回り、自ら応接セットのところに行くと長椅子の方を指していった。「お掛けください」

二人は傷だらけのテーブルを挟んで向かい合わせに座った。

「アメリカから私を訪ねて来る人がいます」クルビコフはいきなり切り出した。「あなたのことは以前からお聞きしております。色々とご援助をお願いしたい」

「便利屋ね」ドミンゴは皮肉っぽく口許を歪めた。「ＯＫ、世間の連中が私を何と呼んでいるかくらいは知っているつもりです。それでホテルですか？　空港まで迎えを出す？　観光案内は？」

「すべてお願いする」クルビコフの視線がさらに険しくなった。「そして、もう一つの仕事の方面でお願いすることがあると思っている」

「どういう意味ですか？」ドミンゴはとぼけて訊いた。

「有能な諜報《ちょうほう》部員という評判だが？」

「私は警察とか軍隊とかスパイとかが嫌いでね」

「好き、嫌いと才能は別さ」クルビコフが初めて笑みを漏らした。「それに自分からスパイだといって歩くような間抜けはいない」

「とにかくホテルや出迎え、観光案内は承りました」ドミンゴは立ち上がった。

「アメリカ人の他に日本人が一人やって来るそうだ。そっちのケアも頼みますよ。私の客がそろったら、二人ともここへ案内して欲しい」

「あんたね――」ドミンゴはクルビコフに覆いかぶさり、人差し指を突き立てた。「こんなところにアメリカ人や日本人を連れて来れば、随分と目立つよ。それじゃ、あんたも困るでしょうが。会見の場所は、私が設定しましょう。一番自然にあなたたちが会えるようにセットします。場所と時間を連絡しますよ」

「君にも同席してもらいたい」

「仕事の都合がつけばね」

ドミンゴは背中を向け、手を挙げながらそういった。そのままクルビコフの部屋を出ていく。

クルビコフは鋭い視線をドアに向けたまま身じろぎもしなかった。

数時間後。

ドミンゴは黒い受話器を右肩と耳の間にはさみ、大声で話していた。左手でメモ用紙を押さえ、右手にもったブルーのボールペンで落書きをしている。

殺風景なオフィスだった。焦げ茶色のフローリング、コンクリートの壁にひび割れたグリーンの塗装、グレーのロッカーが二つ、会議テーブル、そして窓辺に置かれた傷だらけの小さな机。机の上に置いてある小さな本立てには電話帳と書類挟みが一冊ずつ立ててあった。

しばらくうなずいていたドミンゴは相手の言葉をさえぎっていった。

「ボデギータにする」

「正気かね？」電話の相手――ロシアの商務官、クルビコフがいった。「あそこは観光客が集まるレストランじゃないか」

「キューバ人がいかに正直かを外国の人に知ってもらうには好都合な店です」

「どういう意味かね？」

「観光客相手ではあるが、料理はいける」

ドミンゴはそういって目を上げた。開きっ放しになった入口から痩身の黒人が入って来た。彼の部下であり、運転手のヘスス・サンチェスだった。

「そんなに人目につくところで、私にアメリカ人に会えというのか？」

「ハバナは狭い街ですよ、セニョール・クルビコフ。あなたがどのように思おうと勝手ですがね、少なくともどこで誰にお会いになってもあなたが思っている以上に人目につくのです。それに当初あなたがいっていたように大使館に連れていくなど論外だ。あなたはアメリカ人との会談を世界中に宣伝したいのですか？」

「覚えておきたまえ、セニョール・ドミンゴ。私は見た目ほど、あっさりした人間ではない」

その通りだろうよ――ドミンゴは胸の内でつぶやいた――あんたを見て爽やかな人間だと思う奴がいたらお目に掛かってみたい。すぐに眼科に行くことを勧めるさ。

「とにかく今夜七時、ボデギータに。よろしいですか？」

「了解した」

ドミンゴは顔をしかめて受話器を耳から遠ざけた。クルビコフが叩きつけるように電話を切ったからだった。ゆっくりと受話器を置く。

顔を上げ、サンチェスに訊いた。

「それでアメリカ人の出迎えは無事に済んだか?」
「ええ」サンチェスがにっこりと微笑む。前歯が一本欠けていて、人の好《よ》い顔になった。
「命じられた通りにホテル・ナシオナルにお連れしました。ただ、二人連れでしたよ。
義手の黒人にメキシコ人みたいな奴が一人ついていました」
「メキシコ人か。ガイドだろうな」ドミンゴは眉を寄せ、虚空を睨んだ。やがて静かに
いった。「よし。次の飛行機は午後三時三十分だ」
「日本人でしたね?」サンチェスは顔をしかめた。「写真か、その男の顔つきがわかる
ような手掛かりはありませんか?」
サンチェスは空港でアメリカ人を見つけるのに苦労したことを訴えた。キューバに到
着しても左手に手袋をしたままの黒人を探せといわれたが、数十人の到着客の内、半数
が黒人だった。一人ひとり左手を見つめて探すのにひどく手間がかかった。
「日本人だから今度は簡単だ。髪の毛をピストルのような形に結って、腰に刀を差して
いる男を探せばいい」
ドミンゴは椅子の背に身体をあずけていう。チョンマゲといってもサンチェスにはわ
からないだろうな、とちらりと思う。
「ボス」サンチェスが不満そうに唇を尖《とが》らせる。
「さっさと行け、ヘスス。わが国は独立以来最大の危機に瀕《ひん》しているんだぞ。そんな時

に失業したくはないだろう。看護婦をしている奥さんの収入だけで暮らすのは大変だ」

ドミンゴの手元を覗《のぞ》き込んだサンチェスは黙ってオフィスを出ていった。ドミンゴは描き上げたドクロのマークを見て、にやりと笑った。


午後三時四十五分。

サンチェスは空港第二ターミナルの中で爪を噛《か》み、厳しい顔つきで通関窓口を見つめていた。メヒカーナ航空六二便はすでに着陸し、通関窓口から乗客が出始めていた。サンチェスが見つめている限り、東洋人らしい顔つきはない。

キューバ国際空港には滑走路を挟んで第一と第二、二つのターミナルビルがある。第一ターミナルの方が大きく、キューバ航空とロシアのアエロフロートが利用していた。メキシコシティから飛来するメヒカーナ航空など一部の便の乗客が第二ターミナルを使うことになっていた。一時間に数便も到着し、ひっきりなしに通関窓口に人が押し寄せる第一ターミナルと違い、第二ターミナルには一日に三便か四便が到着するだけだった。午前中に到着した義手のアメリカ人はマイアミからキューバ航空便に乗ってきたため、ごった返す人波の中から探すのに手間取った。

その点、今度はまばらな乗客の中から目的の人間を探すだけで良かったので、午前中よりは楽なはずだった。

サンチェスが目をすぼめる。

入国手続きを終え、パスポートを受け取った東洋人が出てきた。税関の職員に書類を手渡し、外に出てくる。サンチェスは意を決して近づいた。ズボンのポケットから折り畳んだメモ用紙を取り出して、ちらりと見る。

「セニョール・ナスノ？」サンチェスは訊いた。

「そうだ」那須野はうなずいた。「申し訳ないが、スペイン語を話すことができない。英語で頼む」

サンチェスは顔をしかめた。英語を話すのがそれほど得意なわけではない。

「私、あなた、迎え、来た、ＯＫ？」サンチェスがいう。

「ありがとう。バーンズにいわれて来たのか？」

「バーンズ、来ている」サンチェスは応えた。相手の喋っている内容をほとんど理解できなかったが、バーンズといえば午前中に迎えた義手のアメリカ人のことだ。「あなた、ホテル、行く、ＯＫ？」

「わかったよ、ありがとう」那須野は苦笑して答えた。

サンチェスは那須野をしげしげと見た。髪の毛は普通に刈ってあったし、腰に刀を差してもいなかった。が、ドミンゴのいったことは間違いではないと思った。那須野の眼は深い湖水を思わせるような光を湛えている。

サムライがこの世にいるとすれば、こんな眼をしているに違いない、とサンチェスは思った。

那須野はオレンジ色のポロシャツにブルーのスラックス、茶色の靴を履いていた。手にはボストンバッグを一つ持っているだけで、バッグの把手《とつて》の間に白っぽいジャケットを挟みこんである。

「荷物、それだけ?」サンチェスが訊いた。

那須野がうなずく。

「車、こっち」

サンチェスは先に立って歩きはじめた。赤いラダが停めてある場所でドアロックを解除する。

「助手席に乗れ」サンチェスは手振りをまじえ、スペイン語でいった。それからしばらく顔をしかめて考え、英語でいう。「後ろの席、窓、壊れている、開かない、暑い」

那須野は再びうなずいて助手席に滑り込んだ。レザーのシートは日光に照らされ、尻を火傷《やけど》しそうだった。サンチェスは涼しい顔で運転席に座るとイグニッションキーを差し込んだ。エンジンをかける。

那須野とサンチェスの乗ったラダが走り始めるともう一台、グリーンのラダが発進した。サングラスをかけた男がハンドルを握っている。

ルームミラーを見上げたものの、サンチェスは尾行にまったく気がつかなかった。二台のラダはアスファルトで舗装された広い道路を猛スピードでハバナ市の中心部に向かって走っていった。

4

ペルー大統領官邸。

大統領執務室は分厚く、重い木製の調度で統一されていた。窓から射し込む太陽光線はレースのカーテンで弱められ、ブルーグレーのカーペットにぼんやりとした光を投げかけている。

大統領、ラウル・フジタは椅子に深く腰掛け、背もたれに背中を伸ばしてぴったりとつけていた。両腕は肘掛けにのせている。端正な顔だちをしていたが、疲れと年齢を隠せなかった。奥二重のまぶたの下、瞳が澄んでいる。

フジタは手にした書類から顔を上げた。

眉部にべっこうを盛った眼鏡がきらりと光る。テーブルを挟んで向かい側、長椅子には二人の男が座っていた。一人は財閥系総合商社の古河宏、もう一人は陸軍特殊部隊司令エンリケ・リベラ大佐だった。

「この計画書の通りだとすれば、我々のプロジェクトは危険にさらされることになりますな、セニョール・コガ」

フジタと古河はここ二、三年、頻繁に会っている。この国の経済を建て直すことを目的とした大規模プロジェクトを推進するためである。古河が持参した書類は、ペルーのコカイン製造基地爆撃計画書だった。

「対抗措置を講じなければならないでしょう」古河が答えた。

フジタがリベラを見る。リベラは咳払《せきばら》いをすると話しはじめた。

「破壊工作チームを送り込みます。メキシコとエクアドルです。まず、メキシコではキューバからやって来るパイロットとCIAの要員が飛行場内にある軽飛行機に乗り移ることになっていますが、この飛行機を破壊することは不可能ではないと思います」

「チームというが、まさか銃撃戦をするつもりじゃないでしょうな」古河が口を挟んだ。

「まあ、成果をご覧ください」リベラが薄く笑った。「次にエクアドルですが、この計画書によれば、ロシアの貨物船を使用することになっています。グアヤキル港です。ご丁寧に到着の日時までが正確に記されている。ここに第二のチームを送る予定です」

「準備は整ったのかね？」フジタが訊ねた。

「すでにメキシコチームは出発しました」リベラはちらりと古河を見る。「彼らを送り込むに際しては、セニョール・コガの会社にご協力いただきました。ここで、あらためてお礼を申し上げます」

「とんでもない。あの程度の協力ならお安いご用ですよ」古河が笑った。

リベラから要請を受けた古河はペルーから、メキシコでの日本の建設事業に従事する労働者のグループにチームを紛れ込ませた。メキシコにはチームの要員と同じ人数の労働者を用意しておいた。

「エクアドルには、我々だけで作戦を推進できるように独自にチームを送ります」リベラは古河を無視して、フジタに向かっていった。「港に到着した奴らの作戦機を確実に破壊します。多分、エクアドルでの活動だけで十分だとは思いますが」

古河は笑みを引っ込め、リベラの得意そうな横顔を見た。リベラは唇を歪めて笑う。

「ただし、現地における工作員は、我々が用意したんじゃなかったかね？」古河がそっぽを向いてひとり言のようにいった。

フジタが苦笑するのを見て、リベラは頬に血が昇るのを感じた。

「エクアドルには、ロドリゲスのチームを派遣します」リベラは甲高い声でいった。

フジタはロドリゲスという名前を聞いて、黒目が小さく、爬虫類《はちゆうるい》を思わせるような顔つきをした髭面の将校を思い出した。

「作戦は順調に進んでおります」リベラは付け加えた。

「エクアドルの工作員は、あなたの会社で手配されるのですね？」

「その通りです。現地の新聞記者で、うちの社が長い間使っている男です」

フジタは古河をじっと見つめた。時折、横柄な言葉遣いをするのが気に入らなかったが、頭の切れる男であることは間違いない。英語、スペイン語、ポルトガル語を日本語同様に話す。

「ロシアの貨物船は？」フジタはどちらにともなく、訊いた。

古河とリベラは瞬時目を見交わした。リベラがわずかに早く話しはじめた。

「問題の船はキューバに立ち寄り、パナマで例の荷を積んだ後、運河を通り抜け、現在はコロンビア沖を南下しております。一週間後には、予定通りエクアドルのグアヤキル港に到着します」

「ロドリゲスのチームが特殊部隊の中では、もっとも優秀だと聞いているが、なぜ彼らを一番手に使わないんだ？」

フジタの言葉には冷やかな響きがあった。リベラは背中が汗ばむのを感じた。

実績を背景に特殊部隊の中で地位を高めるロドリゲスに対して、リベラは脅威を感じるようになっていた。メキシコ作戦をロドリゲス抜きで行うことにしたのは、牽制《けんせい》だったの《※》た。「別の任務がありまして」リベラは苦しそうにいった。「ただ、メキシコに送ったのも優秀な工作員です。ご心配には及びません」

「そう望みたいね」フジタは熱のこもらない口調でいった。「それで万が一失敗した場合には、我々に疑いの目が向けられることはないのかね?」

「それはある程度避けられないでしょう」古河が口を挟んだ。「アメリカが、例の新コカイン工場を攻撃しようとしていて、それを阻止するべく破壊工作を行うのですから。アメリカは何といっても貴国を疑うことになると思いますよ」

古河はさらに、エクアドルに潜入するチームは反政府市民運動グループの偽装をすること、作戦実行の手順、逃走ルートについて言及した。

「捜査当局に逮捕された場合は?」フジタが重ねて訊く。

「その点はご安心下さい」リベラはそういっただけでズボンのポケットからハンカチを取り出して額を拭った。

陸軍特殊部隊の工作チームは徹底的な訓練と教育を受けていた。国の内外を問わず、秘密作戦を実行中に捜査当局や敵対するゲリラ組織などに逮捕、拘禁されそうになった場合は、身につけている爆薬で自らの肉体を粉々にするか、銃を使って自殺することになっている。怪我《けが》をして身体の自由を奪われていたり、意識を失っている場合はチームの他の隊員が同じ処置をし、さらに身柄を拘束されてしまったら奥歯に仕込んだ毒薬のカプセルを噛み潰して生命を絶つようになっていた。

「他にも手を打つべきことがあるんじゃないのか？」

古河がテーブルに視線を落としたまま、ぼそりといった。日本語だった。フジタが素早く視線を投げかけたが、古河は顔を上げようとしなかった。

「現段階での状況は把握できた」フジタはそういい、リベラに退出するよう手で合図をした。

リベラはゆっくりと立ち上がり、フジタと古河を見比べていたが、やがて一礼すると執務室を出ていった。

フジタは眼鏡を外し、目と目の間を強く揉《も》んだ。うるんだ目で古河を見る。一週間ほど前に風邪をひき、いまだに治っていない。身体が熱っぽい上に食欲がまったくなかった。

「他に打つべき手、とはどういう意味かな？」

フジタはスペイン語でいった。フジタの両親は第二次世界大戦の直前、熊本県からペルーに入った日系一世だが、フジタ自身は、自分の考えを伝えたり、錯綜《さくそう》する内容を説明する場合はスペイン語の方がよどみなく出てくる。

政治や経済に関する問題を考える時にもスペイン語であり、それを日本語で話す時には頭の中で翻訳しているのだった。

「例のコカイン工場さ」古河もスペイン語で答える。椅子の背に身体を伸ばし、煙草を取り出してくわえる。ライターで火を点け、煙を吐きながら言葉を継いだ。「対空砲火だけじゃなく、護衛の戦闘機部隊でも配備してはどうかね?」

「君の命令を受けるつもりはない」

「強気は結構だがね、ミスタ・フジタ。例のプロジェクトを維持できなければ、あなたと私は共倒れになるんだ。それをお忘れなく」

フジタは古河の言葉を聞きながら、腹の底で罵った。

新しいタイプのコカイン生産をもって目先の金を手にいれるよう進言したのは、古河だった。犯罪組織の摘発を進める一方で、彼らが利用していたルートに新たなコカインを流す。犯罪組織に打撃を与えることは、すなわち競争相手の淘汰《とうた》となり、フジタや古河から見れば販売ルートの拡大につながる。

新コカインに関する計画は、フェニックス・プロジェクトと呼ばれていた。

その内容を知っているのは、フジタ、古河の他にはリベラ、警察庁長官と直接プロジェクトを進めているフジタの身辺護衛にあたる親衛隊の幹部である。また、フェニックス・プロジェクトの名称は古河の会社が推進しているエネルギー資源開発事業にも冠されていた。

フジタは大統領選に勝利して以来、数々の経済政策を打ち立て、実行してきた。麻薬組織や反政府グループによるテロ行為には、間髪を入れずに軍隊を投入、組織の細胞を一つひとつ丹念に潰していった。法律の改正も積極的に行い、麻薬がらみの犯罪には厳しい刑罰を与えた。

だが、深刻なインフレは昂進《こうしん》するばかりで、失業率の上昇と反比例するようにフジタに対する支持率は低下していった。企業倒産は相変わらず多発しており、テロ行為は件数は減少したものの規模は拡大し、ますます残忍性を帯びるようになってきた。

フェニックス・プロジェクトは毒をもって毒を制する手段である。

反政府勢力の資金源であるコカイン市場を席巻《せっけん》して、ゲリラ組織を根本から叩き、次いでコカイン売買で得た金を軍の強化と政治的基盤の拡充にあてる。さらにドルを獲得して国内市場に投下することによってインフレに歯止めをかけ、最終的には、安定した財源をベースにエネルギー資源開発を進めることまでを目的としている。

フジタは自分が大統領の職にある内に一九六〇年代に起こった社会主義革命に勝るとも劣らない奇跡の変革を起こすことを望んでいた。何をおいても二十一世紀に向けて自国を存続させなければならない。目的が手段を正当化するとフジタは確信していた。必要とあれば、悪魔に魂を売る覚悟だった。

古河が灰皿で煙草を押し潰す。

フジタは腕時計にちらりと目をやった。

「どなたかとお約束ですかな?」古河が上目遣いに見る。

「君が心配している点が解決できるんだ」フジタが余裕のある笑みを見せた。「間もなく我々の新しい軍事顧問がやって来る」

「ほう？」古河は椅子の背に身体をあずけて、足を組んだ。

「例の基地から発着する輸送機の管理をしている人間だ」

「輸送機で何を護衛するんです？」古河が唇をめくりあげて笑う。

「彼はパイロットだよ、セニョール・コガ」フジタは落ちついた声でいった。「ただし、輸送機を飛ばしているわけではない。わが国が新たに買い入れたＳｕ－27という新鋭戦闘機に乗る」

「閣下は、貴国の財政状態をご存じなのでしょうな」

「確かに高い買い物だったよ」フジタは椅子の上で背を伸ばした。「何しろ、ブラックマーケットで手にいれたんだからね。君に説明されるまでもなく、わが国の苦しい台所事情では、四機購入するのが精一杯だった」

たったの四機で、と古河がいいかけた時、執務室のドアをノックする音が聞こえた。

フジタが返事をすると、一人の男が入ってきた。

古河は、その男が背筋がぞくぞくするような冷気を噴射しているように感じた。

その男はゆっくりと執務室の中を歩いてくるとフジタの前に立った。フジタが立ち上がる。握手を交わした。

「紹介しよう、セニョール・コガ。こちらがセニョール・アレクセイ・スメルジャコフだ」

古河は引きずられるように立ち上がった。

スメルジャコフは、髪も肌も真っ白だった。髪を短く刈って、きっちりとオールバックにして撫でつけてある。

軍人だな、と古河は思った。握手をする。一瞬、右手を握りつぶされる恐怖を感じた。スメルジャコフの唇が割れ、ずらりとそろった歯がのぞいた。

男は長袖のワイシャツを着ており、襟のボタンまできちんとはめてあった。カフスは金。紺と赤のストライプが斜めに走ったネクタイを締めている。えらの張った顔だちで、頬骨が飛び出しており、頬が削げている。顎は、ひどく尖っていた。かぎ鼻。何より男の顔を特徴づけていたのは、まばたきを忘れたようにじっと見つめる色の薄い瞳だった。

「セニョール・スメルジャコフ」フジタがいった。「あわただしくて申し訳ないが、セニョール・コガは今帰るところだった。また、ゆっくりとお会いになることもあるかと思うが――」

「お目にかかれたことを嬉《うれ》しく思います」スメルジャコフは完璧なスペイン語でいった。

「こちらこそ」

古河は痛む右手を二、三度握っては開き、血行を戻そうとしていた。毒気を抜かれたように執務室のドアに向かう。

「セニョール・コガ」フジタが声をかけた。「君からいただいた先程の資料だが、一カ所だけ不備があるね。エクアドルでアメリカに協力する男の名前が欠けていた」

「まだ決まっていないんでしょう」古河が振り向いて答えた。

「引き続き調べてくれたまえ」フジタがソファに腰を下ろしながらいった。

「仰せの通りに、閣下」

古河はそれだけいうと執務室を出ていった。

エクアドルの首都キト。

大衆紙ラ・ホーラの編集部は、三階建ての小さな本社ビル、その二階にあった。二十二名の編集部員が、狭いフロアに置かれた机と資料がぎっしりつまったロッカーの狭間で働いている。日刊紙と銘打っているが、創刊当時はともかくここ十数年は隔日刊ペースを維持するのがようやくといった有り様だった。

二階フロアの四隅には大きめの机が配置されており、社会部、政治部、経済部、文化部の部長が座っている。編集長の席はフロアの一番奥まったところにあった。

編集長席を挟むようにして、社会部長と政治部長の席がある。経済部と文化部はラ・ホーラ紙の中枢ではなく、編集長、編集担当重役と昇っていくためには社会部か政治部、もしくは創業者一族との血縁か姻戚関係が必要だった。

社会部長席の前で一九〇センチ近い長身を縮め、背を折るような恰好で立っている男がいた。ケネス・キング、三十歳、社会部の中堅記者だった。

社会部長は赤ら顔の五十年配の男で、編集経験はなく営業畑の出身だったが、創業者一族で現社長の娘と結婚している。編集経験のないことが部長のコンプレックスとなっている。

記者たちが取材し、書き上げた原稿をチェックするのは子飼いの次長の仕事だった。部長自らが記者を呼びつける時は、その記事がラ・ホーラの営業政策上はっきりと好ましくないものであることを、編集部の誰もが知っていた。

「ミスタ・キング」部長は間延びした口調でいった。「この原稿はどういう意味なのかね？」

キングは目をぱちぱちさせながら、部長が机の上に放り出したタイプ原稿を見つめていた。過去三カ月にわたって地道な取材を行い、二晩徹夜して書き上げたシリーズ企画の原稿だった。

白いタイプ用紙に文字がきちんと打ち込んである。その真ん中に赤いマジックインキで斜線が一本入っている。

原稿は十回分、四十枚以上あった。部長がすべての用紙を赤く汚しているのは確実だった。

「お読みいただいた通りです。三カ月前の編集会議で私が提案したテーマが通りましたから、それを取材してまとめたんですが――」

キングは赤毛だった。ゆるやかにウェーブした髪を後ろへ撫でつけている。目が大きく細面で口許にはいつも優しい笑みが漂っているような男だった。ワイシャツ、グレーのスラックス、黒のニットタイを締めている。大きな靴は茶色で何度も修繕した跡がついていた。

「君が提案したのは、政府の最低賃金保障問題に関する政策の遅れを取り上げるということじゃなかったのか?」部長のこめかみは膨れ上がり、濡れた唇からは唾が飛んだ。

「そうです」キングは肩をすくめた。

「そうです、だと? よくもぬけぬけとそんなことがいえるもんだ。お前の原稿を見ろ」部長はそういうと第一回分の原稿を取り上げ、キングの前に叩きつける。「一回目が石油会社、二回目がバナナ・フルーツの輸出会社、三回目が医薬品メーカー――」

部長は次々に原稿を叩きつけていった。キングが予想した通り、どの原稿にも赤い斜線が引かれていた。

「最低賃金保障問題に関しては、政府の政策だけを取り上げるわけにはいきません。実際に苦しんでいるのは、労働者なんです。彼らの生活実態を取り上げることが結果的には政府の遅々として進まない政策を――」

「黙れ、黙れ、黙れ」部長は額を真っ赤に染めて立ち上がり、甲高い声で怒鳴った。「我々が問題視しているのは、あくまで政府の政策能力の無さなんだ。いいか？　改善されない失業率、インフレ、債務超過、経済の低成長とどれをとっても政府の政策能力不足がすべての原因であることは自明じゃないか。それをどうして企業経営者の責任にすりかえようとするんだ」

「部長、聞いて下さい。実際には企業収益がですね――」

「うるさい」部長は身体をくの字に折り曲げ、編集部じゅうに響きわたるような声を張り上げた。「大体貴様は自分が大学卒のインテリであることを鼻にかけて、わしを馬鹿にしているんだ。だからこうして他の記者が書けないような内容を自分だけは書いていますという顔をしていたい。個人的満足に付き合うほどわが社は寛大じゃないぞ。その上、真実までねじ曲げやがって」

キングは口を閉ざした。部長はなおも続けた。

「三カ月もの間、こんなインチキ記事を書くために出社していたのか？　え？　月給泥棒が。恥を知れ、恥を」

部長はそういうなり机の上に広げた原稿を手にすると次々に引き裂き、丸めて足下のごみ箱に放り込んだ。十回分、すべての原稿を破り捨て、その上に唾を吐きかける。興奮しているためか、顔じゅう汗まみれになり、額には前髪がかかっていた。肩で息をしながらキングを見上げ、鼻先に指を突き立てる。

「大体、キングという名前自体、わが社とは相性が悪いんだ。貴様といい、貴様の極楽親父といい、性根の腐ったどうしようもない奴らだ。いいか、キング。明朝までに政府の政策能力不足を批判するトーンで十回分の原稿を用意しろ。いいな?」

キングは目をしばたたいて、部長の顔を見ていた。

「わかったか、キング?　わかったか、訊いているんだ」部長のこめかみが再び膨れ上がる。「明日の朝までに原稿が揃《そろ》わない場合、君はクビだ。いいな?　わかったら、席に戻って仕事を始めるんだ」

「わかりました」キングはようやくかすれた声でいい、一礼すると自分の席に向かって歩きだした。

編集部員たちは、自分の仕事をしている振りをしながらキングの様子をうかがっていたが、誰一人として助け船を出そうとはしなかった。

キングは自分のデスクに戻るとタイプライターに新しい用紙を挟み込んだ。用紙送りのノブを回す。

隣に座っている同じ社会部記者のアルベルト・エスカバルが肩を寄せてささやいた。

「いったろ、ケン。あんな原稿が通りっこないって」

エスカバルは三十三歳。キングよりわずかに先輩だった。黒髪で人懐っこい顔をしている。

「君は平気なのか、アル？　僕たちは正義の仕事をしているんだぜ」キングは顔をしかめていった。

「よせよせ」エスカバルがうんざりした顔でいった。「君には女房も子供もいるんだぜ。ここで会社から放り出されてみろ、十人に一人の仲間入りだぜ」

十人に一人――キングはエスカバルのいった言葉を頭の中でもう一度繰り返してみた。エクアドルの失業率は年々わずかずつ改善されているとはいえ、それでも一一パーセントだった。文学を専攻した男が新聞社での職を失えば――考えるだけでも恐ろしかった。脳裏にはたった一部屋しかない狭い賃貸アパートで暮らしている妻と二人の子供の顔が浮かんだ。キングの月収は三十六万スクレ、米ドルに換算して約二百ドルに過ぎない。毎月千ドルの収入があれば、家を購入することも可能だが、そのためには社長の娘と結婚でもしないかぎりは無理だった。

キングは不吉な思いを振り払うかのように猛烈な勢いでタイプを叩きはじめた。政府を批判するための言葉はいくらでもある。ラ・ホーラに限らず、国内の新聞は連日政府をなじる論調を張りめぐらしている。

新聞記者ができないのは、企業、それも大手企業の批判記事を載せることだった。

大抵の新聞社は石油やフルーツなどエクアドルの主要産業を占める企業と資本面で提携している。そうでなくとも広告がなければ、新聞社はあっという間に倒産してしまうのだ。ラ・ホーラも例外ではない。

社会部長がラ・ホーラの中で実権を握っているのは、創業者一族と姻戚関係であるというだけでなく、企業とのパイプ役も果たしているためだった。

創業者一族というのなら、キングこそ正統な一員だった。彼の父、ニコラス・キングはラ・ホーラ創刊時のメンバーで編集長と論説委員を兼ねていた。元々軍政に反対し、自由と民族自決運動を推進してきた知識人であり、正義を貫くための言論機関としてラ・ホーラが出発する時、乞われて創業メンバーに名を連ねたのである。

だが、時は移り、特に石油が発見されてからというもの、国も新聞社も大きく変わってしまった。ニコラスは共産党員というレッテルを貼られ——軍政に反対する者はすべて共産党員と呼ばれた——、三度投獄された。その間、ラ・ホーラからも駆逐されてしまった。

ニコラスの正義は貫徹されなかった。食糧、衣料、住環境が不十分な上に教育が完備されず字の読めない国民が多い。政府や産業界のリーダーたちはテレビを積極的に利用、文字で伝えるよりも簡単に国民をコントロールしていった。知識人たちが運動を展開しようとしても、多くの民衆はこういった。

『目の前に映像があるのに、なぜ、それを嘘《うそ》だというのか？』

　ニコラスは酒に逃避した。その点、キングは父親に失望し、今では軽蔑さえしている。キングは正義の旗印を復活させるべく、ラ・ホーラに入社した。創業メンバーの中にはニコラスに同情を寄せる向きも少なくなく、キングの入社に積極的に動いたのである。そして入社して八年の歳月が流れていた。

　タイプライターを叩いていた手を止め、キングは顔を上げた。すでに編集部の照明は落とされ、キングの机にあるスタンドだけが灯《とも》っていた。午後十時を回っている。エスカバルに挨拶したのをぼんやりと覚えているだけだった。

　首を回した。骨が乾いた音をたてた。

　ラ・ホーラでは、キングの正義を貫くことができない。だが、彼は酒に逃げるつもりはなかった。武装した革命でもなく、政治家として打って出ることもなく、地道な市民運動を繰り広げることが彼にとって唯一の拠《よ》り所《どころ》となっていた。

　しかし、同志たちと地下出版していた機関紙の印刷所が警察の急襲を受け、印刷機械や用紙が没収されていた。再建するための費用がキングたちにはどうしても必要だったのだ。

　キングは手の動きを再開し、タイプライターのキーを力まかせに叩きながら、強く唇を噛んだ。

費用を捻出する方法はわかっていた。

数日前、市民運動を支援するグループの者だと名乗る男がキングを訪ねてきた。その男が提供しようという金額は、キングたちの活動を再開するばかりでなく、さらに規模の拡大を図れそうな金だった。

今までにも何度か会ったことがある。その男は無償で金を提供しようというのではなかった。キングや仲間に対して、諜報活動まがいのことをさせようとしていたのだ。しかもエクアドル国内ばかりでなく、周辺の国に対する活動も含まれていた。

キングたちは、その男がＣＩＡの人間であることを薄々感じていた。アメリカからの資金提供を受けるつもりがなかったので、キングは資金提供を断り続けていた。

だが、事態は切迫している。キングのグループは身動きできない状態だった。タイプライターを打つ手が止まった。電話機を見つめる。壁掛け時計のセコンドを刻む音だけが聞こえていた。

これ一回だけだ、と自分に言い聞かせながら、キングは受話器を取り上げた。

この時キングは、彼らの活動を警察に密告したのもＣＩＡであることにまったく気づいていなかった。

5

ハバナ市。

レストラン『ボデギータ・デル・メディオ』は、港にほど近い観光コースにあった。一九五七年の革命以前から営業している老舗《しにせ》で、ヘミングウェイが足しげく通った。一階のバーには、ヘミングウェイのサインが誇らしげに掲げてある。

間口は狭く、せいぜい三メートルほどしかなかった。間口の三分の二をバーが占める。残りの三分の一、約八〇センチほどの通路の奥がレストランになっていた。店の中ほどに階段があり、二階、三階席へと上ることができた。三階席の半分ほどはテラスになっており、小さなステージがある。ギター二本とマラカスという編成の三人の男たちが古くからあるキューバ音楽を奏でていた。

二階の奥まった席では生演奏をバックに張りのある歌声が聞こえる中、フォークが陶器の皿に触れる忙《せわ》しい音だけが響いていた。少量のオリーブオイルと塩を加えて煮た米飯と黒い小粒の豆を混ぜた料理を、五人の男たちが黙々と口に運んでいる。時折、サラダに手を伸ばしたり、スライスした豚肉の燻製《くんせい》を皿に取り分けて食べる。テーブルの上にはバナナのフライ、ライス、フロリデス・ネグロスと呼ばれる黒い豆の料理が並んでいた。

その内の一人、バーンズはフォークを持った右手をテーブルの上に置いて、男たちを見渡した。

正面に那須野が座っている。直接顔を合わせるのは四年振りだった。初めて那須野に会ったのは、二十年前、イスラエルだった。当時、那須野は航空自衛隊の二等空尉でバーンズはアメリカ空軍の中佐だった。那須野の髪にも白いものが交じり、目尻や唇の端には深い皺が刻まれている。日に焼けた肌にもかつての張りはない。

音もなく、光景だけが脳裏を駆け抜ける。

黄土色の砂漠と焦げ茶色の岩山。青い空。前席で操縦桿を握っていたのが那須野、後席でミサイルを見つめていたのがバーンズだった。敵機の放ったミサイルが命中。そして燃え上がるファントムからの射出。

脳裏に浮かぶシーンが一転する。払暁の濃いブルーの大気の中。バーンズにとって最後の飛行。ファイティングファルコンの操縦席。視界に、那須野の操る真っ黒なネオ・ゼロが浮かび上がる。炸裂《さくれつ》する二〇ミリ機関砲。オレンジ色の焔《ほのお》。風防が砕け、失神するほど冷たい空気が叩きつける。

義手を見た。その時、左手を失った。

さらに一転。深夜の格納庫。バーンズが育て上げた次世代戦闘機スーパー・ゼロが盗み出されようとしている。M16自動小銃を構え、グレネードランチャーの引き金を絞り落とすバーンズ。スーパー・ゼロのコクピットには、那須野がいた。

二十年――バーンズは腹の底で唸った。

レストランに那須野が現れた時、バーンズは動悸《どうき》を感じてうろたえた。だが、那須野はバーンズの顔を見てもほとんど表情を変えずに軽く会釈をしただけで席についた。

クルビコフを紹介した。

一九八九年、ネオ・ゼロを使って朝鮮民主主義人民共和国の寧辺にある原子力施設を爆撃した時、在日ソ連大使館の駐在武官として作戦に協力したのがクルビコフだった。那須野はクルビコフを見ても無表情のままだった。クルビコフも那須野を知っているはずだったが、何の反応も見せなかった。

バーンズは視線をずらし、クルビコフが連れてきたキューバ人を見た。背の低い男で、ドミンゴと名乗った。観光局の役人と紹介されたが、情報部の人間に違いないと睨んでいた。

そしてバーンズの隣では、エイギラーが屈託ない大食漢ぶりを発揮している。今のところ、誰もが英語で話していたので通訳としてのエイギラーの出番はなかった。

ドミンゴと目が合う。ドミンゴはバーンズがフォークを置いているのを見ると眉をひそめて訊いた。

「お口に合いませんか？」

「いや、大変に結構だ。キューバ料理がこんなにうまいとは思ってもみなかったよ」

バーンズはそういいながらもテーブルの上にフォークを置き、小さなグラスを取り上げるとモヒートを一口飲んだ。キューバ特有のカクテルで、ラムを炭酸水で割り、砂糖とハッカの葉をグラスの底に沈めておく。グラスに差してある短いプラスチックのマドラーでかき混ぜてから飲む。甘いが、口の中に砂糖の甘味が残らない。さっぱりしていた。

バーンズは視線を上げ、天井から逆さまに吊《つ》ってある椅子を見て訊ねた。

「あれは、どういう意味のおまじないなんだ？」

ドミンゴはバーンズの視線を追って天を仰ぎ、うなずいた。

「あれはヘミングウェイが愛用していた椅子です。この二階席でね」

「彼はよく来たのか？」

「この店でモヒートを飲み、よくコングリを食べたそうです」ドミンゴは淡々とした口調で答えた。

バーンズが顔をしかめる。

「コングリとはこれですよ」ドミンゴはフォークで目の前にある皿——ライスに黒い豆

を混ぜた料理を指していった。「見た目よりはあっさりしている料理でしょう？」

「確かに」フォークを取り上げて、バーンズはうなずいた。

レストランの壁は真っ黒に見えた。びっしりと客の落書きで埋まっている。英語、スペイン語、ロシア語、中には漢字で書いた署名もあった。この店の名物で、客は壁といわずテーブルといわず来店の記念に自分の名前やメッセージを書き込んでいく。

バーンズは落書きだらけの壁を見た時、ドミンゴがこの店を選んだ理由がわかったような気がした。誰が出入りしても不思議ではないのだ。

午後八時を回り、店の中が混みはじめ、彼らの隣のテーブルにもキューバ人らしいカップルが案内されてきた。目の大きなウェイトレスに向かって、男の方が早口のスペイン語で注文をしている。

「そろそろ今夜の本題に入っては、どうかね」ナプキンで口許を拭きながらクルビコフがいった。

バーンズがちらりとドミンゴを見る。ドミンゴは黙々と料理を口に運んでいた。

「彼は問題ない。君があらかじめ私に話してくれたようにわが国と貴国の共同作戦とするなら、話し合いの場には彼にも立ち会ってもらいたいと思っている」クルビコフは挑むような口調でいった。

「しかし、我々の作戦にキューバが参加するとなると――」

バーンズがいいかけるとドミンゴが顔を上げ、遮るようにいった。

「わが国は一切関係ないことをあらかじめお断りしておきます」

「その通り」クルビコフが後を引き取った。「キューバは今回の作戦には一切タッチしない。キューバではなく、彼、セニョール・ドミンゴ自身に話を聞いてもらいたいだけなのだ」

「しかし――」バーンズがいいつのる。

「ミスタ・バーンズ」クルビコフの口調が冷たくなる。「ドミンゴは我々にとって保険のようなものでね。我々は中南米において貴国ほど強力な活動基盤を持たないのだ。せめてセニョール・ドミンゴに一枚加わっていただく必要がある。話をしている内にあなたも彼がいかに役立ってくれるか、理解できるだろう」

バーンズはしばらくクルビコフとドミンゴを交互に見比べていたが、やがてゆっくりと切り出した。

「今、わが国ではコカインが大きな問題になっている。調査した結果、最近になってペルーの奥地に一大コカイン集積地ができたことが判明した。我々はそれを排除したいと考えている。そしてその集積地のすぐそばに滑走路がある」バーンズはクルビコフの目を真っ直ぐに見ながらいった。「そこにはＩｌ‐76〈キャンディッド〉が着陸している」

クルビコフは押し黙ったまま、規則的に料理を口に運んでいた。

「偵察衛星の写真がある」バーンズは涼しい顔でいった。「機密事項だが、多少の融通を利かせることはできるつもりだよ。君が信じないというのなら、見せてもいい」

クルビコフの顔つきが引き締まった。押し殺した声でいう。

「我々空軍の統率力が低下していることを指摘したいのか？」

「勘違いしないでくれ」バーンズは手を振った。「我々は君たちの問題を公にするのが本意ではない。ただ、そのコカイン集積地を排除したい、それだけなのだ。今回、我々がつかんだ情報を国連で発表する方法はある。キャンディッドの件も含めてね」

クルビコフが口を開こうとするのを、バーンズは右手を挙げて制した。

「だが、それではあまりに時間がかかりすぎる。集積地にあるコカインの総量がどのくらいになるか推測するのは難しいが、わが国にとって深刻な問題になるのは確実だ。それで取りあえず、そこを叩くことにした」

「方法は？」クルビコフは目をすぼめてバーンズを見た。

「ネオ・ゼロという戦闘機がある。機体の各部に低光度カメラと赤外線センサーを取り付け、パイロットは球形の視野を得ることができる特別な電子機器を搭載している。低高度侵入作戦に優れた性能を発揮する」

バーンズはちらりと那須野を見た。相変わらず無表情のまま、モヒートを啜っている。

「ネオ・ゼロなら知っているさ」クルビコフは素っ気なくいった。

バーンズはクルビコフの顔つきをじっと観察しながらゆっくりと言葉を継いだ。

「ネオ・ゼロは元々日本が秘密裏に開発した次期支援戦闘機で歴史上、日本にもアメリカにも存在したことがない。そして北朝鮮の原子炉爆撃に行ったパイロットがここにいるジークだ」バーンズは那須野を手で示していった。

「その航空機が今はアメリカにあるというのか？」クルビコフが訊いた。

バーンズはうなずいた。

「それをどうしようというのだ？　このキューバに持ち込んでペルーに向けて飛ばそうというのか？」クルビコフが重ねて訊いた。

「君に会いにきたのは、その話をするためだ」バーンズは身を乗り出した。「エクアドルにSu－27を売る計画があるね？」

「エクアドルは戦闘機を買えるほど金持ちじゃない」

「貧乏な国だからこそSu－27を売りつけようとしているんじゃないか？」バーンズが歪んだ笑みを浮かべる。「何しろ、かの戦闘機はわが国のF－16に比べて十分の一の値段というからね。ロシアにとっては手っとり早い外貨稼ぎになり、政情不安定なコロンビア、ペルーと国境を接するエクアドルにとっては、対地、空対空戦闘に優れた能力を発揮する新鋭戦闘機は魅力的だ。しかも安い」

クルビコフは唇を引き結び、バーンズを睨みつけていた。色の薄い瞳がほの暗い照明の下で強い光を帯びる。

「確か三日ほど後にサンプルを持ち込むことになっている」バーンズは抑揚のあまりない淡々とした口調でいった。「その中にネオ・ゼロを紛れこませて欲しいのさ」

クルビコフは、ゆっくりとフォークを置き、それからモヒートのグラスを持ち上げて一口飲んだ。その間、じっとバーンズに視線を注いだままだった。

「なぜ我々が協力する必要があるんだね？」

「最近、ペルーはブラックマーケットを通じてＳｕ－27を手に入れた」バーンズは一語一語ゆっくりといった。

クルビコフが顔を強張《こわば》らせる。ドミンゴとエイギラーは、話を続ける二人の顔を交互に見ていた。

「それで？」クルビコフが先を促す。

「たかだか四機だが、指揮する人間が厄介だ」

「そこまで知っているのか？」

クルビコフの問いにバーンズがうなずいた。

「君たちは、ペルーに入ったＳｕ－27をぶっ潰したいと思っているし、その男も排除したいと思っているはずだ」バーンズが落ちついた声でいった。

「誰だ？」那須野が唇の端に煙草をくわえて訊いた。

クルビコフが素早く那須野を見る。バーンズはクルビコフを見つめたまま低くいった。

「アレクセイ・スメルジャコフ」

那須野が眼をすぼめる。

スメルジャコフは過去に極東に配備されていたソ連防衛空軍のパイロットだった。

コードネームは〈商人〉。

当時、スメルジャコフはソ連が開発したステルス戦闘機のテストパイロットでもあった。バーンズが仕掛けた罠《わな》にはまって沖縄上空に誘い出され、ステルス戦闘機の秘密を暴かれたことがある。その時、スメルジャコフをおびき寄せる餌に使われたのが、航空自衛隊にいた那須野だった。

「どんな作戦なんだ？」クルビコフはかすれた声でいった。

「ＯＫ、説明しよう」バーンズはそういって那須野を見た。「まず、最初はメキシコに入ってもらう」バーンズは話しはじめた。

その間、ドミンゴはちらちらとエイギラーを観察していた。

巨漢の空軍将校は屈託のない大食漢ぶりを発揮して、左手に持ったフォークだけで器用に肉やフライを切りわけて口に運んでいた。ドミンゴが気になったのは、エイギラーの座り方だった。右足を通路に出し、椅子の半分に尻をのせて座っている。テーブルの横を人がすり抜けたり、階段付近に人影が見えるとほんの一瞬、視線を飛ばす。何気ない様子を装っているが、ドミンゴが観察する限り一度としてはずしたことはない。

ボディガードか、人殺しを職業にする男か――ドミンゴは腹の内で思った――はたまた同業者か。

一度、ドミンゴはそばに来たウェイトレスに注文をするふりをして伸ばした足をエイギラーの左足にぶつけた。ドミンゴが詫《わ》びるとエイギラーはにっこり微笑んで、気にするなと答えた。

ドミンゴはエイギラーが左足首に平べったい小型の自動拳銃を帯びていることを確信した。

バーンズが那須野とクルビコフに今回の作戦の概要を説明し終わったところだった。ドミンゴはエイギラーに訊ねた。

「空軍の方ということですが、パイロットですか？」

「いえいえ」エイギラーはフォークを振り回した。「航法士としてバッフに乗っていたんです」

ドミンゴが首をかしげる。エイギラーは笑って説明した。

「B・U・F・F。バッフはB－52のニックネームですよ」

B－52ストラトフォートレスならドミンゴも知っていた。アメリカ戦略空軍が保有する世界最大の八発巨人爆撃機だ。空中給油なしで地球を半周するだけの航続距離を持ち、胴体内部には三〇トン――実に武装した大型戦闘機まるごと一機分に相当する――に及ぶ爆弾を搭載することができる。

　エイギラーがにこやかに続ける。

「バッフはバッファローという意味ですがね、いかにもB‐52のイメージから付けられたニックネームでしょう」エイギラーが声の調子を落としていう。「でも、本当の意味は大きくて醜くてどうしようもない飛行物体《ビッグ・アグリー・ファッキング・フライヤー》の頭文字なんですよ」

　ドミンゴが笑っていった。

「では、あなたは東南アジアの戦争に行ったのですか?」

「残念ながらあの戦争は私が飛行学生の頃に終わりました。私は実戦を経験しないままに現役クルーとしての任務を退きまして、今ではルイジアナ州の空軍基地で教官をしています。若い連中相手に退屈な授業をしているだけですよ。今回はスペイン語の通訳として駆り出されたわけでして――」

「私はてっきりあなたが東南アジアの戦争に行って、ブッシュマスターに乗っていたものと思いましたよ」ドミンゴはとぼけた顔つきでいった。

　ブッシュマスターというのは、胴体の前後にプロペラを持つユニークな構造の軽飛行機で、ヴェトナム戦争時代は主にＣＩＡが使用していた。

　ドミンゴがにやりとして見せ、エイギラーが微笑み返す。

「私はバッフのクルーですよ」エイギラーはもう一度繰り返した。

バーンズは二人の会話を聞きながら、ちらりとドミンゴを見た。DGI――情報管理総本部の人間なのだろうか、と思った。DGIはキューバの秘密情報機関で、内務省の特別任務局と同様、旧ソ連のKGBが深く浸透している。ドミンゴがDGIか、もしくはその外郭団体の工作員であるならば、クルビコフが彼を同席させた理由がわかるような気がした。KGBは解散し、ロシアの海外諜報活動や秘密工作は著しく後退している。

無駄と知りつつ、バーンズは訊ねた。

「彼がCIAの工作員だというのかね？」

「さて、どうでしょう？」ドミンゴは両手を広げて見せる。

「君の方こそ、たとえばスパイのような活動をしている男じゃないのかね？」重ねて訊く。バーンズは胸の奥に虚《むな》しさからくるうずきを感じていた。

「私は警察官や軍人が嫌いだ。まして、スパイなんてね」ドミンゴはにやりとしながら付け加える。「もっとも仮にそうだとして、私はスパイですなどと間抜けなことをいう人間に見えますか、フランクリンちゃん《フランシスキート》？」

一瞬、クルビコフの口許に笑みが漂った。

沈黙。

ドミンゴはアロハシャツの胸ポケットから両切り煙草を取り出して、一本をくわえるとマッチで火を点けた。強い煙草の香りがテーブルの上を流れる。

那須野が顔を上げた。

「報酬の件だが、半分の五万ドルをすぐに指定口座に振り込んでもらいたい。振り込まれたことを俺の相棒が確認した時点で、作戦を開始する」

「問題はない。すぐに振り込ませよう」バーンズがにやりと笑って答えた。「いずれにしても作戦にかかる時間はせいぜい一週間だ。それに君がメキシコ入りするのは二日後だ。金についてはそれまでに確認できるだろう」

「二日後、俺はメキシコ空港でどうすればいいんだ?」那須野が訊いた。

「飛行機を降りたら、ターミナルビルに連なる通路を空港職員が十人ほど上がってくる。その連中に紛れ込んで駐機場へ出てくれ。その内の一人が案内する。そしてその男にパスポートを渡してもらいたい」

「連中は俺の顔を知っているのか?」

「そうだ。それにニカラグアへ飛ぶための飛行機を渡す時に、もう一度間違いなくジークであることを確認させてもらう」

「合言葉でもいうのか?」那須野は口許を歪めて笑った。

「まあ、行ってみればわかるはずだ」バーンズは取り合わなかった。

「ニカラグアまでの飛行経路は？」

「それは任せる」バーンズはそういうとシャツの胸ポケットから一枚の紙片を取り出した。「ここにニカラグアで協力してくれる男の名前と飛行場の場所が記してある」

那須野は紙片を受け取った。相手の名前はアルフォンソ・ガルシア。飛行場の位置を表す緯度と経度が記されている。地名に覚えはなかった。

「記憶したら、そのメモは始末してくれ」バーンズがいった。

那須野はうなずき、オイルライターを取り出して紙片に火をつけた。

「ガルシアはＣＩＡの協力者だ。信用できる手合いではないが、金が入るとなれば最低限の仕事はきっちりとする。奴が待っているのは、三日後の午前〇時から一時までの間の一時間。その間に到着できるようにしてくれ。メキシコ空港で離陸準備をして、許可を取り、離陸してから十時間後がちょうどその時間になるはずだ」

バーンズは那須野の指先で紙片が燃え上がり、白い灰になるのを見つめながらいった。

「ただ、問題はそれだけじゃないぜ」那須野は幾分弱々しい声でいった。「残念ながら俺はスペイン語がほとんど喋れない。それにメキシコからニカラグア、ニカラグアからエクアドルまで飛ぶのは不可能じゃないが、エクアドル国内を移動するにしても満足に地理もわからない」

バーンズとクルビコフが同時にドミンゴを見た。

「わかりましたよ」ドミンゴは首を振りながら答える。「ご期待に添えるようなガイドを一人、ミスタ・ナスノが出発するまでに見つけることにしましょう」

「彼は役に立つ男だといっただろう？」クルビコフは得意そうな顔でバーンズにいった。バーンズは冴《さ》えない表情で何度もうなずいた。

五人の男たちが食事を終えて出ていってから十五分ほどして隣のテーブルに座っていたカップルも立ち上がった。

「美味《おい》しかったわ、ありがとう」女がいった。「今日はあたしのアパートに来る、カルロス？」

「いや、今度にするよ」浜本は女の肩に手を回しながらいった。「最初のデートは食事だけって決めているんだ」

「堅い人なのね」女はおかしそうにくすくす笑った。

「誰にでもというわけじゃない。本当に愛せそうな女性とは、ゆっくり知り合いたいと思っているんだ」

「それが日本人流なの？」

浜本は笑って見せただけだった。女のハンドバッグにはテープレコーダーが放り込んであった。

どうやってテープを東京に送ろうか？

浜本が考えていたのはそれだけだった。


ドミンゴが観光局に帰ってきたのは午後十時を回っていた。駐車場にラダを停めたドミンゴは建物を見上げて眉を寄せた。オフィスに明かりが灯っている。ドアにしっかりとロックをかけ、鍵束をポケットに落として建物に入る。

階段を三階まで上がった。ドミンゴのオフィスはドアが開きっ放しになっており、ラジオから流れる強烈なサルサが漏れている。

ドアの前に立って、中をのぞいたドミンゴが破顔する。精悍な顔つきをした黒人が会議用の椅子に座り、テーブルの上に両足を組んでのせていた。膝の上に置いた雑誌を興味のなさそうな顔でながめていたが、ドミンゴを見ると白い歯を見せてにやりと笑う。

「帰って来るとは聞いてなかったぞ、オスカリート」ドミンゴがいった。

「仕事が思ったより早く片づきましたんでね、それで」

オスカリート――オスカル・アルファロはたくましい肩をすくめていった。

元キューバ空軍のパイロットで輸送機を操縦していた。今はキューバ人としては珍しい貿易商をしている。もっとも実際は内務省特別任務局スペシャル・ブランチの主任としてアメリカ、メキシコ、その他南米各地を転々としていた。アルファロの強みは自ら操縦桿を握ってどこへでも飛べる点にある。

そのため運び屋としても仕事をしていた。医療品、精密工作機械、文書から麻薬や人間も運んだ。必要に応じて自分で運んだ麻薬の摘発も行う。

「アメリカ人と会っていた」ドミンゴはアルファロの向かい側に腰を下ろしていった。

「珍しい。ボスがアメリカ人に会うのは何年ぶりですか？」アルファロはテーブルの上から足を下ろした。「で、何の用で？」

ドミンゴは唇を引き結んで、アルファロを見た。アルファロがにやにやしながらドミンゴを見返す。ドミンゴが考えこむほど際どい仕事なら、アルファロにとって刺激的なものといえる。

ドミンゴは煙草を取り出してくわえ、火を点けた。アルファロが唇を突き出し、露骨に眉を寄せる。

「不思議だよ、オスカリート。時にはマリファナ煙草を満載した飛行機を飛ばすことがあるというのに、お前は煙草も吸わなければ酒も飲まない」

「嗜好《しこう》と仕事は別ですよ、ボス」

アルファロはあっさりといった。以前野球選手だった彼は、子供の頃からトレーニングと健康には人一倍気を配ってきた。今でも煙草を吸わず、徹夜仕事でもない限りはコーヒーすら口にしない。節制が贅肉ひとつない身体を作り上げていた。また、研ぎ澄まされた反射神経が自分の身を守ることも十分に承知していた。

身を乗り出し、ドミンゴに訊く。

「それよりアメリカ人に会っていたわけをまだ教えてもらっていませんよ」

「ペルーのコカイン工場を爆撃するそうだ」ドミンゴがぼそりといった。

「面白そうだ」アルファロの顔が輝く。

「お前、今、どんな仕事に取りかかっている？」

「メキシコ、ペルー、コロンビア、ベネズエラの間を飛び回ってますよ」

「何を運んでいるんだ？」

「サルサバンドです。今はバンドのやとわれ運転手ですよ。連中を双発機に乗せて各国を回ってコンサートをしています」

ドミンゴは鼻の穴から煙を吐いてうなずいた。サルサバンドを引き連れたパイロットが特殊工作員――悪くない偽装だった。アルファロはベネズエラで予定されていたコンサートが急遽キャンセルになったので、ハバナに帰ってきたのだと説明した。

ドミンゴはテーブルの上にあった灰皿で煙草を押しつぶすとゆっくりとした口調で話しはじめた。

「最初はロシア大使館のクルビコフという男に呼び出されたんだ――」

たっぷり二時間かけて説明を終わった時、ドミンゴの顔には脂が浮き、対照的にアルファロの表情は活《い》き活《い》きとしていた。

「そのコカイン施設の攻撃には成功して欲しいと思っている」ドミンゴはいった。

「マーケットは限られていますからね、新規参入は既存業者を脅かす」アルファロは立ち上がった。

「私は何もいっていないよ」

ドミンゴの言葉にアルファロはにやりと笑って見せただけだった。


『ホテル・インテルナシオナル・デ・キューバ』の一室。

電話が鳴った時、那須野は服を着たまま、ベッドの上に足を投げ出して座っていた。受話器を取り上げる。

「ハロー？」

「ジークか？」

かすれた男の声が訊いた。声を聞いただけで、相手がわかった。ハンス・ハインリッヒ・ラインダース。那須野が最後に会った時には、アメリカ空軍の大佐だった。ラインダースは、那須野やバーンズとともにイスラエルで軍事顧問をしていたことがある。

「バーンズには会ったか？」

「ああ」

「メキシコに行くんだろ？」

那須野が黙っていると、ラインダースが短く笑った。

「まあ、秘密作戦だからな」ラインダースは皮肉っぽくいった。「安心しろ、メキシコに飛行機を運ぶのは、俺だ」

那須野はバーンズがメキシコでもう一度確認させてもらうといいながら、ただ行けばわかるとだけいっていたのを思い出した。

「お前、初めて敵機を撃墜した日のことを覚えているか？」ふいにラインダースが訊く。

「ああ」那須野は短く答えた。

その日の記憶は、今でも鮮明に脳裏に焼きついている。ちょうど那須野の乗機が故障しており、ラインダースの機に乗った。二人乗りのファントム。後席にはバーンズが乗り込んだ。ラインダースはイスラエル空軍幹部との会議に出席中とのことで不在だった。

「シリアが大攻勢をかけてきた日だったよな」

「忘れはしない」那須野が答える。

ヨム・キップルの戦いといわれた第四次中東戦争でも、激しい消耗戦の一日だった。

「あの日、俺は基地にいた」ラインダースが苦しそうにいった。「トイレでな、便器に腰掛けて震えていたんだよ。そこへバーンズが来た。お前と一緒に飛んで、撃墜したと聞かされた」

「会議に出ていることにしたのは、バーンズか？」

「あの日以来、バーンズとは腐れ縁になった」

「なぜ、今になってそれを？」

「今度の作戦にからむようにいってきたのは、またしてもバーンズさ。お前がそこにいることを教えてくれたのも、バーンズだ」ラインダースが途切れがちにいう。「俺は空軍をやめる。二〇マイル先の敵機が見えない。もうお終《しま》いさ。今じゃ、教官だよ。第一線に戻ることはない。ようやく諦めがついた。今回が最後の仕事だ」

那須野は口を閉ざしていた。しばらくラインダースも黙っていたが、やがてぽつりといった。

「死ぬなよ、ジーク」

「ああ」

「お前とは一度、ゆっくりと酒を飲みたいと思っていたんだ」

「エクアドルから戻ったら、な」

「死ぬな、ジーク」

ラインダースはもう一度繰り返した。

6

ワシントンDC近郊、アンドリュース空軍基地。

熱い風がコンクリートで固められた駐機スペースの上を流れていった。燃えた航空燃料がきつく臭う。

キューバから帰国したバーンズは、統合参謀本部議長への報告を終えるとすぐにアンドリュース空軍基地行きを申し出た。テスト用機材として保管されているネオ・ゼロを運び出すためである。

統合参謀本部議長のスタッフがすぐに手配をしてくれたため、バーンズが自ら運転して基地の正門に到着した時には、名前を告げただけで身分証のチェックもなく簡単に入ることができた。

正門の警衛に案内をつけるといわれたが、バーンズは丁寧に断った。代わりにネオ・ゼロが保管されている第二十二号格納庫の所在を教えてもらった。

警衛はきびきびした口調で、車は基地本部裏手にある来客用のスペースに停めるように、といった。ゲートが開き、バーンズは生真面目な表情で敬礼をする警衛に手を挙げて応え、車を乗り入れた。

基地本部の建物から第二十二号格納庫までは五〇〇メートルほどの距離があったが、バーンズは駐機場に整然と並べられているF－15イーグルやF－16ファイティングファルコン、それにC－130輸送機の群れを愛《め》でるようにながめながら歩いた。

気温が高い上に白っぽいコンクリートに照り返す陽光を浴びて歩いたせいで、バーンズはすぐに汗ばんだ。鼻の下にたくわえた髭の中から噴き出した汗が唇の端をかすめ、顎から滴り落ちてワイシャツに染みを作った。

第二十二号格納庫の前まで来た時には、かすかな失望を感じた。

格納庫が駐機場の一番外れにあっただけでなく、正面の大きな扉には錆《さび》が浮き、屋根に近いところにある窓は破れ、ベニヤ板で補修されている。格納庫の側壁に塗られたライトグリーンのペンキも長い間風雨にさらされ、すっかり艶を失っていた。

照り返しの暑さも忘れて格納庫を見上げていたバーンズは後ろから声をかけられて振り向いた。

「ミスタ・バーンズ？」

グリーンの上下つなぎになったカバーオールを身につけ、ライトブルーの略帽をかぶってしっかりと顎ひもをかけた女性が立っていた。カバーオールには黒い油の染みがいくつもついており、左手でメモパッドを挟んだクリップボードを抱えていた。典型的な整備兵のスタイル。袖の階級章は軍曹だった。

「そうだが――」

バーンズが答えると女性の整備兵はぴしりと音がしそうなほど勢いよく敬礼をしながらいった。

「お待ちしておりました。第二八八整備隊のリンダ・ホイットマン軍曹です」

バーンズは危うく右手を挙げかけ、胸のあたりで止めた。今は民間人で、その上帽子をかぶっていない。答礼する必要はなかった。挙げかけた手を握り、下ろす。顔から汗が噴き出すのを感じた。

リンダはバーンズのあわてた様子を見て、にっこりと微笑んだ。白くて健康的な歯がのぞき、表情が瞬時にして無邪気になる。小柄で痩せぎす、短く刈った金髪、鼻の周囲にはそばかすが散っていた。小さな顔にライトグリーンの瞳、尖った鼻、やや大きめの口をのぞけば美人といえそうな顔だちだった。笑うと右の頬にえくぼができる。

「お会いできて光栄です、将軍。私の〈小さな奴《リトルボーイ》〉の機付長になってから、いつか将軍にお会いできるものと確信していました」

「私の小さな奴？　この中にある戦闘機のことかね？　確かにネオ・ゼロはイーグルやファントムに比べれば小さな機体だが、それでもハリアーやファイティングファルコンよりは大きいはずだが」

「ネオ・ゼロっていうんですね」リンダが小さな声でいった。

「知らなかったのか？」バーンズがささやく。

「勉強不足ですね。申し訳ありません」リンダは屈託なく笑い、言葉を継いだ。「でも、私にしてみれば、イーグルは〈でっかい奴《ビッグガイ》〉ですし、ファントムは〈ずんぐりした奴《ファットマン》〉、ファイティングファルコンは〈可愛い奴《ラブリーバード》〉なんです、将軍」

「なかなかユニークな識別法だね、ホイットマン軍曹。ただ、一つ訂正させてもらえるかな？ 私は退役しているから、もう将軍と呼ばれる資格はないんだ」

「では、何とお呼びすればいいのですか？」リンダは眉を寄せ、バーンズを正面から見つめて訊いた。

「フランクとでもフランキーとでも、気分によって呼び方を変えても構わない」

「では、私のこともリンダと呼んで下さい」

「OK、リンダ。では、君の小さな奴を私に見せてくれるかね？」

「喜んで」

　リンダは勢いよく答えた。早足で第二十二号格納庫に近寄り、ズボンのポケットから鍵を取り出す。正面扉の脇にあるドアのノブに鍵を差し込み、ロックを解除してバーンズを見た。

「どうぞ、フランキー。私の小さな奴にお会い下さい」

「ありがとう」

バーンズはドアから格納庫の中に入った。油圧装置から漏れる作動油の酸っぱい臭いと航空燃料の臭気が立ち籠めている。バーンズはほの暗い中にたった一機だけうずくまっている戦闘機の姿に胸が詰まるのを感じた。

後から入ったリンダが入口の脇にある電源ボックスを開き、中に並んでいる照明のスイッチを次々に入れていく。天井に取り付けられた水銀灯が点灯し、黒い戦闘機が浮かび上がった。

丸みを帯びた胴体、四つの排気ノズル、端がややたれ下がっているように見える主翼、つややかな風防——垂直離着陸戦闘機、ネオ・ゼロ。

二人はまるで聖堂に紛れ込んだ子供のように喋った。

「開発コード、XFV－14としか聞いていませんでした。何となくこの機には似合わないような気がして、それで小さな奴と呼んでいたんです」

「ネオ・ゼロだ。覚えておいて欲しい。私の人生にしっかりと影を落とした、とても強い戦闘機だよ」

「ネオ・ゼロ」リンダは口の中で転がすように発音した。「何だかこの飛行機にぴったりの名前ですね」

「では、そろそろ運び出す準備をはじめようか」

バーンズの言葉に、リンダは一瞬寂しげな表情を浮かべたが、すぐに作業に取りかかった。

艶のないグリーンを基調とした迷彩塗装をほどこされた巨大な輸送機が駐機場の一角にうずくまっている。

C－5Bギャラクシー。

アメリカからアジアやヨーロッパの紛争地域へ大量の兵力を一挙に運搬し、直接戦場へ投入することを目的として開発された巨人機だった。全幅は六七・八八メートル、全長は七五・五四メートルで一万九五〇四キロの推力を発生するGE TF39－GE－1C型のターボファンエンジン四基を搭載している。巨人旅客機ボーイング747よりさらにひと回り大きい。

原型機の初飛行は一九六八年だが、強化型エンジンとデジタル化された電子機器を積んだ『B』タイプのギャラクシーは一九八五年以降から使われている。

胴体部分は二階建て構造になっており、上部デッキの前方に操縦席と乗員休憩室、主翼の後ろに兵員七十五名を収容できるキャビンがある。下部デッキが貨物室。床幅は五・八メートル、最大高は四・一メートル、全長は三九・六メートルにも達した。機首が跳ね上がって貨物室の扉となる。後部には下に開いて搬入時に傾斜路として使用できるカーゴドアが設けられていた。

　リンダはギャラクシーの後部から小型の牽引車に曳《ひ》かれて搬入されるネオ・ゼロを見守っていた。リンダの隣にはバーンズが立っている。

「私の小さな奴が本当にあんなに小さくなってギャラクシーのお腹《なか》に納まるとは思ってもみませんでした」

　リンダの視線はネオ・ゼロに釘付《くぎづ》けになっていた。

「航空母艦での運用もにらんで設計された機体だからね」バーンズもネオ・ゼロを見つめたまま応えた。

　ネオ・ゼロの主翼は、翼端から二・二メートルのところで上に折り畳まれていた。機首下部の前輪、胴体から左右に突き出ている主輪はいずれも油圧可動部を最小位置まで縮められている。

「行こう」バーンズが声をかけた。

　リンダはうなずいてバーンズの後に従った。ギャラクシーを囲むようにして数人の空軍兵士が声を掛け合い、慎重にネオ・ゼロの搬入作業を進めている。

「変ですね」リンダはぽつりといった。「私の小さな奴じゃないみたいです」

　バーンズはすぐにリンダの言葉を理解した。

　ネオ・ゼロの主翼と胴体前部の空気取り入れ口付近には合衆国空軍所属機を表す星と

ストライプのマークが消され、代わりに黄色く縁取りをした赤い星――ロシア空軍機の記章が描かれている。

もともとは日の丸がついていた飛行機だがね――バーンズは胸の内でつぶやいた。明るいブルーのスーツ姿ではあったが、巨漢のバーンズは基地の中では知られた存在であったため、幾人かの空軍兵士たちが敬礼をしてきた。バーンズはにっこりと微笑んでうなずき返す。すでに退役して三カ月が経過しているのだ。

バーンズとリンダがギャラクシーの後ろ側に回り込んだ時には、ネオ・ゼロはすっかり胴体内部に納められていた。ロシア船に積み込む港にほど近い空港まで空輸されることになっている。

輸送機の中では、十数人の空軍兵士がロープを使い、ネオ・ゼロに損傷を与えないよう細心の注意を払いながら固定している。燃料を満載したネオ・ゼロの自重一八トンはBタイプ・ギャラクシーの最大積載量から見れば二十分の一に過ぎない。

ギャラクシーの後部傾斜路から乗り込んだバーンズとリンダは、貨物室のほぼ真ん中あたりに固定されつつあるネオ・ゼロを後ろから眺めた。機内の薄暗い照明を受け、ネオ・ゼロのボディはつややかな光沢を放っている。

バーンズはネオ・ゼロの機尾に近寄ると全可動式の水平尾翼に触れてみた。動翼にはしっかりとロックがかかっていた。

バーンズとリンダは頭を下げ、ネオ・ゼロの主翼下をくぐり抜けると貨物室の前部に行った。上部デッキへ通じる階段が左側にある。その前に曹長の階級章をつけた中年の男が立っており、よく通る声で短く、矢継ぎ早に命令を下していた。

曹長はバーンズに気がつくと一瞬だったが、開けっ広げな笑みを閃《ひらめ》かせた。バーンズは微笑み返し、右手を差し出す。曹長が握手をしながらいった。

「お久しぶりです、将軍」

「退役したんだぜ、私は」

「では、ミスタ・バーンズとお呼びしましょうか？」曹長はきれいにそろった前歯を剥き出しにして見せた。

古くからの知り合いである元将軍と下士官は手を放した。

「憎らしい奴だ」バーンズは後ろからついてきたリンダを振り返った。「紹介しよう。ここに立っているのが空軍長官の次に偉いのは自分だと思っているサミュエル・ヘンダーソン曹長だ。サム、こちらのキュートな女性はリンダ・ホイットマン軍曹」

二人の下士官は向かい合い、見事な敬礼を交わした。

「将軍」ヘンダーソンは不満そうな口ぶりだった。「私は空軍長官の次に偉いとは思っていません。あなたの次に偉いのが自分だといっただけです。そして、あなたがご自身で空軍長官の次は自分だとおっしゃっていた。そのあなたが退役しただけ、というのをお忘れなく」

「何だか住みにくい世の中になってきたな」バーンズはわざと重々しい口調で応じた。

「私からもひと言」リンダが口を挟んだ。「女性兵士の容貌への言及は、セクシャルハラスメントになることをお忘れなく」

「本当に住みにくい世の中だ」バーンズは低い声でぼそぼそといった。

「ギャラクシーなら、この飛行機を積んだままエクアドルまでノンストップで飛びますよ」ヘンダーソンは貨物室内を手で示していった。

「何のことかな？」バーンズは相手の言葉がわからないというように訊いた。

「機密事項なんですね」ヘンダーソンはにやりと笑った。

バーンズは溜め息を呑《の》み込み、できるだけ表情を変えないようにした。空軍基地は小さな村のようなもので、噂話は超音速戦闘機並みの速度で駆けめぐる。噂話を情報管制の対象とするのがなかなか難しいのが実情だった。

「いつ頃、出発するんだね？」バーンズが訊いた。

「ネオ・ゼロを固定し終わるまでにあと三十分ほどで、それから離陸準備をしますから――」ヘンダーソンは腕時計を確認した。「一四〇〇時にはテイクオフしていると思います」

「了解」バーンズは応え、右手の親指を二階デッキに向かって突き立てた。「もうパイロットたちは操縦席についているのか？」

「ええ」ヘンダーソンはうなずいた。「真面目な連中でしてね。機長、副操縦士、航法士に航空機関士の全員がコクピットでお仕事中ですよ」

「感心したよ。とにかく私の大切な子供をよろしく頼む」バーンズが再び右手を差し出しながらいった。

「お任せ下さい、将軍」

ヘンダーソンが応じ、二人はがっちりと握手を交わした。続いてリンダがヘンダーソンと握手をする。

バーンズとリンダはギャラクシーの前部搭乗員出入口から出るとネオ・ゼロが入っていた格納庫まで小走りに移動した。

やがてギャラクシーの左翼内側にある二番エンジンの補助動力装置が作動する。小型のジェットエンジンに点火され、その排気が巨大なタービンブレードにぶつけられ、TF39エンジンのコンプレッサーが回転しはじめた。低く唸るような音が徐々に甲高いジェットノイズに変わっていく。

ギャラクシーの操縦席では手際よくエンジンをスタートさせているようだった。主翼左端にある一番、右翼内側の三番、右翼端の四番エンジンと次々に始動する。やがて四基のエンジンが轟然《ごうぜん》と吼《ほ》え、脈動する波動音が太いデュエットとなった。後部の貨物扉が引き上げられる。ヘンダーソンが前部の搭乗員出入口から顔を出し、バーンズとリンダに向かって手を振ると扉を閉めた。

午後二時。ギャラクシーはゆっくりと駐機場を出て滑走路に向かって走りはじめた。

バーンズとリンダは唇を引き結んだまま、ひと言も発することなく巨人機を見つめていた。ギャラクシーはタクシーウェイを遠ざかり、滑走路に到達すると機首の向きを変えた。

エンジン音が一斉に高まる。翼のある鯨が疾走しはじめる。

離陸。

地上を離れ、ゆっくりと右に旋回を切りながらギャラクシーは遠ざかっていった。

「行っちゃいましたね」リンダが小さくなっていくギャラクシーのシルエットを見つめながらつぶやいた。

バーンズは無言でうなずいた。ネオ・ゼロが再びこの基地に、リンダの手元に戻ってくることはあるまいと思った。その時、ふいにバーンズの脳裏にとんでもない考えが浮かんだ。自分でも信じられないアイデアだった。

バーンズはリンダに向き直った。

「今日はこれから何か予定があるのかい？」

「週末はいつもおじいちゃん《グランパ》の格納庫へ行くことにしているんですが――」リンダは眉

を寄せて答えた。

リンダは祖父が、ワシントンDC郊外の飛行場にある飛行クラブで旧式機の再生やレシプロエンジンを搭載したエアレース用の飛行機製作をしていると告げた。飛行場の名前はバーンズも聞いたことがあった。ハイウェイを走れば二時間ほどで着くことができる。

「君は自分の車で来ているのか？」バーンズが訊く。

「いいえ」リンダは照れくさそうに笑った。「私、自動車のライセンスを持っていないんです」

「私の車で送ってあげよう」バーンズはわずかの間考え込むような顔を見せたが、やがて付け加えた。「君に相談したいことがあるんだ」


ワシントンDC郊外にある飛行場は美しい芝生に囲まれていた。かまぼこ形の格納庫が五棟並んでいた。バーンズは一番西の端にある一棟の前で車を停めた。

「おじいちゃんに会っていただけますか？」リンダが訊いた。

「その前に――」

バーンズは切り出したものの、口許を歪めてインスツルメントパネルを見つめていた。リンダはバーンズの横顔を真っ直ぐに見つめたまま、黙って待っていた。やがてバーンズが言葉を継いだ。

「エクアドルに行ってもらいたい。私と一緒に」

「私の小さな奴が送られた国ですね」

バーンズはうなずいた。

「私はネオ・ゼロの機付長です。その任が解かれない以上、私の小さな奴がある場所に行って、あの子を完璧に飛べる状態にします。それが私の選んだ、私の仕事です」

「ありがとう」

「お礼をいわれることはありません」

「いや」バーンズは唇をへの字に曲げた。「実はね、今度は空軍の任務として行くわけじゃないんだよ。君には休暇をとってもらわなければならない。それに身の危険があるかも知れないんだ」

「私は、あの小さな奴が大好きです。今まで出会ったどんな戦闘機よりもチャーミングだし、最強だと思っています。空軍の仕事じゃなくても行きますよ」リンダはにっこりと微笑んだ。「それに秘密の作戦行動に多少の危険はつきものじゃありませんか」

「おい、お嬢さん」バーンズは自分のアイデアとそれを口にしたことを後悔しながらいった。「私がいっているのは、冗談やこけ脅しじゃないんだ」

「お嬢さんか」リンダの笑みがますます広がった。無垢《むく》な笑みだった。「髭の生えたパイロットなら、そう呼ばれると傷つくでしょうね。でも私は三十を超えた女ですからね、最近じゃそう呼ばれることもないんです。久しぶりで嬉しいわ」

「しかし――」バーンズが毒気を抜かれた顔つきでつぶやく。

「ねえ、将軍」リンダの口調がいきなり変わった。「私は現役の空軍下士官で、しかも国家への忠誠をちゃんと誓っているわ。将軍のやろうとしていることが国家反逆罪に問われないようなことなら、何でも協力する。さっきもいったようにネオ・ゼロは私が担当する機体なの。他の誰にも渡せないわ。それに心配というなら、退役した将軍が昔通りに判断して働くことができるか、それじゃないかしら？」

「やれやれ」バーンズは苦笑しながらいった。

「住みにくい世の中ですか？」リンダがにやりとわらっていう。「ところでエクアドルまでの旅費は誰がもってくれるんですか？　まさか私が結婚資金用に細々と貯めたお金を吐き出せっていうんじゃないですよね」

「費用は私が何とかしよう」バーンズは顔を寄せ、ささやいた。「君は結婚資金を着々と貯めているのかね？」

「当然じゃないですか」リンダは憤然として、あごを上げた。「将軍にだけは、私の名誉のために申し上げておきますが、すでに四十七ドルと二十八セントに達しています」

バーンズが吹き出した。リンダは大きく口を開けて笑い、それから目尻に浮かんだ涙を拭くといった。

「では、二人分の旅費をお願いします」

バーンズの笑みが瞬時にして引っ込む。

「二人分？　誰かを連れていくつもりかね？」

「おじいちゃんです。おじいちゃん孝行をしようと思いまして――」リンダはバーンズの真顔を見上げて、恐る恐るいった。「いけませんか？」

「のんびりと観光旅行に行くわけじゃないぜ」

「それですよ、将軍」リンダは顔を輝かせ、指を鳴らした。「まさか老人連れの私が将軍の命じた秘密任務に就いているとは誰も思いません。最高のカムフラージュだと思いませんか？」

「やれやれ」バーンズはうなずいた。

「では、あらためて私のおじいちゃんに会っていただけますか？」リンダが訊いた。

「ＯＫ。君のおじいさんは飛行機のレストアをしているということだったが、軍人としてのキャリアもあるのかね？」

「空軍時代は腕のいい整備兵だったと、そりゃいつでも自慢していますよ」リンダが助手席のドアを開けながらいった。「隔世遺伝っていうんですか、その才能は父親を通り越して私にやって来たようで。私の父は銀行員なんですが、昔から機械いじりはまったくダメだったそうです」

「では、今回の作戦で君のおじいさんにも多少は協力をいただけそうだね」バーンズはエンジンを切り、ドアを開けていった。

「無理ですよ」リンダが笑う。「もっとも将軍が今度の作戦でムスタングか、サンダーボルト、あるいはセイバーをお使いになるつもりなら話は別ですが」

ノースアメリカンP－51ムスタングとリパブリックP－47サンダーボルトは、いずれも第二次世界大戦末期に投入されたアメリカ空軍機で、レシプロエンジンを搭載したプロペラ戦闘機である。ノースアメリカンF－86セイバーは朝鮮戦争当時に活躍したジェット戦闘機だが、一線を退いて三十年以上が経過している旧型機だった。

二人は並んで格納庫に入った。

最初にバーンズが目をとめたのは、ずんぐりした機体のプロペラ機だった。バーンズは目を見張った。

話を聞いたり、写真を見たことはあったが、実物を目にするのは今回が初めてだった。

ＧＢレーサーと呼ばれる機体。星型空冷エンジンを収納したカウルのすぐ後方が操縦席となっており、極端に低い垂直尾翼が座席の後ろから突き出ている。主翼、水平尾翼とも短い。垂直尾翼の面積が限られるため、主脚カバーを流線型にすることで直進性能を向上させていた。

可愛《かわい》らしい外見とは裏腹に操縦が難しく、何人ものパイロットが練習やレースで墜落して生命を落としている。

痩せて小柄な老人が近づいてきた。油で汚れた白っぽいカバーオールを着ている。

「おじいちゃん」リンダが声をかけた。

「遅かったじゃないか」老人がだみ声で答えた。

「お客さまなの」リンダが告げた。

リンダの言葉に老人は顔を上げ、ＧＢレーサーに見とれているバーンズを見た。バーンズが顔を向ける。

「はじめまして、フランクリン・バーンズです」バーンズは右手を差し出した。

「やはりバーンズ少将ですか。ひと目見た時にそうじゃないかと思いましたよ」老人はにっこりと微笑み、力強くバーンズの右手を握り返した。「リチャード・ホイットマンです。高名な将軍にお越しいただくとは光栄の至りですな。それにしても——」

ホイットマンはバーンズをしげしげとながめた。

「どうかしましたか？」バーンズが訊いた。

「いや、それにしてもでかい」ホイットマンは心底感心したようだった。

バーンズは目をしばたたいた。リンダが笑って説明する。

「おじいちゃんは今でも空軍の人たちと付き合いがあるんです。飛行機のレストアだけじゃ食べていかれないので、小さなハンバーガーショップを経営しています」

「レストラン」ホイットマンが訂正した。

「では、私が退役したこともご存じですな？」バーンズがいう。

「そう。そして退役した後もコンサルタント会社の顧問として軍の仕事に関わっていること、その会社の連中も含め、空軍の連中の大半があなたを将軍と呼んでいることもね」

「やれやれ」バーンズは肩をすくめて見せた。

「気になさることはない。誰もがあなたを尊敬しているだけのことです」

ホイットマンの目尻に深い皺が寄った。ホイットマンは背の低い男だった。真っ白になった髪が耳の上と後頭部を覆っている。瞳はリンダと同じグリーンで、活き活きとした光を宿している。鋭く尖った鼻に薄い唇、頭頂部から顔、カバーオールからのぞいている手の甲はよく日にやけていた。

カバーオールの胸元には、〈ホイットマン・エア・クリエイト・サービス〉と刺繍《ししゅう》してあり、右の袖には曹長の階級章が縫いつけてあった。

バーンズの視線が階級章に注がれていることに気がつき、ホイットマンは鼻白んだような笑みを浮かべた。

「昔が懐かしくってね。今でも私をよく知っている連中は〈曹長〉と呼んでくれますよ」

「そうでしょうな」バーンズはGBレーサーに視線をやった。「それにしても珍しい機体ですね」

「ご存じでしたか？」ホイットマンの顔が輝いた。

「一九三〇年代の飛行機ですね。レプリカですか、それとも本物をレストア？」

「まさか」ホイットマンが笑った。「本物はとっくに腐り果ててますよ。レプリカです。昔の設計図を元にして作った物好きな連中がいましてね、私が今調整しているところなんですよ。今でも時速二三〇マイルで飛ばすことができますが、レーサーとしては時代遅れですね」

「それにしても素晴らしい。美しい機体だ」

「見た目と違ってね、真っ直ぐに飛ばすのも難しいじゃじゃ馬ですがね」ホイットマンは自分の娘を褒められた父親の気分だった。

「そういわれると一度は飛ばしてみたくなりますな」バーンズが応える。

「パイロットは誰でもそういいます。将軍は何を飛ばしていたのですか？」

「スーパーセイバー、ファントム、ファイティングファルコン」

ホイットマンはバーンズの言葉を聞き、鼻にしわを寄せて笑った。

「おかしいですか？」バーンズが真顔で訊く。

「コンピューターが手を引いてくれる戦闘機は誰にでも飛ばせますからな」ホイットマ

ンはGBレーサーを見つめたままいった。

「やれやれ」バーンズが苦笑する。

ホイットマンは間違いなく旧世代の戦闘機を扱った整備兵だった。パイロットであれ、機付長であれ、自分が乗った飛行機、自分が整備した飛行機が世界最強、最高だと確信している。時代が進み、新しい戦闘機がいかに登場しようともその思いが変わることはなかった。

「ねえ、おじいちゃん」リンダが口を挟んだ。

ホイットマンが眉を上げ、孫娘の顔を見た。

「エクアドルに観光旅行に連れていってあげるわ」

「南米の？」ホイットマンの眉がさらに上がった。「どうせ連れていってくれるなら、もう少し気の利いた場所を思いつかなかったのか？」

「やれやれ」

バーンズは口の中でつぶやき、再び苦笑を漏らした。

バーンズは自宅の前の通りに車を停めた。エクアドル行きについてジャネットにどう切り出そうか、そればかり考えていた。

そのために車から降りてドアをロックし、玄関に向かって歩きだすまで、その男が立っていることに気がつかなかった。

夕暮れ。

薄い闇の中からその男はふいに現れた。バーンズは歩みを止め、男と向かい合った。相手は東洋人。那須野と同じくらいの身長だったが、もう少し肉付きがよく、色が白かった。八月だというのに黒っぽいスーツをきちんと着て、その上に薄いコートを羽織っている。

その男はバーンズに近づくと低い声でいった。

「ミスタ・フランクリン・バーンズだな？」

「そうだが——」バーンズは相手を値踏みするように見つめていた。

「俺はチャンという者だ。ジークと一緒に香港でガンランナーをしている」

バーンズはチャンの目を見ながら、ジークの相棒には似合いの男だと思った。

「それで私に何のご用かな？」バーンズは落ちついた声で訊いた。

「ジークの居場所を教えてもらいたい」

二人の視線が真っ直ぐにぶつかった。やがてチャンが口を開いた。

「あんたたちが奴に何をさせたがっているのか、それには興味がない」

「じゃ、何をするつもりなんだ？」

「あいつが殺されたら、殺した奴を殺しに行く。その時の用意だ」

「あんたが殺されたら、ジークはあんたを殺した奴を殺しに行くのか？」

「約束をしたことはない。ただ、俺がそう思っているだけだ。ジークがどう考えるか、それは俺には関係がない」

「いいだろう」バーンズは右手で自分の家を示した。「詳しく話をするよ」

「ありがとう」

バーンズの後に従って、チャンが歩きはじめた。

第二部　強行縦断

メヒカーナ航空二三便ボーイング727は、機首上げ姿勢のまま、メキシコ国際空港の滑走路に着陸した。

衝撃。

那須野は眼を開いた。眠っていたわけではなかったが、キューバ空港を離陸してからずっと目を閉じたままだった。

スチュワードが話す英語のアナウンスが流れる。スペイン語なまりの英語で聞き取りにくい。次いでスペイン語で同じような内容がアナウンスされたが、あまりに早口であり、那須野は聞き取るのを諦めた。

隣に座っていた男が着陸と同時に目を開いた那須野を見ていった。

「旅慣れているんですね」

那須野は隣の男を見て、肩をすくめた。

ジャッカルとだけ紹介された。インディオの血が混じっているのか、東洋人のような顔だちをしている。ガイド。身長は一七〇センチほどで、細身だったが、鍛え上げた筋肉質の身体つきをしていた。両目の端が持ち上がっている。尖った顎をした、精悍な顔つきの男だった。

普段はジャックと呼んでくれればいい、とジャッカルはいった。

英語とスペイン語をどちらも母国語のように話す。信頼できる男だ、とドミンゴはいった。通訳とガイドだけしてくれればいいと那須野は答えた。

ジャッカルはアルゼンチンのパスポートを持っていた。大きなカメラバッグを抱えている。フリーランスのカメラマンという触れ込みだった。紫色のTシャツ、ダークグリーンのカーゴパンツ、黒いスニーカーを履いている。

那須野は機体の揺れに身体をゆだねたまま、窓から外を眺めていた。主翼が見える。アルミニウムの地肌は古びて、艶を失っていた。きしむように上下する翼を見ながら、那須野が日本語でつぶやいた。

「ひどいな」

ジャッカルが瞬時、身体を強張らせるのを感じた。が、那須野は眼をやろうとしなかった。

機体が停止する。ジャッカルは前の座席下に押し込んであった黒い帆布のカメラバッグを取り出した。

「行こう」ジャッカルがいう。

那須野も立ち上がった。頭上の荷物コンパートメントからボストンバッグを引っ張り出して、ジャッカルの後ろにつく。列は小刻みに前へ進んだ。

ジャッカルがふいに立ち止まった。前を歩いていた男の子が振り返って彼を見上げている。さらに前を歩いていた姉らしい女の子が気がついて、男の子の頭をひとつ叩く。姉といっても彼女もせいぜい八歳ほどでしかない。妹と二人でキャンバス地のバッグを持ち、弟にはさらに小さなバッグを持たせていた。男の子は屈託も見せず、姉の後ろを歩いていく。

「アメリカに行くんでしょう」ジャッカルが子供たちの背中を見下ろしながら那須野にいった。「メキシコでは貧しすぎる。アメリカに行けば、何か食うことはできるでしょうから」

「保証はないさ」那須野がいう。

「少なくともキューバにいるよりは、ね。いい暮らしができます」

自由に行き来ができるのか？」

「マイアミあたりに生き別れになった親戚なんかがいれば、割と自由に行けるんです。「キューバとマイアミは近いんですよ」ジャッカルは低い声でいった。

キューバとフロリダ先端の島キーウエストは直線距離にして一四四キロしか離れていない。そして一九八〇年の春、十三万人にも及ぶキューバ人がカストロ政権を拒絶してアメリカに押し寄せた。アメリカはヴェトナムの共産政権から逃れてきたボートピープルと同じように大いに同情を寄せ、流出してきたキューバ人を受け入れたのである。

この中には麻薬密輸の訓練を受けた三千人の秘密工作員や囚人、それに二万四千人に及ぶ凶悪犯罪者が含まれていた。後にマイアミ・マフィアの中核を成し、麻薬売買で勢力を伸ばしていく。

もっともこの時に別れ別れになった家族も多数ある。マイアミに血の繋《つな》がった者があれば、アメリカへと亡命していくことも不可能ではなかった。

ジャッカルはまるでひとり言のように続けた。

「キューバが不自由な共産国家だといっているのはアメリカだけでね、本当は自由と平等の国ですよ。あの国にいるとね、黒人も白人も等しく貧しいことがわかる」ジャッカルはささやくような低い声でいった。

「確かに自由の国だな」那須野が応じる。「ホテルのテレビでマイアミ・バイスを見ていたよ」

ジャッカルは振り向いて、顔をしかめた。

マイアミ・バイスはアメリカの人気番組だった。マイアミで活躍する私服警官の物語。敵役はラテン系の麻薬密売人たち、大抵はキューバ人である。キューバのホテルでは、衛星放送を受信して客室に流していた。

オリーブ色の肌をした目の大きなスチュワーデスが会釈しながら客を送りだしている機体の出口を通りすぎたところで、ジャッカルがささやいた。

「本番開始だ」

目を上げると空港ターミナルビルへと連なるボーディング・ブリッジから駐機場へ直接降りるドアから白いシャツを着た男が入ってくるところだった。後に十人ほどの作業服姿の男女が続いている。誰もが手に手にビニール袋やバケツを提げている。

すれ違う。

ひとりの男が悲鳴とともに手に持ったバケツを落とした。中の汚水がぶちまけられ、降りかけていた乗客やスチュワーデスが金切り声を発する。作業員たちが飛行機の出口に集中した。

那須野は腕をつかまれた。ジャッカルがボーディング・ブリッジの出口から半身を乗り出し、那須野を引っ張る。二人は階段を駆け降り、コンクリートの上に降り立った。

白いシャツ、紺色のスラックスを穿《は》いて手にトランシーバーを持っている金髪の男が待っていた。ジャッカルがパスポートを渡し、那須野もジャケットのポケットから取り出したパスポートを差し出した。白いシャツの男は二着のカバーオールを二人に渡すと足早に階段を登っていった。

ジャッカルと那須野はその場で上下つなぎになったカバーオールを着た。二人のすぐ後ろに白く塗装されたオープントップのジープが停まり、運転席の男が声をかける。

「こっちへ」

二人はカバーオールを着てから荷物を持ち、ジープの後部座席に滑りこんだ。運転席の男はクラッチをつないで、ジープを発進させながらいった。

「後ろの荷台にヘルメットが置いてあります。それを被《かぶ》っておいて下さい」

ジャッカルが荷台に手を伸ばして、ひさしのついた黄色のヘルメットを二つ取り、那須野に一つを渡した。二人はヘルメットを被った。

「飛行機のところまでご案内します」

運転席の男はハンドルを回し、ジープを時速一五キロほどで走らせた。数分で前方を指さす。

「あれです」

那須野は後部座席から身を乗り出し、フロントウィンドウ越しに飛行機を見た。眼を細める。双発のプロペラ機だった。翼端に燃料タンクを持っているタイプだった。胴体の後部についている扉が開いており、男が立っている。

飛行機の前に立っている男は長めの金髪を風にそよがせている。トラックのバンパーのように突き出た顎をした大柄な白人。

ラインダースだった。

かつてはライオンのたてがみのように髪を伸ばしていたラインダースだが、今では少し刈りこんでいる。記憶の中にあるよりもひどく小さく見えることに、那須野は胸が痛むのを感じた。

近づいて来るジープの後部座席の那須野をみとめて、ラインダースは頬をゆるめ、ゆっくりと右手を挙げかけた。

次の瞬間、軽飛行機の窓からオレンジ色の焔が噴出、ラインダースをのみ込みながら広がる。

爆発。

音と熱波は、一瞬遅れて那須野の顔を打った。

飛行機に向かってハンドルを切りかけた運転席の男が急ブレーキをかける。ジープのタイヤが悲鳴をあげる。

那須野は呆然《ぼうぜん》としてジープの座席をつかみ、燃え上がる飛行機を見つめていた。

メキシコシティ。

空港から十数キロ離れたダウン・タウンのホテル、その一室で那須野はベッドの上に寝ていた。両手を組み、頭の下にしている。ジャケットを着、靴も履いたままだった。窓から射し込む朝の光が那須野の顔をまともに照らしていた。

鉄製のベッド二つで埋まってしまう狭い部屋、ドアのこわれたクローゼット、壁は何重にも白ペンキが塗り重ねられてぶざまにでこぼこになっていた。破れ、手垢《てあか》で真っ黒になったカーテンがレールから吊り下がっている。ドアのすぐ脇に小さな洗面台がある。水道の蛇口をひねると濁った水が出てきた。エアコンはついておらず、シャワーとトイレは廊下の突き当たりに共用で有料の施設があるだけだった。

フロントに目やにをべっとりとつけた老人が立っていた。宿泊代を前払いして、ようやくシーツを手渡される。何年も使われ続けたシーツはグレーに染まっていた。

ノックが響く。

那須野はベッドから起き上がりドアの前に行くとチェーンをかけた上で錠を外し、細めに開いた。目やにをためた老人が立っている。フロント係だった。

「ジーク？」老人が訊いた。

那須野はうなずいた。

「電話」老人がいった。「ついて来い」

那須野はチェーンを外すとドアを開けた。ドアをきちんと閉め、鍵をかける。老人がかすかに笑ったようだった。那須野自身、旧式でちゃちな鍵を信用しているわけではない。現金はすべて身につけていた。キーをポケットに落とし、老人の後に従う。

エレベーターを使わず、ゆったりとした足取りで一階まで降りた。

老人はフロントの後ろにある壁掛け式電話機の場所を教えてくれた。受話器が電話機の上にのせてある。那須野は礼をいって受話器を耳にあてた。

「ハロー？」

「ジークか？」バーンズであることはすぐにわかった。

「飛行機が失われた」

「聞いた。メキシコ空港は大騒ぎだったそうだ」

「どうしてここがわかったんだ？」

「ジャッカルだ。ジャッカルが電話してきた。女房が電話を受けた。私はたった今キューバから戻ってきたところなんだ」

「ラインダースが死んだ」

「すぐに確かめた。即死だったらしい」バーンズがつぶやくようにいった。

那須野は腹の底がふいに熱くなるのを感じた。バーンズの口調はラインダースが苦しまなかっただけ幸せだといっているようだった。

「なぜだ？」那須野は短く訊いた。

「わからない。単なる事故かも知れないし、あるいは情報が漏れ、我々の作戦を阻止したいと考えている連中が動いたのかも知れない。調べてみるよ」バーンズは言葉を切り、やがて静かにいった。「仕事を続けてもらいたい。報酬はすでに指定の口座に振り込んである」

「だが、装備や書類は飛行機と一緒に燃えちまったぜ」

「何とかニカラグアのガルシアのところまで行ってくれ。方法は問わない。ガルシアに再度必要な書類を用意させておく。そこからガルシアに行き着くまでの費用は、必要経費として認める」

「まるで三流の私立探偵でも雇っているような口調だな」

「どう思おうと勝手だが、事実そうなんだ。私はお前の雇い主さ」

「どうして俺が香港に逃げださないと思うんだ？」

「ラインダースが死んだからさ。ジーク、お前はそういう男だよ」バーンズは畳みかけるようにいった。「いいか、ジーク。ガルシアのところですべてを振り出しに戻す。何とか切り抜けてくれ。今そこで新しいパスポートを用意している時間がない。それに今回の件が漏れた経路を調べなくてはうかつに動くわけにいかないんだ」

「あんた、いい経営者になれるよ。人を使うのがうまそうだ」

那須野の言葉にバーンズは乾いた笑い声をあげた。

「自分でもそう思っていたさ。だが、私は根っからの軍人であるようだ。いいか、ジーク。頼んだぞ。ロシアがネオ・ゼロをエクアドルに持ち込んで、デモンストレーションの最中にSu－27の中へ隠しておけるのはせいぜい三日だ。時間がない。頼んだぞ」

電話が切れた。

あんた、やっぱり経営者向きだな——発信音だけが聞こえる受話器をフックに戻しながら那須野は思った——軍人ならとっくに金切り声を張り上げて命令しているさ。

メキシコ国際空港に到着してからホテルに入るまでの一連の出来事が脳裏にフラッシュバックする。

双発機が爆発した直後、ジープを運転していた男は一直線に職員用の出入口まで那須野とジャッカルを乗せたまま走り、二人を空港施設の外へと連れだした。那須野たちを案じてというよりいち早く二人を放り出すことで自分の安全をはかったのだが、那須野にとっては好都合だった。カバーオールを脱ぎ捨て、空港のそばでタクシーを拾ったジャッカルはメキシコシティの中心街でタクシーを乗り捨てた。

パスポート類はラインダースがメキシコに持ち込んだ双発機とともに焼失してしまった。

那須野は電話機の前を離れるとフロント係の老人に近寄り、一ドル札を渡した。老人はぼそりと礼をいった。那須野は階段を使って自分の部屋に戻った。しっかりと施錠した。

ベッドに転がる。その途端、睡魔が襲ってきた。逆らわなかった。ジャッカルがどこへ出掛けたにしろ、少し眠るだけの時間はありそうだった。

那須野は天井に向けていた眼を閉じた。

どれほど眠ったのだろう。ドアに鍵を差し込む音で眼を開く。航空自衛隊を辞め、イスラエルに渡り、その後、香港でチャンと商売を始めた。日本を出てから、眠っていても神経の一部を常に覚醒させておく方法を身につけていた。ぐっすりと眠ることはなくなり、眠りたいと思うこともなくなった。

鍵を外す音に続いてドアが開き、ジャッカルが入って来た。目が赤く、顔には脂が浮いている。ジャッカルは洗面台に向かうと水を流しっ放しにして顔を洗った。ズボンの尻ポケットからハンカチを取り出し、荒っぽく顔をこすった。

ハンカチをポケットに戻しながら空いている方のベッドにごろりと横になると那須野と同じような恰好をして天井を見上げた。

「バーンズから電話があった」那須野がぼそりといった。「仕事を続けて欲しいといっている。パスポートやその他の装備はニカラグアに用意をしておくそうだ」

「あなたはどうしたいのですか?」ジャッカルが訊き返した。

「仕事を続けようと思っている」

「どうやってニカラグアまで行きますか?」

ジャッカルの問いに那須野はわずかの間沈黙したが、やがて答えた。

「わからない。が、何とか方法を考えだそうと思っている」

「現金、どのくらい持ってます?」

「千ドル」

「私も同じくらいです。そしてカメラを売り払ってきましたから、その金が千ドルほどになりました」ジャッカルが顔を歪める。「昔からの知り合いに故買《こばい》をしている男がいるんです。足下を見やがった。ニコンのボディ二台、二八ミリ、五〇ミリ、一〇五ミリ、一八〇ミリ、三〇〇ミリのレンズ、モータードライブ二台、フィルム二百本付きでたったの千ドルですからね」

ジャッカルは言葉を切り、隣のベッドに目をやった。那須野が両手を組んで枕にして天井を見上げている。

「あの飛行機のそばに立っていた人は知り合いですか?」

「ああ」那須野はうなずいた。「二十年前からね」

「そうですか。そんなに長い付き合いのある友達――」

「奴を友達だと思ったことがないんだ」那須野が静かにいった。「一緒に飛んだこともある。酒も飲んだ。二十年付き合って、奴とは互いを殺そうとしたことがなかった。それだけさ」

「どんな人だったのですか？」

「腕のいいパイロットだったよ。それだけさ」那須野は起き上がった。「一晩中、ラインダースの思い出話をさせるつもりか？」

「ニカラグアまで移動する方法は考えてあります」

ジャッカルもベッドの上に起き上がり、真っ直ぐに那須野を見返した。


メキシコ市内を南北に走る幹線道路インスルヘンテス大通りは、中央分離帯のある片側三車線の道路だった。午前十時。通りには車が溢れている。カブトムシと呼ばれるフォルクスワーゲンが半数以上、同じワーゲン社製の車が多く、次いで日産車の姿が目立った。那須野は舗道を歩きながら、大気にオイルの臭いが染みついているように感じた。空港ではさして気にならなかった。どこの国でも空港では濃密に航空燃料が臭っているものだ。

だが、大気の臭いは市街地に入ってもほとんど変わりなかった。

メキシコシティは四方を山に囲まれている上、十年ほど前から交通量が増えたにもかかわらず排気ガス規制が遅々として進まず、自動車による大気汚染が深刻化する一方だった。

緑色や黄色の塗装を施されたタクシーが通りかかる度にジャッカルが右手を挙げて車を停める。だが彼が行き先を告げた途端、すべての運転手は首を振り、走り去ってしまった。

すでに十数台のタクシーを見送ったことになる。

「どうしたんだ?」那須野が訊ねた。

「シティの北東部にある丘陵地帯へ行こうとしているんですが、まあ、運転手は誰も行きたがりませんな」

ジャッカルはまるで他人事《ひとごと》のように気楽な様子で喋り、近づいてきたグリーンのタクシーに向かって手を挙げた。ドアを開け、車の中に首を突っ込んで早口のスペイン語でまくしたてる。

浅黒い顔をした運転手が顔をしかめて聞いていた。ジャッカルに向かって言葉を返す。ジャッカルは執拗《しつよう》に食い下がった。

シティの中心街だけあって、きちんとスーツを着た男女が足早に歩いていった。メキシコにおける人種の構成では、白人とインディオの混血であるメスチーソが六〇パーセント近くを占めている。

コロンブスが新大陸を発見した時、彼らは現在のインドか東南アジアに到着したものと誤解し、新しく発見した土地を〈インディオス〉と呼んだ。南アメリカ大陸の先住民族をインディオと呼ぶのは、そのためだった。北米大陸のアメリカ・インディアンと同様、南アメリカ大陸のインディオも紀元前一万四千年ほどに凍結したベーリング海峡を渡り、南北アメリカ大陸を縦断するように住み着いたといわれている。そのため、インディオは東洋系の顔だちをしている。

メスチーソの中には、アジア人のように両目の端が持ち上がり、アーモンド型をしている女性が少なくない。那須野には美人が多いように思えた。

タクシーの中に顔を突っ込んでいたジャッカルが身体を起こし、周囲を見渡している那須野に声をかけた。

「交渉成立です」

ジャッカルはタクシーの運転手が丘陵地帯の中腹まで行くこと、料金は百五十ペソ——メキシコは一九九三年にデノミネーションを行ったばかりで、新ペソは旧の千ペソに対応、一ドルが三ペソに相当した——、しかも前払いでなら、といって承諾したことを告げた。

那須野はうなずいた。

ジャッカルが早速タクシーに乗り込む。メキシコシティのタクシーに利用されているワーゲン・ビートルはツードア。客は助手席のドアから乗り込む。助手席は取り外してあり、客が利用するのは窮屈な後部座席だけだった。

那須野が後部座席に乗り込んでドアを閉めるとタクシーは走りはじめた。

「狭いな」那須野がいった。

那須野とジャッカルの肩は今にも触れそうだった。

「まだ二人で利用しているからましな方ですよ。この車では普通三人乗ります。あるいはもっと肩寄せ合って四人とかね」ジャッカルは涼しい顔でいった。

タクシーには、エアコンどころかラジオすら付いていなかった。ハンドルコラムが突き出ているインスツルメントパネルにはスピードメーターや燃料計といった最低限の計器があるだけで、センターコンソールのあたりに大きな料金計が取り付けてあった。ジャッカルは、タクシーのワーゲン・ビートルは新車でも七千ドル程度だと説明した。

窓を開けてあるために涼風が吹き込んでくる。

メキシコシティは高地にあり、年中乾燥している。高級ホテルを根城にしている大型タクシーでもないかぎり、エアコンは装備されていない。

タクシーは一三〇〇ccの小さなエンジンを咆哮《ほうこう》させ、瞬く間に時速一〇〇キロまでスピードを上げた。貧弱なショックアブソーバーしか取り付けていないワーゲン・ビートルの車体はふわふわと浮くような感じだった。

「なぜタクシーの運転手たちは市の北東部へ行きたがらないんだ？」那須野は並んで走る車がほとんど五〇センチほどしか離れていないことに肝を冷やしながら訊いた。

「丘陵地帯というか、高台の中腹から頂上にかけて住宅が密集しています。他の国なら高台というのは高級住宅地でしょう。ところがここでは逆なんですよ。地盤が軟弱で地震に弱い上に汚染した大気の中に家があるような状態になるんです」

「そんなところに人が住むのか？」

「そんなところにしか住めない連中が集まっているということですよ」

ジャッカルは簡単に説明した。メキシコシティの人口は一千万人を超え、周辺地域を合わせると二千万人以上になるという。現在でも地方からメキシコシティを目指して集まってくる人間の数は一向に減らない。そのため、政府でさえメキシコシティの正確な人口を把握できずにいる。

ハイウェイは市街地では高架となり、また地下トンネルとなってゆるやかな起伏とカーブを描きながら続いた。メキシコシティと周辺地域の境界線を越えたあたりから、左右に畑が広がり、道路は地面の上を走るようになる。自動車の数も急激に減り、車体に錆が浮いていたり、窓ガラスにひびが入っていたりする車が多くなった。

黒煙をまき散らしながら、喉をぜいぜいいわせている老人のように走っているバスを追い越した時には、ディーゼルの排気をまともに浴びせかけられ、那須野とジャッカルはひどく顔をしかめた。

市街地の境界線から二十分ほど走ったところで運転手はブレーキを踏み、路肩に車を停めた。

ジャッカルが怒鳴りつけるが、淡い色のサングラスをかけ、縮れた黒髪の運転手はハンドルの前で両手を広げて見せただけだった。ジャッカルは今度は低い声で、相手の機嫌をとるように話しかける。運転手はちらりとルームミラーを見上げ、短く何かいった。

一瞬、ルームミラー越しに睨み返しているジャッカルの視線が鋭くなり、一言だけ返事をする。運転手は考えこんでいる様子だったが、やがて口を開き、今度はしばらくの間話し続けた。

ジャッカルがうなずき、短く鋭い声でいった。運転手はうなずき返し、ギアをローに入れるとアクセルを踏み込んでクラッチをつないだ。ワーゲン・ビートルがゆっくりとハイウェイを外れ、乾いた泥の道を走りはじめる。

車の後ろには、猛烈な埃が舞い上がった。

「この運転手は、ここまでで勘弁してくれといったんです」ジャッカルが運転手の背中を睨みつけながらいった。「ちゃんと約束の場所まで連れて行けといったら、さらに三十ペソくれといいました。冗談じゃないと思いましたが、ここで放り出されては目的地まで遠すぎます。結局、十五ペソで話はついたんですが、目的地についたら追加料金を払うといってやりました」

　車は斜面に密集して建っている住宅の間を猛スピードで走り抜けた。丘陵の中腹、住宅街の、通りが交差している場所に来ると運転手はワーゲン・ビートルを脇に寄せて停めた。早口でまくしたて、追い立てるように二人を降ろす。

　ジャッカルがドアを閉めた途端、タクシーは走りだし、交差点の中で強引にUターンすると埃と排気ガスを二人に浴びせながら去っていった。一〇〇メートルと行かない内に何処《どこ》からかコーラ瓶が飛んできて、後部バンパーのあたりに砕け散った。

　ガラスの破片が妙に白けた太陽光線にきらめく。タクシーは一瞬もスピードを緩めることなく、坂道を遠ざかっていった。

「気をつけて」ジャッカルが押し殺した声でいった。

　那須野はその声に緊張が滲《にじ》んでいるのを察しながら、周囲を見渡した。タクシーを見送っていたわずかの間に十数人の子供が彼らを取り囲んでいる。

「子供だからといって油断しないで。奴ら、外から来た人間から奪うことでしか収入の道はないんです」

　ジャッカルがゆっくりと歩きだした。

　子供たちの輪が二人の動きにあわせて静かに移動する。五、六歳の小さな子からせいぜい十二、三歳くらいの痩せた子供たちばかりだった。Tシャツや半ズボン、木綿のワンピースなどを着ているが一様に垢じみており、大半の子供が裸足だった。黒ずんだ足には乾いた埃が張りついている。

那須野とジャッカルはホテルを出る時に荷物を始末してきたので、手ぶらだった。現金は靴下や下着の中に入れてある。ただ、十ドル紙幣を一枚だけ胸ポケットに突っ込んであった。万が一襲われた場合に胸ポケットの金を取るだけで相手が満足して手を引くことがあるからだった。

風はなく、乾いた土を踏む足音だけが聞こえる。ジャッカルが先頭になって坂道を登っていた。ふいに立ち止まる。

那須野は顔を上げた。

汚れた服を着た数人の男が通りを塞ぐように立っている。テキーラの瓶を持って直接口にあてて飲んでいる男がいる。誰もが髭を生やし、その髭にごみがついている。濃い眉の下から小さな、そして異様な光を放つ目が睨んでいた。

2

水の中で動いているような気がした。

六人。

登り坂の途上で待ち受ける男たちの数を正確に捉える。那須野はもっとも手ごわそうな男を見極めようとした。相手が複数でも同時にかかってくることは不可能だ。一瞬だが、時間にずれが生じる。

その間にもっとも強い男を倒せば、残りはひるむ。倒さなくともよい。相手の数がこちらより多い時に考えるのは逃げ出すことだけだ。

左から二人目の男だった。

六人の中でもっともしなやかな身体つきをしている。手足が長い。浅黒い肌、黒目がすぼまっている。目と目があった刹那、男の肩にゆらりと殺気が立ちのぼる。

人は鏡のように反応する。那須野が送る殺気が左から二番目の男に映ったに過ぎない。白い、ゆったりとした長袖のシャツを着ていた。男は右手をわずかに揺すった。折り畳み式のナイフが握られている。刃渡りは一五センチほど。床屋が使う剃刀のように、先端が尖っていない。突かず、水平に払ってくるはずだ。

勝敗を決定するのは、わずかな差でしかない。相手の振るった刃物が見た目より長かったとか、自分が去年より一つ歳をとっていたとか。

ゆっくりと踏み出した。全身の筋肉が、跳躍の一瞬にむけてバネのように音をたて、収縮する。

苦しげな息づかいが耳を打つ。相手を睨みすえたまま、視野の隅で得物になりそうな物を探す。が、乾いた土があるばかりで石ころ一つ、転がってはいない。

男が前に出た。残り五人は、男よりわずかに遅れる。

やはりこの男か。那須野の腹の中に奇妙な満足感が広がる。血が音をたてて流れている。大量のアドレナリンが時の流れをゆるやかに変える。

男が吠《ほ》え、地を蹴った。

那須野の両足が地面を擦るように動いた。

白銀の刃が陽光にきらめき、埃がゆっくりと舞い上がる。男の呼吸だけが聞こえ、周囲が白け、無数の線となって光景が消失する。

交錯。

那須野の頸《くび》をめがけて飛んでくるナイフが消える。男の手首だけに視線を集中させる。さらに踏み込む。右手を手刀の形にする。

那須野の前髪が切り取られ、額に熱を感じた。飛び散るのは汗か、あるいは――。

次の瞬間、男のみぞおちに手刀を叩きこんでいた。引き締まった筋肉に、手首まで埋まるほどに。

「逃げるぞ」

すれ違いながらジャッカルに向かって怒鳴った。ジャッカルは那須野が動くのと同時に走りだしていた。すぐ後ろにいる。

銃声が響き渡り、那須野とジャッカルは凍りついたように動きを止めた。音と光が瞬時にして戻ってくる。ゆっくり振り返るとナイフを放り出した男が地面に倒れ、背中を丸めて激しく息を吸い込もうとしていた。

那須野は坂の上に眼を向けた。巨躯の男が立っている。短銃身、無骨な握りのマグナム・リヴォルバーを右手に持っている。マグナムを持った男が太い声で怒鳴った。スペイン語。残った五人の男は倒れている男を抱え上げて散った。

「私たちは、あの男を訪ねてきたんですよ」ジャッカルがささやくような声でいった。

拳銃をベルトに差し、巨躯が近づいてくる。シャツが汗で張りつき、ひしゃげた鼻の下と張り出した顎が髭で覆われていた。黒い縮れた頭髪、眉が濃い。眼は明るい茶色だった。

「ジャッカルはどっちだ？」男が訊いた。

「私だ」ジャッカルが応えた。

「ついて来い」

男は顎をしゃくっていった。那須野は広い背中を見上げるようにして、坂道を登りはじめた。その時になってはじめて、苦しげに息をしていたのが自分だと気がついた。

それが髭面の大男、逃がし屋ガブリエル・ゴメスとの出会いだった。

那須野は坂を登りかけた途端、額の傷が痛むのを感じた。目眩《めまい》。まるで頭蓋骨が割れて脳がこぼれかけているように感じた。ズボンのポケットからハンカチを取り出して額の傷にあてる。そっと押さえたつもりだったが、殴られたような衝撃が走り、声が漏れる。脈が速くなる。

ジャッカルが立ち止まり、バンダナを差し出す。那須野は礼をいって受け取るとハンカチを傷口にあてたまま、バンダナで縛りつけた。

ゴメスの住まいは丘陵地帯の頂上付近にあった。縦横にひびの入った石の壁、サイコロのように四角い小さな家だった。家の前に立ったゴメスが大声を上げると粗末な木のドアが開いて、小柄な女が飛び出してきた。黒い髪、黒い瞳、浅黒い肌。痩せて目ばかり大きな女だった。

「入ってくれ」ゴメスが入口の前に立ち、手招きをする。

ジャッカルが、続いて那須野が家の中に入り、ゴメスが扉を閉めた。高い場所に窓があるだけで、家の中は薄暗く、右側の壁の前にランプをのせたテーブルが置いてあり、左側にはマリア像をまつった小さな祭壇がある。

「座ってくれ」ゴメスはテーブルを指していった。

ジャッカルと那須野が並んで座り、ゴメスが向かい側に腰を下ろす。さきほどの女が素焼きの壺《つぼ》とコップを持って、奥の台所から出てきた。ジャッカル、那須野、ゴメスの前にコップを置き、壺からとろりとした透明な液体を注ぐ。

「では」コップを持ち上げたゴメスが差し上げるような仕種をしてから一息に飲み干す。

那須野はコップを手にすると液体を一気に喉の奥へ放り込んだ。食道を冷たい液体が駆け下り、胃袋の底にあたり、熱い吐息となって跳ね返ってくる。口中、喉、食道、胃袋が焼け、ひりひりする。

喉が鳴り、声が漏れる。

「メスカルだ」ゴメスがにやりと笑っていう。髭の間から煙草のやにで茶色に染まった歯がのぞく。

メスカルは竜舌蘭《りゅうぜつらん》の一種、アガベ・メスカルを原料とする蒸留酒だった。アルコール度は四四から五〇度近くまである。テキーラとは原料が違い、またテキーラが工場生産されているのに対してメスカルは大半が普通の家庭で自家醸造されている。

ジャッカルは用心深く、コップを手にしてちびちびとなめていた。

「それでどこまで行きたいんだ？」ゴメスが訊いた。

「ニカラグアだ。リーヴァスという町がある」那須野はハバナでバーンズから渡されたメモを思い出しながらいった。

「知っている。湖の近くにある町だ」ゴメスは再びコップを傾けていった。

「その町の南に私設飛行場がある。そこまで我々を運んでもらいたい」

那須野はそういうとゴメスをじっと見つめた。揺らめくランプの灯《ひ》を受け、茶色の瞳が様々に色を変える。ゴメスは床を見ていた。

「問題はない」ゴメスはいった。「費用は一人につき千ドル。前払いだ」

「半分の千ドルを前払いする。残りの金は現地に到着した時に払う」那須野がいった。

ゴメスが岩のような顔を上げる。ランプを挟み、那須野とゴメスは正面からまっすぐに睨み合った。

すぐそばを駆けていく子供の歓声が壁越しに聞こえ、ランプの芯が音をたてて燃えた。那須野のこめかみから流れだした汗が頰を伝い、テーブルの上に落ちた。

「いいだろう」ゴメスは静かにいった。

「私たちは急いでいる」ジャッカルが口を挟んだ。「それにパスポートもないんだ」

「身分証明は何とかできる。問題はない。一人分二百五十ドルだ。これも前払い」ゴメスは無表情のままいった。「二百五十ドルで、あんたたちが地元の人間だって証明書を作ってやる。問題はない」

「俺たちは急いでいる。最大四十八時間、できれば四十時間以内にリーヴァスまで行きたい」

那須野の言葉に、ゴメスは一瞬目を剝いた。頭の中で素早く道のりを計算する。ざっと一八〇〇キロある。が、やがて静かに応えた。

「問題はない。ところで、あんたたちの名前は？」

「ジャック」ジャッカルが答えた。

「ジーク」那須野が告げた。

「俺はゴメスで結構」ゴメスは顔をしかめて二人を見ていた。「お前たちはその恰好で行くつもりか？」

那須野とジャッカルは自分たちの服装を見た。那須野はポロシャツ、ジャケット、コットンパンツ。ジャッカルは紫色のTシャツとカーゴパンツだった。

「俺が考えている作戦を実行するには、お二人の服はちょっと高級すぎるな。俺が衣装を貸してやろう」

ゴメスはそういって隣の部屋に入ると白い木綿の服を二着持ってきた。長袖のシャツとズボン。どちらも汚れている。

那須野は受け取った服から酸っぱい臭いがたちのぼってくるのに顔をしかめた。

「香水だと思えばいいさ」ゴメスは笑って椅子に座った。「着替えろよ。衣装代は大サービス。二人分五十ドルでいい」

唖然《あぜん》とする二人を見て、ゴメスはさらにこれを履くようにといって革のサンダルを渡した。二人が着替える間、ゴメスはにやにやしながら変身ぶりを見ていた。

鋭い目つきをのぞけば那須野とジャッカルは農夫に見えないこともなかった。

「では、早速出掛けるとしよう」ゴメスは立ち上がった。

「どうやって俺たちを運ぶつもりだ」那須野が腰を浮かせながら訊いた。

「俺は長距離トラックの運転手でね」

ゴメスはふてぶてしい笑みを見せるとスペイン語で怒鳴った。台所から女が弾《はじ》かれたように飛び出してくる。

女の手には小さな革のボストンバッグがあった。ゴメスはそれを受け取ると先に立って家を出る。那須野とジャッカルが後に従った。男たちが出ていくと女はすぐに扉を閉め、鍵をかけた。

真昼の太陽が中天にかかり、三人の男たちを照らしていた。


グアテマラ、ハイウェイCA2号。

運転席で、ゴメスは水平になった大きなハンドルを切り、衣料品を満載した十一トントレーラーを終夜営業のドライブインの前に停めた。

排気ブレーキが作動し、溜め息のような音が漏れる。

ドライブインは小さな電光看板があるだけで、しかも〈レストラン《RESTAURANTE》〉という文字のSとNが欠落していた。

トレーラーが停止するとゴメスは太い息をつき、ジャッカルに向かっていった。

「食い物を仕入れてくれ。ホットドッグとビールだ。あんたたちが何を食おうと勝手だが、ひとつ忠告しておく」

ジャッカルがじっと見つめ返している。ゴメスが続けた。

「ホットドッグとビール以外には手を出さない方がいい。靴の底みたいなステーキや二年前から何度も同じ油であげなおして客に出されるのを待っているフライドチキンが好みなら話は別だがね」

「わかった」

ジャッカルはそう答えるとドアを開けて駐車場に飛び降りた。

ゴメスは低いアイドリング音を伝えていたエンジンを切り、パーキングブレーキのレバーを引くと座席にもたれかかった。

エンジンが冷えて収縮する時に発する鈴の音のような金属音が聞こえる。

夜明け前、大気は濃いブルーに染まっている。

ゴメスの家を出て、メキシコシティの北外れにあるトラックターミナルでコスタリカ行きの貨物を見つけた。大して手間はかからなかった。那須野には、ゴメスがニカラグアといっただけで夢のように都合のいいコスタリカ行きのトラックが出現したように見えた。が、実際のところはわからない。コスタリカはニカラグアの隣国である。

トレーラーは南北アメリカ大陸のくびれた腰、メキシコのほぼ中央を北西に貫くハイウェイ一六〇号線から一九〇号線へと走り継ぎ、オアハカ市を越え、五五〇キロを走り抜けたところでテワンテペック湾にぶつかった。ゴメスは左、一八五号線に入ってしばらく湾沿いに走った後、一九五号線、二〇〇号線とルートをとった。

メキシコシティから一〇〇〇キロほど走りきったところでグアテマラとの国境に出る。検問所にはグアテマラ陸軍の兵士が詰めていたが、ゴメスの書類を型通りにチェックしただけで那須野とジャッカルの書類には目もくれなかった。

グアテマラに入ってルート名がCA2号線に変わったが、片側二車線の整備された道路に大きな変化はない。

すでに十五時間以上、ゴメスはハンドルを握り続けていた。その間、ガソリンスタンドで二度ほど給油し、十分ずつ小休止しただけで走り詰めだった。

那須野は右手であごをこすった。顔にはべっとりと脂が浮き、髭が伸びはじめていた。時速一〇〇キロで走行を続けるトレーラーの単調な震動に二時間ほど眠ったが、身体の芯には砂を詰められているようだった。

ゴメスはしばらく肉厚の両手を眺めていたが、やがて首をゆっくりと振ると座席後部に放り込んであった革のボストンバッグを取り出した。ファスナーを引き開け、中から銀色に輝く箱を出す。

那須野は身じろぎもしないで、ゴメスの手を見ていた。

銀色の箱を開けると中には、注射器とガラスのアンプルが五本、それに黄土色したゴムのバンドが入っていた。左腕をゴムバンドできつく締め上げた。天井に手を伸ばしてルームランプを点けると左肘の内側あたりを右手の指先で探った。血管を見つける。器用な手つきで注射器を突き刺す。ガラス管の中に血液が逆流してくる。ゴムバンドを外し、プランジャーを押し出しながら、太い息を吐いた。

注射を終えると道具をきちんと銀色の箱に戻し、さらにボストンバッグに入れて座席後部にていねいに置いた。

ゴメスは目を閉じ、首をゆっくりと動かした。

「疲れをとるにはこれが一番さ」ゴメスがひとり言のようにいう。

「コカインか？」

「いや、覚醒剤だ。ちゃんと医者が調合してくれた、高級な覚醒剤だよ」ゴメスは目を開き、運転席を見つめた。「昔はこんなもの必要なかった。薬なんか無くても六十時間でも七十時間でもトラックを運転することができたよ」

「体力は落ちる」那須野はチャンを思い出しながらいった。

「そうだな」ゴメスは唇にうっすらと笑みを浮かべていった。「だが、ますます金は欲しくなる。難しいところだ。俺の年収はメキシコシティでトップの弁護士を上回っているというのに、な」

「それでもあの土地に住んでいるのか?」

「それも難しいところだ」ゴメスの声は平板だった。「あの土地は空気は悪いし、地盤が緩いから地震が来れば家が崩れる。家を失った連中はシティに行くか、アメリカに渡る。家があるだけまだましなんだ」

「あんたぐらいの収入があれば、もっとましなところに住めるんじゃないのか?」

「どこへ行く? 俺には教養がない。元々はメキシコ北部にいた農民だぜ。ガキでもできれば別だったがな。どこへ行っても俺は俺でしかないよ。シティに行けば田舎者としておどおどしてなきゃならない。アメリカに渡れば、単なる間抜けなメキシコ人だよ。あの土地にしがみついているしかないんだ」

「結婚していないのか?」

「女房を見たろ? 酒を出すぐらいしか能のない、役立たず女さ。ガキを産むことすらできなかった」ゴメスはにやりと笑った。「そして俺の女房なんだ」

那須野が口を開きかけた時、無線機が鳴った。エンジンを切ってあっても無線機だけは別に電源を引いているらしく、ランプが灯ったままだった。

〝本日の気温摂氏三二度、湿度二五パーセント、風向きは北からそよ風。放送しているのはモッキン・バード〞

英語。ひどいだみ声に那須野はラインダースを思い出した。

ゴメスは素早くマイクロフォンを取り、口許に寄せると声を吹き込んだ。

「バード、こちらスティール・タイガーだ。今、どこにいる？」

〃おやおやタイガーの旦那。久しぶりだな。女房は元気か？〃

「ああ、元気だよ。今、どこにいるんだ？」

〃グアテマラ、CA2号線、エルサルバドルを抜けて来たところさ〃モッキン・バードは歌うようにいった。

「俺も同じルートにいる。これからエルサルバドルに向かうんだ。あっちの状況は？何か変わったことはないか？」

〃気をつけろ。能なしどもが熱くなってるぜ〃

ゴメスはモッキン・バードの声を聞きながら唇だけ動かして〈陸軍兵〉と伝えた。能なしは陸軍の兵士を指すらしい。

「一体、どうしたっていうんだ？　しばらくあの国は静かだったじゃないか」

〃テロ、テロ、テロ、テロ。お馴染みの共産テロリストがサンサルバドルで爆弾テロ騒ぎを起こした。検問所は大変さ〃

モッキン・バードは歌うようにいった。

グアテマラ＝エルサルバドル国境。

片側二車線のハイウェイ上には、後部トランクが閉まらなくなるほど荷物を積んだ乗用車、一九五〇年代に生産されたようなピックアップトラック、埃にまみれたグリーンのメルセデス、塗装が剝げ、錆の浮いた大型バス、そして那須野たちが乗りこんでいるトレーラーが続いていた。

車の列は一歩一歩踏みしめるようにゆっくりとしか進まない。那須野は運転席に取り付けられた時計に眼をやった。国境に到着してからすでに二時間が経過している。

トレーラーの後ろにも車が続き、検問所の前に停められている車は十数台にのぼった。白っぽい制服姿のエルサルバドル陸軍兵士たちが一台ずつ入念にチェックしている。車の中にいる人間はすべてが外に引き出されて身体検査を受け、荷物は梱包《こんぽう》を解かれ、アスファルトの路上に広げられていた。

兵士たちは肩から自動小銃を下げ、弾倉帯のついた革のサスペンダーをしていた。胸の辺りには手榴弾《てりゅうだん》が二発、吊ってある。ヘルメットではなく、白っぽい制帽を被っている。四名から六名の兵士がチームを組み、一台の車両を点検、将校がドライバーの差し出す書類を見ていた。検査チームは三つ。その他、検問所のゲートを囲むように十数名の兵士たちが腰だめにした自動小銃を構えている。

ゴメスはハンドルに両腕をのせたまま、身じろぎもしないで前方を睨んでいた。

ゲートが開き、荷物の重みで車体後部が沈んだ乗用車がエルサルバドル領内に進んだ。

一台の車の検査に十分から十五分を要していた。ゴメスは目を動かして、バックミラーに映る後続車を見た。トラック、乗用車、大小のバス、四輪駆動車——車の種類は雑多だったが、型が古く、汚れて錆《さ》びついている点では一致していた。

古いピックアップトラックのドライバー——遠目にも老人であることがわかった——がのろのろとした動作で荷物を積み込み、エンジンをスタートさせて走り去る。メルセデスはトランクを開けられ、スペアタイヤまで外して見せているようだった。

自動小銃を持った兵士がトレーラーに近寄る。ゴメスはエンジンを切り、ドアの内側に差してあった書類の詰まったバッグを持って車から降りた。

助手席のドアが外から強引に開かれ、那須野とジャッカルは兵士に促されて外に出た。二人は兵士たちに背中を向けた恰好でトレーラーに手をつくように指示された。兵士は那須野とジャッカルの脚を蹴飛ばして広げさせると脇の下や股間、服のポケットを黒い手で探った。

那須野は天を見上げ、じっと兵士たちの手の動きに耐えていた。背後からは自動小銃や装具が触れ合う、かすかな金属音が聞こえる。

男たちの怒号が聞こえた。那須野は声のする方に眼を向けた。前に停まっていたバスから五人の男が引き出されていた。口々に叫んでいるが、意味はわからない。男たちはバスに手をつかされ、強引に脚を開かれて身体を探られはじめた。

ゴメスはトレーラーを調べる一団と一緒に来た将校と一緒にトレーラーの後部に回り、扉を開いて見せていた。兵士がコンテナの中に乗り込み、一番戸口付近にあった木箱を蹴落とした。箱がこわれ、Tシャツやポロシャツの束が飛び出す。トレーラーの中からは兵士が銃床を木箱に叩きつけて壊している音が聞こえる。

ゴメスは表情を消し、茶色の瞳をすえて見つめている。

「こっちを向け。ゆっくりと、だ」兵士がスペイン語で命じた。

ジャッカルが手を上げたまま、身体を反転させる。那須野が続いて同じ動作をする。

那須野の視界にバスから引き出された男たちの姿が入ってきた。

彼らのうち、二人が兵士たちの目を盗んで素早く見交わした。那須野は眼をすぼめた。

次の瞬間、その二人がいきなり駆けだした。

兵士たちは自動小銃を手にして一斉に弾丸を装塡する。金属音が響く。

二人の男はグレーのTシャツにジーンズ、素足にスニーカーを履いている。顔つきを見るかぎり、どちらもメスチーソのようだった。

バスから将校が飛び出してきて、逃げだした男たちに向かって怒鳴り声をあげる。

二人の男たちは乾いた土を蹴りながら、飛ぶように走った。さらに将校が怒鳴ると四人の兵士たちがバスの後方に走り出て、膝をついた。銃を構える。ほとんど同時に四挺の自動小銃が火を噴いた。

連続する銃声が大地を震わせ、逃げだした男たちの足下に土煙が舞い上がる。弾丸が空気を切り裂き、衝撃波が走り抜けた。妙に湿った着弾音が男たちの身体から聞こえ、彼らが着ていたグレーのTシャツが弾けて肉塊と血飛沫《ちしぶき》が広がった。たて続けに着弾した衝撃で男たちの身体は宙を舞い、手足を投げ出すようにして地面に叩きつけられた。

生命を失った肉体はゴム人形のようだった。

「じっとして、無表情で――」ジャッカルがささやいた。

那須野が息をのむ。ジャッカルの言葉は紛れもない日本語だった。

「リコ、ホセ」トレーラーの後部でゴメスが呼ぶ。

偽造書類に記載されている那須野とジャッカルの名前だ。那須野とジャッカルは一瞬、兵士の顔を見た。行け、というようにあごをしゃくる。二人はトレーラーの後部まで走っていった。ゴメスが早口に命じ、ジャッカルが那須野の腕を突いて散らばっている衣類に手を伸ばした。那須野もジャッカルと同じようにTシャツやポロシャツを集め、木箱の残骸を拾った。

那須野は集めたTシャツを路上に積み重ねながら、ちらりとジャッカルを見た。ガイドであり、カメラマンであるはずの男は白い木綿の服を着たインディオにしか見えなかった。ほんのわずかの間、那須野は夢を見ていたのではないだろうかと疑った。

シャツ類をコンテナに放り込むとゴメスが扉を閉めて、鍵をかけた。両手を打ち鳴らし、那須野とジャッカルを追い立てるように運転席に向かう。

トレーラーを点検した兵士たちは次の車に向かって移動していった。

ゴメスは運転席に上ると書類鞄《かばん》をドアポケットに戻した。エンジンをかける。ドアを閉じる。クラッチを踏み、ギアをローに入れる。

アクセルを踏んだ。

運転席では誰も口をきかなかった。路上に転がる二つの死体は兵士に囲まれ、ひどく小さく見えた。

3

ホンジュラス＝ニカラグア国境に差しかかっていた。目的地まで約三〇〇キロに迫っていた。

ゴメスはハンドルを切ってトレーラーをハイウェイCA1号線のわきに寄せるとブレーキをかけた。深く息を吐く。

「頼む」ゴメスの声は震えていた。「十分だけ休憩させてくれ」

メキシコを出発して三十時間以上が経過している。ゴメスは大型車特有の水平に近いハンドルに突っ伏し、荒く息を吐いた。

那須野はじっとゴメスの背中を見つめていた。運転席にいる三人は誰もがすでに三日シャワーも浴びず、髭も剃《そ》っていなかった。不精髭、身体からは異臭が漂い、狭い運転席には酸っぱい臭いが充満していた。

ハンドルの上で両手を組み、そこに額をあてていたゴメスがぼそりといった。

「なあ、ジーク、歳はとりたくないと思わないか？」

「望んだところで仕方がないさ。老い、衰えていく」那須野は淡々といった。

「あんた、幾つだ？」

「四十五」

那須野が答えるのを聞いて、ゴメスは弾かれたように顔を上げた。那須野の横顔をまじまじと見つめる。

「俺と同じ歳だってのか？」ゴメスは惚《ほう》けたような顔をしてつぶやいた。「とてもそうは見えないな」

「東洋人は年齢不詳というか、若く見える。インディオだって同じようなものだろう」

「いや」ゴメスは首を振った。「奴らは早く衰えるんだ。食い物が悪いからな。俺たちくらいの年齢になる頃には、立派な年寄りさ」

ゴメスの言葉に、那須野は薄く笑った。四十歳を超えた頃から那須野は自分が〈立派な年寄り〉になっているのを意識しないではいられなかった。ファイターパイロットの寿命は長くはない。

視力が衰える。

戦闘機乗りは二〇マイル離れた空間を飛ぶジェット戦闘機を肉眼で見つける。それは、たとえば白い壁に付着している針の先でついたほどのゴミを、三メートルも離れて見分けるのに似ている。夜明け直後や夕暮れ、薄暮の大空でも強いられる。

現在の戦闘機には数百キロ先まで見渡すことができる電子の眼——レーダーを装備しているが、レーダーはまた妨害電波による欺瞞《ぎまん》に対して脆弱《ぜいじゃく》でもあるのだ。

彼我の距離、二〇マイル。

一瞬でも早く相手を肉眼で視認したパイロットは、敵機の機首下部——死角へ回り込む。空戦の極意が据え物斬り、あるいは暗殺といわれるのは、相手の死角から息をひそめて接近し、一気に息の根を止めるからだった。いくら電子機器が発達しようとも、目の良いパイロットが勝機をつかむのは、戦争に初めて航空機が投入された第一次世界大戦の頃から大きく変わってはいない。

視力が衰えるのではなかった。

人間の瞳は何もない空間を見ていると自然と三〇センチほど先に焦点が合うようにな

っている。ファイターパイロットは訓練によって二〇マイル先に焦点を合わせ続けられるようにする。いつ、どこから襲ってくるのかわからない敵を求め、何も見えない空間に目を凝らしていなければならない。

刃の上に裸足で立ち、退《ひ》くも進むもならない状態で、ただ見つめることを強いられる。

飛行時間が増え、経験を積み重ねるにつれて、懸命にひたすらに睨むことに照れ、若いパイロットとの差を意識するようになる。若いパイロットは全力で挑んでくる。そこに生ずるわずかな隙間が少しずつ広がっていく。

痛みも、痒《かゆ》みすらもなく老いは忍びより、身体の中に染みついてくる。

針の先端のような大空の一点がちらちらと見え隠れするようになった時、はじめて衰えを身の内に感じるが、すでに手遅れになっている。

ファイターパイロットの寿命は四十歳、見えない敵機に感じる苛立《いらだ》ちはすでに老い

——那須野は自らの思いを振り切るために、かすかに笑った。

ゴメスは血走った目で、震える両手を見つめていた。意志の力で震えを押さえつけ、身体の内側に力がわき上がるのを待つ。だが、三十時間あまりの運転で体内のアドレナリンは燃焼し尽くしていた。

「また、薬を打ったら、どうだい？」那須野がいった。

ゴメスは顔をゆっくりと上げ、初めてみるような目をして那須野を見返した。憤怒《ふんぬ》、憎悪、嫌悪——その瞳に何らかの感情がこもっていれば、まだおき火のように残っているゴメスのエネルギーが発露していることになる。が、視線はぼんやりとしているばかりだった。

「そうだな」

ゴメスはうなずき、のろのろとした動作で運転席後部のレストスペースから革のボストンバッグを取り出した。

助手席のドアに肘をのせ、ジャッカルが見つめている。ゴメスは注射器とゴムバンドを用意していた。

ジャッカルが低い声でいった。

「奴を薬漬けにするつもりですか？」再び日本語。訛《なま》りはない。

「彼は自分自身であることを選ぶ。薬漬けになるか、ならないかはこの男の問題だ」那須野も日本語で答えた。

那須野とジャッカルの視線がまともにぶつかる。ゴメスは注射を打つことに夢中で二人のやり取りをほとんど聞いていなかった。

那須野は眼をすぼめた。ジャッカルの表情には明らかな敵意、あるいは憤怒がある。

なぜだ？

那須野は無言の内に訊いた。やがてジャッカルが目を伏せた。

ゴメスは数分間、かたく目を閉じて天を仰いでいたが、太く息を吐くとすっかり落ちついた表情で目を開いた。口許は引き締まり、目に生気が宿っている。ボストンバッグに銀色の箱を入れ、さらにバッグをレストスペースに置いた。

「よし、行こう」

ゴメスは張りのある声でいい、クラッチを踏むとギアをローに入れた。

トレーラーはディーゼルエンジンの重々しい響きを残し、再びCA1号線を南西に向かって走りだした。


トレーラーは轟音をあげて走り続けていた。ニカラグアに入ってすでに一二〇キロを走破している。ホンジュラスとの国境を越え、ニカラグアの国道一二号線を走り、首都マナグアの北を通り抜けて国道二号線に入っている。

夜明けが近い。

左手には巨大な湖が広がっている。朝もやに煙る湖面は海のように果てしなく広がっていた。

ニカラグアに入ってからゴメスは一度給油を行い、覚醒剤を二本注射していた。銀色のケースの中に残っているアンプルは、あと一本だけだった。ゴメスの目は落ちくぼみ、べっとりとした隈《くま》になっている。肌には張りがなく、顔は脂汗に濡れていた。

那須野はトレーラーのグローブボックスの中から地図の束を取り出し、縮尺五万分の一になっているニカラグアの詳細地図を抜いた。

ニカラグア全土が全紙大の地図に描かれている。

シガーライターの電源部に差し込まれたランプの下で、那須野は地図を広げた。記憶している緯度、経度を頼りに地図の上で指を走らせる。リーヴァスと記された町の南西約五キロに飛行場のマークが見つかった。

「今、どの辺りを走っているんだ?」那須野が訊いた。

ゴメスはハンドルを小刻みに動かしながら、道路標識が現れるのを待った。二、三分で道路の番号が記入された地名の標識と出会った。ゴメスは町の名を告げた。

那須野は再び地図に眼をやり、ゴメスのいった場所を探り当てた。

「もう五キロほど行くと右に折れる道路がある。それほど幅の広い道路じゃないが、通行に支障はないと思う。地図で見るかぎりはT字路になっているはずだ」

「リーヴァスを通り過ぎた辺りだな。西へ二キロほど、だ」

「そう」那須野が身体を揺すられながら答えた。「その道に入ってから七キロほど走ったところに小さな飛行場がある。道路の右側に見えるはずだ。そこが目的地だ」

「わかった」

計器パネルの淡い照明がゴメスの青白い顔を浮かび上がらせていた。鼻の下に生やした髭は千々に乱れ、あごも不精髭で覆われていた。ただ、瞳だけが強烈な光を放っている。ブルーに染まった大気を切り裂きながらトレーラーが驀進《ばくしん》していた。

ジャッカルは助手席のドアに頭をもたれかけさせ、ぐっすりと眠り込んでいた。那須野とジャッカルは交代で二、三時間ずつ眠ることができたものの、四十時間を超える今までゴメスは一睡もしていない。

「なあ、ジーク」ゴメスは間延びした声でいった。喋らなければ気を失いそうな様子だった。「一度も俺に大丈夫か、と訊ねないが、不安はないのか？」

「今、操縦桿を握っているのはあんただ。俺は荷物に過ぎない。荷物が不安になることはない」

「お前のような目をした奴を何人か知っている」ゴメスが出し抜けにいった。ハンドルを切り、道端に開いていた穴を避《よ》ける。「奴らは誰もが人を殺すことを稼業としていた。お前もそうか、ジーク？」

那須野は黙っていた。ゴメスはちらりとその横顔に目をやり、言葉を継いだ。

「不愉快な思いをさせるつもりはないんだ。ただ、話をしたいだけさ」ゴメスはちょっと考え込むような顔をしてから続けた。「不思議なこともある。お前の目だ。俺が知っている連中の目はもっと冷たいというか、トカゲの目のように見えるが、お前は違う。

何者なんだ?」

「俺はパイロットさ」

「旅客機を飛ばしていたのか?」

「いや、戦闘機だ」

「今までに人を殺したことがあるのか?」

「戦闘機乗りは、そういう考え方をしない。あくまでも敵機を落とすことしか考えない」

「そう思い込もうとしているのか?」

ゴメスの言葉に那須野は口許を引き締め、眼をすぼめた。ゴメスは那須野の沈黙を気にもとめずに話しつづけた。

「今までに撃墜したことはあるのか?」

「ああ」

「何機だ?」

速度計の指針は時速一四〇キロのあたりで震えていた。アスファルトの道路は荒れていて、十一トンのトレーラーが細かく震動しているのだ。

那須野の脳裏を燃えて落ちる飛行機が過ぎ去っていく。イスラエル、沖縄、北朝鮮、日本海、ハワイ・オアフ島——。

機体とともに落ちていったパイロットもいれば、射出脱出した者もいる。

「八機だ。その内、ヘリコプターが一機」那須野が静かに答えた。

ゴメスが息をのむのがわかった。いつの間にかジャッカルが目を開き、外の景色を見つめていた。

「驚いたな。今時、そんなパイロットがいるなんて」ゴメスはかすれた声でいった。

「あんたたちパイロットは、いつでも自分の落とした敵機の数を覚えているのか？　何かのトロフィーのように」

「覚えている」

それが胸に刻まれた墓碑銘であるから、とはいわなかった。

空中戦は、戦うパイロットたちだけが隔離された空間と時間だった。そこにいて、死んでいった者、敗れた者を記憶しておけるのは、同じ空間を同じ時間の中で飛んだパイロット、つまりは勝者しかいない。

生き残るためには相手を落とし、勝利するしかない。ただ、勝者は敗者を自らの胸の中に刻みつけ、背負っていく。

ゴメスがすべてを理解するとは思えなかった。

「驚いたな」

ゴメスはもう一度つぶやき、それからハンドルを右に切った。リーヴァスの町を通り過ぎて十五分ほど経過している。那須野が指定したT字路交差点だった。

運転席では誰も口を開こうとしなかった。

やがて道路の右側に雑草に囲まれた格納庫や赤と白に塗りわけられた吹流しをつけたポールが見えてきた。滑走路そのものは見えない。飛行場がやや小高い場所にあるためだった。

ゴメスはブレーキを踏んだ。トレーラーがゆっくりと停止する。ジャッカルが助手席で起き上がり、ズボンのポケットから金を取り出した。残金をゴメスに渡す。ゴメスは数えることもなく、無造作にシャツの胸ポケットに入れた。

「お別れだ、ジーク」ゴメスは真っ直ぐに那須野を見つめていた。

「ああ、世話になった」那須野が応えた。

ジャッカルが助手席のドアを開けて、地上に下りる。空気のよどんだ運転席に、朝の大気がさっと流れこんだ。ゴメスは座席後部のレストスペースに手を入れると革のボストンバッグを取り出した。手を突っ込むと拳銃を取り出した。那須野とジャッカルがメキシコで男たちに囲まれた時、ゴメスが発射した短銃身のマグナム・リヴォルバーだった。

ゴメスは銃把の方を那須野に差し出した。

「お前が気に入ったよ、ジーク。餞別《せんべつ》だ。何かの役に立つだろう」

「ありがとう」那須野は礼をいい、しっとりとした重みのある拳銃を受け取った。

「弾丸は五発しか入ってない。お前たちと初めて会った時に一発撃ったからな」

那須野はうなずき、運転席の外に出た。アスファルトの路面を踏みしめ、高くなった運転席を見上げる。ゴメスは何かいいたそうに口を動かしたが、わずかに肩をすくめて笑ってみせた。目尻にしわが寄る。それからひと言だけいった。

「アディオス」

那須野はうなずき、ドアを閉めた。

トレーラーはディーゼルエンジンの音を響かせ、海に向かって走り去っていった。大きなシルエットが曲がり角に消えた。

那須野とジャッカルは飛行場に向かって、ゆっくりと踏み出した。


ニカラグア、マナグア空港。

特別な団体客やＶＩＰ、自家用機で乗り付ける入国者向けの専用ゲートは簡素な造りだった。入国管理事務所のカウンターに肘をついた浜本は、中年の税関吏に書類を見せながら早口に説明していた。

手荷物が流れるベルトコンベアを囲むように十五人の男たちが立っている。浜本がマネージメントをしているサルサバンドのメンバーだった。

ベルトコンベアが唸りを上げて動きはじめ、楽器やアンプ、マイクスタンドなどを納めたケースが流れはじめた。バンドのメンバーが大騒ぎをはじめる。十五分ほどで狭い手荷物受取所の床いっぱいにケース群が広げられた。

浜本は税関吏に視線を戻す。

「サルサバンドですか？」税関吏は老眼鏡をずり上げ、自信のなさそうな声でつぶやいた。書類を見ながら何度もまばたきする。

「急にコンサートをすることが決定しまして——」浜本は上唇をちょっとなめると言葉を継いだ。「前々から要請はあったのですが、スケジュールがなかなか調整できなかったものですから」

浜本はそういいながらパスポートを差し出した。税関吏が浜本のパスポートを見て、眉を上げる。

「日本人ですか？」

「そうです」浜本は愛想笑いを浮かべた。「ハバナにいる時も日本人と見られることがほとんどありません。お前はサンティアゴ・デ・クーバの出身だろうっていわれます。が、正真正銘の日本人です」

浜本は乾いた笑い声を上げたが、税関吏はちらりと見上げただけで何もいわなかった。浜本は笑い声を呑み込み、大きな目で税関吏を見つめた。

税関吏は机の上に浜本のパスポートを広げると顔写真の上に貼ってあるプラスチックのラミネートカバーを爪で引っ掻《か》いた。次にパスポートを目の高さまで持ち上げると写真が貼ってあるページの透かしを見たあと、ノート状に綴《と》じてある糸に爪をかけて引っ張り、さらにページ数をカウントした。浜本は何度も海外旅行を経験しているが、今日ほど入念なチェックを受けたことはなかった。

税関吏は惚けたように見つめている浜本にパスポートを返却しながら抑揚のない声でいった。

「このところ日本人のパスポートを偽装する連中が多くてね。とくにあんたのようにラテン系の人間のような顔つきをしていれば、疑いたくもなるよ」

「そうでしょうね」

浜本は素っ気なく返事をしながらパスポートを受け取り、ジャケットの内ポケットに放り込んだ。軽く右手を挙げて礼をいうと手荷物受取所に戻る。入国手続きが済んだ後、荷物がすべて運びこまれたことを確認し、その後税関を通らなければならない。

バンドのメンバーはそれぞれ自分の荷物を取り上げていた。浜本は、キーボードのケースをベルトコンベアの上から持ち上げ、そっと床に置いたリーダーのそばに寄り、声をかけた。

「先に入国手続きを済ませて下さい」

リーダーは大柄な黒人だった。裸足で一九〇センチ以上の身長があり、体重も一三〇キロ近い。指が長い。世界でもトップクラスのキーボード奏者で、このバンドが演奏する曲のほとんどは彼が作曲したものだった。

「アンプが一台に、シンバルが一枚見当たらないんだ」リーダーは浜本の言葉に取りあわずにいった。

「それと予備のトランペットが一挺」

白人の、メンバーの中ではもっとも若いトランペッターが声をかけ、リーダーがうなずいた。

「それにトランペット一本だ」リーダーが低く深みのある声でいう。「積み込む時に、ちゃんとチェックしたんだろうな？」

「いやだな。私を疑うんですか？」浜本はあわてていった。

彼らは自家用機で移動する。荷物の積み込み、出入国手続き、ホテルやコンサート会場までの車両の手配はすべて浜本が行うことになっていた。

「ちゃんと確かめましたよ」浜本は自信のなさそうな口調でいった。

「俺が見てくるよ」

後ろから声をかけられ、浜本は振り向いた。均整のとれた身体つきをした黒人の男が立っている。淡い茶色のサングラスをかけていた。メンバーが移動に使う自家用機のパイロット、アルファロだった。

「機内をもう一度見た上で、見つからなければ荷物を運んだ連中に訊いてくる」

「すまない」リーダーはアルファロに向かって手を挙げた。

アルファロは笑顔で応え、手荷物受取所を出ていった。駐機場には、彼らの乗機である双発機が置いてある。空港施設の中は、エアコンが利いていたが、外は強い陽射《ひざ》しに照らされかげろうが立っている。

「おい、この荷物は俺たちのじゃないぜ」

頭が禿げ、腹の突き出た白人ギタリストが大声でいう。浜本は溜め息をつきながら、それでも足早に騒ぎを起こしている男に近づいた。

浜本は内心の焦りをメンバーの誰にも悟られまいと必死だった。わずかでも早くここを抜け出し、財閥系商社から命じられた飛行場へ行かなければならなかったのだ。

浜本は白人ギタリストがわめき散らすのをなだめるのに必死で、ガラス窓越しにアルファロがじっと視線を注いでいることに気がつかなかった。


パナマ湾。

ロシアの貨物船チャイカ号はカリブ海からパナマ運河を通過し、太平洋に入った。南下を続ける。

船首が紺碧《こんぺき》の海面を切り裂き、白い航跡を長く曳いている。

クルビコフは舷側《げんそく》に立ち、シガリロをくゆらせていた。ブルーのポロシャツ、白いスラックス、スニーカーという軽装でグレーの髪が風になぶられるままにしている。

肩に四本の金筋がはいった記章のついた半袖の白い制服姿の船長がクルビコフに近づく。

「ここにおられましたか」

「ああ、船室にこもっていると気が滅入《めい》りそうになるんでね」

クルビコフはそう答えるとズボンのポケットからシガリロの入った銀色のケースを取り出した。指先で小さなボタンを押す。蓋が開いた。

「どうかね、一服？」

「ありがとうございます」

船長はそういって手を伸ばし、シガリロを一本受け取った。クルビコフがオイルライターを取り出して、火を点けてやる。船長は深々と吸い込み、大量の煙を吐き出した。

「キューバ産ですか？」船長が訊く。

「高級品だよ。今じゃ、なかなか手に入らない。しかし、あの国にいるとね、煙草の好みだけは贅沢になる」

クルビコフは右手の指に挟んだシガリロを見ながら、ひとり言のようにいった。茶色の乾いた葉が螺旋《らせん》状に巻かれ、先端は白っぽい灰になっていた。

「あの国には長くいらっしゃるのですか？」シガリロを歯に挟み、煙を吐き出しながら船長が訊いた。

「四年になる。本当はもっと早く国に戻るはずだったが、例の騒ぎ以来ね、動けなくなった」

「ひどいもんです」船長は顔をしかめた。「物がない。食べる物、着る物、暖をとるための燃料も不足している」

「キューバも同じさ」クルビコフの唇が歪み、まくれあがる。「キューバ人にとっては、今が革命以後最大のキューバ・クライシスなんだそうだ」

「ほう？」船長が感心したようにいう。「例の事件がキューバ最大の危機だと思っていましたがね」

「あれはアメリカとソ連が勝手にやったことで、キューバ人には関係ないといっている」クルビコフはそういって短くなったシガリロを海に捨て、甲板の方を振り向いた。

甲板には白い帆布を被せられたジェット戦闘機が二機、ロープで固定されている。船倉には、さらに三機の戦闘機が積み込まれていた。甲板上の一機がネオ・ゼロだった。

クルビコフは目をすぼめて戦闘機を見ていた。

戦闘機の周囲では、髪を短く刈り体格のよい兵士たちが日光浴をしていた。チャイカ号に乗り組んでいる空軍陸戦部隊の兵士は四十名に達した。

「頼もしいものですな」船長がいう。

クルビコフは白髪まじりの船長を見た。顔はなめし革のような色をしており、目尻や唇の端には深い皺が刻まれている。口調には皮肉っぽい響きはなかった。

「こけおどしだよ」クルビコフは低い声でいった。

クルビコフは空軍陸戦部隊の兵士たちの訓練が不足しており、実戦経験がないことを知っていた。体格だけは立派だが、実戦では使いものにならない。

船長が振り向き、クルビコフを見た。

メキシコで那須野の乗るはずだった飛行機が爆破されたのをバーンズから聞いて以来、クルビコフの胸には重いしこりが残っていた。

「張り子の虎っていうそうだ。中国では、ね。肝心な時に役に立ってくれればいいが」

「この船が襲われるとでもおっしゃるのですか?」船長の表情が曇る。

「杞憂に終わることを祈っているがね――」

クルビコフの冴えない表情は、いかにも赤道直下の蒼空《あおぞら》に不似合いだった。船長が怪《け》訝《げん》そうにクルビコフの顔をのぞきこんだ。

脳裏にスメルジャコフの面影がよぎる。

一九八八年十二月。在日駐在武官として赴任する直前、クルビコフは、ウラジオストックで飛行隊司令をしていたスメルジャコフに会った。極東地域における幹部将校の思想調査が目的だった。

原子力潜水艦の政治士官を勤め上げたクルビコフは、自分を冷徹なKGB部員だと思っていた。だが、スメルジャコフを一目見た途端、自分の身体にも温かい血が流れているのを感じざるをえなかった。

冷たいブルーの瞳は、まばたきすることもなく、クルビコフを見据えた。スメルジャコフの思想面に問題は見当たらなかった。だが、共産主義者というより、完璧に手入れをされた武器のような印象を受けた。

髪の毛ほどの敵意を見逃さず、一瞬にして相手をほふることができる男、それがスメルジャコフだった。一九八三年に韓国の民航機を撃墜したのがスメルジャコフであることを知ったのは、数年後のことだ。

今でもスメルジャコフの目を思い出すと背筋に悪寒が走る。

あの男が敵だとすれば——クルビコフは輝く海面を見つめたまま、かすかに首を振り続けていた。

4

ニカラグア。郊外にある小さな飛行場。

午前五時。

周囲からわずかに高くなった草原を切り開いて、二〇〇〇メートル級の滑走路が設けられていた。ほとんど使用されていないためアスファルトの路面は荒れ、波を打っている。

滑走路の周辺に管制塔はなく、飛行場の施設らしいものといえば錆びたトタン板で覆われた格納庫が一棟と、赤と白に塗り分けられた吹流しのついたポールだった。

格納庫の一角には、ベニヤ板とガラスで仕切られた小さな事務室があった。壁に古びた黒板が掲げられ、消えかかった〈気象情報〉の文字が記されている。

窓の下に無線設備一式が据えられ、うっすらと埃を被っている。無線機から伸びたリード線は格納庫の屋根に取り付けたアンテナとつながっていた。その他には事務用の簡素な机が二つ、部屋の中央に向かい合わせに置いてある。

フランシスコ・タマノは黒板の前に立ち、魔法瓶からペーパーカップにコーヒーを注いだ。コーヒーはすでにすっかり冷たくなっている。一日二度、リーヴァスの町からサンドイッチかハンバーガー、それに魔法瓶一本分のコーヒーを取り寄せている。

タマノは五十歳になる航空機整備員だった。マナグアで貿易会社を経営するアルフォンソ・ガルシアに雇われて十五年になる。

元々はニカラグア空軍で整備兵として働いていたが、幼なじみのガルシアが自家用機を購入するのを機に、空軍時代の三倍の給料という条件で転職することになった。

なぜ、三倍もの給料？　とタマノが訊ねた時、ガルシアはスペイン系の白人であることを理由にあげた。ガルシアも同じく白人である。

メスチーソやムラートが人口構成比の上でも大きな割合を占めている国で珍しいことではあったが、タマノは代々貧しい家柄を誇りにしたことはない。ただ、この転職の時だけはありがたいと思った。

しかし、今の仕事も終わりを迎えようとしていた。

一時は三機もの自家用機——古くはあったが、頑丈で故障の少ない輸送機ＤＣ－３、主に国内の移動に使われたフランス製のヘリコプター、そしてガルシア自身が操縦桿を握り、アメリカ、メキシコ、ブラジル等、アメリカ大陸を北から南まで飛び回ったゲイツ・リアジェット——を擁していたが、アメリカの景気後退が長引くにつれ、ガルシアのビジネスも縮小を余儀なくされた。

まず機齢三十年を超えたＤＣ－３が航空機としての登録を抹消され、ヘリコプターはメキシコの民間航空会社に格安で売却された。

残るリアジェットもここ数年、ガルシアが海外に出ることが極端に少なくなったためにほとんど使われることがない。

タマノはコーヒーをすすり、ガラス戸越しにリアジェットを眺めた。

小型のビジネスジェットなら二機は入れられる格納庫に、今は一機だけである。かつては民間の飛行クラブが盛んに使った飛行場だったが、現在はほとんど見向きをされることもなかった。

リアジェットは後退角のついた低翼型の主翼を持ち、細くスマートな胴体の後部に二基のターボファンエンジンを搭載していた。垂直尾翼の上に水平尾翼が置かれたT字型になっている。燃料を満載して約四五〇〇キロを飛ぶことができた。

通常のリアジェットは八人分の客席があるが、ガルシアの飛行機は改造が施され、大きめの座席四個にカーテンで周囲を仕切ることができる簡易ベッド二基になっている。簡易ベッドは折り畳むことができ、貨物を積むスペースとしても利用された。

機体そのものは一九七五年に製造されている。ガルシアが手に入れた時にはすでに中古機だったが、タマノが入念な整備をしているので現在でも調子がよかった。

ビジネスが順調だった頃、ガルシアは予備パイロットと赤毛のグラマーな女性秘書、そして長距離飛行の時にはタマノを乗せて飛んだ。
タマノの喉を苦いコーヒーがすべり落ちる。
普段リアジェットを保管してあるマナグア国際空港の一角からこの辺鄙《へんぴ》な飛行場まで
リアジェットを飛ばしてきたのは、ガルシアだった。リアジェットを売却するので、そ
れまでに完璧に整備しておいて欲しいと告げられたのは、飛行中のことだった。ガルシ
アがリアジェットを手放すということは、タマノの失職も意味している。
さらにガルシアは、リアジェットがなくなった後も運転手として会社に残って欲しい
といったが、タマノは明確に返事をしなかった。数十万ドルもするジェット機を丹念に
整備するのが自分の仕事だと思っていた。
夜明けが近かった。
タマノがこの格納庫に詰めるようになって三日、ガルシアの話ではリアジェットを受
け取るために人が来ることになっている。当初の予定では二日前には飛行機を渡し、ガ
ルシアとタマノはマナグアにとっくに戻っているはずだったが、二、三日延びることに
なった。
リアジェットは燃料を満載し、いつでも発進できるように準備が整っていた。
ガルシアがこの飛行場に到着してすぐに機体に描かれている記章と登録ナンバーを削
りとって塗装しなおすように命じた時から、今回の売却にきな臭いものを感じていた。

タマノはコーヒーを飲み干し、椅子の一つに腰を下ろすともう一つに足をのせた。コーヒーの飲み過ぎで胃袋が重かったが、疲労の前にカフェインの効き目はとっくに失われ、目を閉じるとすぐに眠りに落ちた。

肩を揺すられ、目を開いた時、タマノはとっさに自分がどこにいるのかわからなくなった。

白っぽい木綿の服を着た二人の男が立っている。一人はタマノのそばで肩を揺すっていた。もう一人は事務室の戸口あたりに立ち、リアジェットを眺めていた。二人とも不精髭を生やし、身体からは異臭がたちのぼっている。異様に鋭い眼光をしていた。

「あんた、ガルシアか？」そばに立っている男が訊いた。

タマノは首を振った。その男はちょっと眉をしかめたが、気を取り直していった。

「すぐに出発したい」

「ボスに連絡を入れることになっている」タマノは震える唇からようやく言葉を押し出した。「私が連絡すれば、三十分ほどでここに来ることになっている。リアジェットを渡すのはそれからだ」

男は舌打ちして、戸口に立っている男に英語で伝えた。戸口の男がうなずいた。そばにいる男が静かにいう。

「では、連絡してくれ」その男のスペイン語にはかすかにアルゼンチン人のような訛りがある。

タマノはうなずき、事務所の壁に掛かっている電話機に近寄った。二人の男を交互に見比べながらホテルの番号を回す。ガルシアの部屋につないでもらうと二度目の呼び出し音が終わらない内にガルシアが出た。

ガルシアはすでに目覚めていたようだった。

アルフォンソ・ガルシアは一六〇センチそこそこしかない小男だった。

黄色のボタンダウンシャツ、グリーンのジャケット、ネクタイはしていない。スラックスは紺で靴は黒だった。右手で把手《とって》のついていない書類鞄を持ち、脇に抱えている。縦と横がほとんど同じサイズに見えるほど肥満している。ガルシアは那須野、ジャッカルの順で握手をして貿易商をしているといった。

早速、格納庫の中に二人をひっぱりこむとリアジェットの周囲を歩きながら説明した。

タマノは事務室の入口付近に立ち、ヒステリックに喋り続ける雇い主を冷やかにながめていた。

「リアジェットです。ご覧いただけば、もうおわかりですね」ガルシアはそういいながら機尾、右舷《うげん》エンジンに近づいた。「エンジンはギャレットのＴＦＥ７３１型のタイプ

2で推力は一五九〇キロ。もちろん一基あたりのパワーが、ですよ。それがご覧のように二基ついています。千時間ごとに点検をするように義務づけられておりまして、もちろん私はきちんと点検をしてきました。何しろ一基のエンジンを点検するのに五千ドルかかります。もちろん、これは純粋な点検にかかる費用で、運送費は別。その運送費も私が負担するのです。ギャレットにエンジンを送ると、代わりに点検の済んだエンジンを送ってくるという次第で、もちろん、エンジンの状況を子細に記した記録帳も一緒に付けられてきますし、その記録帳は操縦席に置いてあります」

ガルシアはそういって、エンジン排気口をのぞきこんだ。

「どうです。きれいなものでしょう。うちの整備員、タマノっていうんですがね、すでにお二人ともお会いになった、あの事務室の前にいる男ですが、見栄えこそぱっとしません。でも、なかなか真面目で優秀な男でして、あの男が常にこの飛行機をぴかぴかに磨きあげていますから、操縦に際して何のご心配もありません」

那須野はガルシアの言葉を聞きながら、眼をすぼめてエンジン内部をのぞきこんだ。鋭い視線でなめるようにエンジンを点検していく。

ガルシアの言葉に嘘はなさそうだった。

小柄なガルシアが苦労して垂直尾翼の動翼部に手をあてて動かして見せる。那須野は手を伸ばし自分で試した。

ガルシアは肩をすくめただけで、気分を害した様子はなかった。

「この機に使用してあるアクチュエーターは機体の点検ごとに交換していますから、いつでも新品同様です」ガルシアが那須野を見上げていった。「もちろん、ゲイツ純正の部品を使っていますから、不備はありません。微妙な調整はまたしても我等が整備員のタマノが行っています」

ガルシアは機尾を回り、左舷エンジンについてもアメリカ連邦航空局が航空機オーナーに課している厳しいチェック義務についてひとしきり文句をいった。

那須野は黙したままガルシアの後ろを歩き、主翼のエルロンやフラップ、主脚の油圧装置に触れ、一つひとつきちんと点検を進めた。

ガルシアがまくしたてる。

「この機のサイズは、全長が一四・八メートル、全幅一二・〇四メートル、垂直尾翼先端までの高さは三・七三メートルあります。自重は四・三トン、最大離陸重量は七・七トンですが、今回のフライトではもちろん貨物なし、人間はあなたたち二人だけだから、燃料を満載しても七トンを切ります。四〇〇〇キロは飛行できるはずです」

ガルシアは言葉を切り、胴体下をのぞきこんでいる那須野に目を止めた。ガルシアが喋っていても喋るのをやめても、点検する様子に変わりはない。咳払いをし、那須野に話しかける。

「うるさいとお思いですか、ミスタ・ナスノ？」

「聞いている」那須野は感情のこもらない口調でいった。「全長一四・八、全幅一二・〇四、最大高三・七三メートル、自重四・三トン、最大離陸重量七・七トン、今回のフライトは七トン弱、四〇〇〇キロは飛行可能。続けてくれ」

「失礼しました」

ガルシアはそういいながら、ちらりとジャッカルを見上げた。ジャッカルはまったく表情を変えずにガルシアを見返した。

機体の下から出てきた那須野をまじえ、三人は機内に入った。ガルシアはゆったりしたキャビンの説明をしたいような顔をしたが、那須野がさっさと操縦室に入ったために諦めた。

那須野が左側の席に座る。ジャッカルが右席に座った。操縦室の真ん中で、頭を下げた恰好で立ったガルシアが眉を上げた。

「おや、あなたも操縦なさるんですか？」

ジャッカルは首を振った。ガルシアはしばらくジャッカルを見つめていたが、何もいいそうになかったので話を続けた。

「さて、もちろんこのリアジェットには最新式の設備が整っております。機体そのものは古いのですが、キャビンだけでなく、操縦席関係も手直しをしました。無線機は民間航空用の周波数帯をすべて網羅する全三六バンド、気象用レーダー、慣性航法装置、無線標識指示器、衛星による機位の検出装置も完備しております。もちろんすべての処理を行うための専用コンピューターを搭載していまして、計器パネル中央にあるＣＲＴディスプレイに電子的に表示されるようになっております」

那須野がゆっくりと振り向いた。ガルシアが開きかけた口を閉じる。

「バーンズが用意した書類をもらおう」那須野がいった。

「そうでした、そうでした。失礼しました」ガルシアはそういいながら脇にはさんでいた書類鞄を開いた。「もちろん、ミスタ・バーンズの使いの方から書類をお渡しするようにいわれております」

ガルシアはまずメキシコのパスポートを二通取り出して、中身を点検した後、那須野とジャッカルに渡した。次にエクアドルまでの航路図を出して、那須野に渡す。那須野は偽装パスポートをズボンの尻ポケットに突っ込むとさっそく航路図を広げた。

現在位置、航路、通過ポイント、目的地であるエクアドルの地方空港が赤鉛筆で記されており、各点の横に緯度と経度が秒単位まで細かく記入してある。

次にガルシアが那須野に手渡したのは、侵入ポイントになるエクアドル＝コロンビア国境付近のレーダー配置図だった。ほとんどがコロンビアに向かっており、太平洋側を探索しているレーダーは少ない。侵入に際しての注意事項が書かれている。那須野は一読した後、座席の横にあるポケットに放り込んだ。

那須野は頭上のパネルに手を伸ばして主電源を入れた。計器パネルに光が走る。ガルシアはいぶかしげに眉をひそめ、訊いた。

「このタイプの飛行機を操縦したことがおありか？」

「何度かね」那須野はぶっきらぼうに答えた。

「ミスタ・バーンズの使いの方には、あなたは戦闘機のパイロットだといわれていましたが？」

「昔の話だ。その後、いろいろとあった。飛行機を選べるほど贅沢は許されなかっただけさ。目の前にある機で飛べといわれて、何度か飛んだよ」

「もちろん、あなたが優秀なパイロットであることは確認しております」

「必要ない」

「え？」

「あんた、乗客じゃないからな。俺が飛ぼうと落ちようと無関係だ」

「そりゃ、ま、そうですが」ガルシアは唇をとがらせた。

那須野は慣性航法装置のレーザージャイロが安定するのを確認すると航路図を見ながらリアジニットの現在位置を打ち込んだ。次いで航路上の通過ポイントを次々に入力していく。

最後にエクアドルの地方空港の緯度と経度を打ち込む。

コンピューターが航路を受理し、操縦席正面パネルの中央にあるCRTディスプレイに航路を輝線で表示する。

簡単な航路だった。ニカラグアを離陸後、ほぼ真っ直ぐに南下し、コロンビアの沖、二〇〇マイルほどを通り抜ける。エクアドルに近づいたところで針路を南東に取り、コロンビアとの国境付近を低高度で潜《くぐ》り抜ける。エクアドルに入ったら、今度は真西に向かって飛び、アマゾンのジャングルの中にある小さな飛行場に着陸するというものだ。

「エンジンをかけるぜ」那須野がいった。

「では、お気をつけて」ガルシアは自分のあまりに皮肉っぽい口調に狼狽《ろうばい》しながら付け加えた。「もちろん、心からお二人のご無事を祈っております」

ガルシアは操縦席を出て、胴体後部にある出入口から降りた。タマノが待っている。ガルシアが出るとタマノは扉を持ち上げて閉じた。しっかりとロックする。

補助動力装置が動きはじめる音が格納庫の中に響き、ガルシアとタマノは小走りに機体から離れた。タマノはさらに機体の前へ走り、格納庫の扉を押し開ける。すっかり夜が明けていた。明るい朝の光が射し込んだ。

ターボファンエンジンが始動し、低くうねるような音になった。二つ目のエンジンにも火が入り、格納庫の中に爆音が充満する。

ガルシアはタマノに手を振って笑みを見せると事務室にある奥のドアを開いて外に出ていった。自分が運転してきた車が停めてある。

助手席のドアが開き、男が一人降り立つ。浜本だった。

「奴らは出発するんだな？」

「あのエンジン音を聞けばわかるだろう」ガルシアは不機嫌そうにいった。

やがてリアジェットのエンジン音がひときわ高くなった。格納庫を出たのだ。ガルシアと浜本は身じろぎもしないで、滑走路を見つめていた。

白い機体が風下に向かってゆっくりとタキシングしていく。

滑走路端まで来るとエンジン音がさらに高まった。リアジェットは加速し、滑走路の半分ほどで早くも機首を上げ、三分の二を通り過ぎたあたりで地面を蹴った。

すぐに三本の脚をたたみ、上昇する。しかし、それほど高くは上がらずに水平飛行に入った。ニカラグア領海を抜けるまではレーダー波を避けるために高度一〇〇フィートほどを飛ぶことになっていた。

「奴らの航路はわかるんだな？」浜本が飛行機に目を据えたまま訊いた。

ガルシアは書類鞄から航路図のコピーを取り出して、浜本に見せた。浜本がうなずいていう。

「ＯＫ、では次の仕事にかかってもらおうか？」

「わかっているさ。それより報酬の件、間違いないだろうな？」

浜本は背広の内ポケットに手を入れると分厚い封筒を取り出した。車の屋根越しにガルシアに向かって放り投げる。

ガルシアは片手で封筒を受け取った。中を見る。千ドル札が束になっている。

十万ドル。

ガルシアはにっこりと微笑むと格納庫に戻っていった。コロンビア空軍に領空を侵犯する航空機の航路と到着時刻を通報するために――。

リアジェットは高度三万八〇〇〇フィートを巡航していた。

那須野は操縦席で計器パネルをひとわたりチェックした。正面には六インチのCRTディスプレイが二つ、上下に配置されている。上段のディスプレイには航路図とリアジェットの現在位置、速度と高度、機首方位などが、下段のディスプレイは二基のエンジンの状況を表す回転計、燃料流量計、油圧計、排気温度計が表示されていた。

ガルシアのリアジェットには高精度のイナーシャル・ナヴィゲーション・システム（INS）が搭載されているために那須野が操縦舵輪《だりん》に触れる必要はなかった。

INSは一時代前ならボーイング747にしか積まれていなかった航法装置だった。

レーザージャイロを使用した水平安定板上の超高感度加速度計がINSである。物体が移動する時にかかる加速度を積分して速度を算出、さらに速度をもう一度積分することで移動した距離を出すことができる。ＩＮＳは高速コンピューターと連動して、これらの計算を瞬時に、そして連続的に行い、電波標識や人工衛星といった補助手段を使わずに自機の位置を計算で求めることができる。

ＩＮＳと自動操縦装置を連結することで、リアジェットは指定された航路上を飛行することができた。

那須野は操縦席を後ろに下げると狭いコクピットの中で立ち上がった。右側の席に座っているジャッカルが顔を上げる。

「何かありましたか？」

那須野はジャッカルの顔を見たが、何もいわずに操縦席の後部に並んでいる計器パネルを子細に観察しはじめた。ジャッカルはシートの上で上半身をねじると那須野の様子をながめた。

しばらく計器を見つめていた那須野がにやりと笑って計器パネルに手を伸ばすとずらりと並んだトグルスイッチを次々に弾いた。

後部計器パネル上のランプが灯る。

那須野は左側の操縦席についているＣＲＴディスプレイを見つめながら、さらにスイッチを入れた。下段――エンジン関係計器を映し出していたディスプレイが暗転し、次にリアジェットを俯瞰《ふかん》する線画を表示する。

那須野は右側の操縦席前にかけてあるヘッドセットを指さしてジャッカルにいった。

「ヘッドセットを着けろ」

「これ？」ジャッカルはヘッドセットを取り上げて訊いた。

那須野がうなずくのを見て、ジャッカルが訝《いぶか》しげに眉を寄せる。

「一体何をさせようっていうんです？」

「コロンビア空軍の周波数に合わせた」那須野は左側の席に戻った。「この飛行機には民間航空用無線ばかりじゃなく、軍用無線機も積んである。それにレーダー警戒装置もちょっとやそっとじゃお目にかかれない高級品を搭載している」

「どうしてそんな機械が積んであることがわかったんですか？」ジャッカルが訊く。

「俺は武器商人だ。禁制品を飛行機で運ぶなら、まして自分で持っている飛行機なら当局の目を逃れる方法を考え抜いて積むことを考える。軍用無線をモニターし、レーダー波に神経を尖らせる。俺たちもよくこういうタイプの飛行機に乗った」

「俺たちって？」

「相棒だ。中国人でね。二人でガンランナーをしているんだ。しかも、この飛行機に積んであるのは、ひどく高級な機械だな」

「ガルシアが金持ちだってことでしょうが」ジャッカルは興味を失った顔をする。

「アメリカやヨーロッパのガンランナーが持っている飛行機を飛ばしていたら、俺もそう考えただろう。だが、ガルシアはニカラグアに住んでいる。しかもこの飛行機はここ数年飛ばしてはいない」

「それにどんな意味が？」

「ガルシアは金を持っている組織の手先として働いているってことさ」

「麻薬組織？」

「あるいはＣＩＡあたりのな。バーンズが用意したことを考えるなら、ＣＩＡと考えるのが妥当だろう。だがな——」

那須野の表情が曇り、ジャッカルは半ば身を乗り出すような恰好でのぞきこむ。

「ガルシアはひどくお喋りな男だったが、これらの装置については話さなかった」那須野は自動的に動いている操縦舵輪に向かって話しかけるような口調で続けた。「何かひどく臭うな」

「罠だっていうんですか？　ＣＩＡがなぜ私たちを罠にかけようっていうんです？」

「そっちの線じゃない、と思う。元々今回の作戦はアメリカが仕掛けようとしている。ただ、ガルシアがこの飛行機を売る気になった理由を考えていたんだ。普通のガンランナーならよだれを垂らしそうな飛行機だ。装備も一流だし、完璧に整備してある。いつでも飛ばせる状態にしてあるんだ」

「もう商売を続ける気がないってことですね」ジャッカルはシートに身を沈めるような恰好をした。「それなら飛行機を売り飛ばしても構わない」

「引退を考えるなら、必要になるのは金だ」

「金のために、私たちを売り飛ばしたってことですか？」

「メキシコでラインダースが死んだ。誰かわからないが、俺たちの仕事を邪魔しようって奴らがいるのは間違いないだろう。そいつらがガルシアに手を伸ばしたとも考えられる。ガルシアが俺たちの無事な飛行を願っているのなら、まず最初に軍用無線の傍受装置やレーダー警戒装置について説明しているんじゃないか？」

「おっしゃる通りですな」ジャッカルは肩をすくめた。「でも、どうやって私たちを邪魔しようっていうんですか？」

「簡単さ。今飛んでいる空域でなら、コロンビア空軍に通報すればいい。戦闘機がスクランブルをかけて上がってくれば、俺たちには手の施しようがない」

「領空を外して飛べばいいんじゃないですか？」

「それほど燃料を積んでないよ」那須野は溜め息をついた。「コロンビア空軍なら英語か、スペイン語で通信をしているはずだ」

「了解」ジャッカルが応えた。

「それより、俺たちの言葉でやらないか？」那須野はふいに日本語でいった。

ジャッカルはじっと那須野を見つめていたが、唇を一文字に引き結んだまま、何もいわなかった。しばらくジャッカルを見返していた那須野は、やがて諦めたように肩をすくめると低い声でいった。

「少し眠ることにする。レーダー警戒装置がレーダー波を検出すれば、警報が鳴るようになっている。コロンビア空軍のお喋りを聞けたら、その時は起こしてくれ」

那須野は日本語でいい、眼を閉じた。

ジャッカルは相変わらず口を閉ざしたままだった。

ニカラグア、リーヴァス。

六階建てのホテル、浜本の部屋は三階にあった。五階に部屋をとったガルシアとエレベーターで別れた浜本は指先に引っかけた部屋の鍵を振り回しながら、擦り切れた暗い赤のカーペットを敷いた廊下を歩いた。

『サンライズ・ホテル』という名前は、三階の北側にある小さな部屋に泊まっている浜本には皮肉以外のなにものでもなかった。ハバナを飛び立ってからすでに三十時間近く経過している。その間、一睡もしていない。

頭の芯にもやがかかり、目の前の光景さえ現実のものとは思えなかった。

財閥系商社の駐在員からニカラグア行きを命じられ、大急ぎで浜本が担当するバンドのスケジュールを組んだ。ニカラグアに限らず、南米各国からは出演要請が次々に寄せられており、断りと詫びの電話ばかりしている浜本にとって、ニカラグアでのコンサートを調整するのは難しくなかった。

ニカラグアにいる商社駐在員の指示に従ってガルシアに会った。引退を考えている武器商人にとって十万ドルは少なくない金額だった。何もかもが予定通りにいったことに満足しながら、ホテルに帰って来た。飛行場からホテルまでの車中、ガルシアは押し黙ったままで浜本が何をいっても、ろくに返事すらしなかった。

コロンビア空軍がリアジェットを始末するまで無線の傍受を続けるべきだったが、浜本はすっかり疲れ果ててしまい、今はシャワーとベッド以外のことは考えられそうもなかった。

ドアノブに鍵を差し込んで、ひねった。ロックが外れる。ふいに欠伸《あくび》が出た。ドアを開いて中に入る。

セミダブルのベッドが部屋の半分以上を占めている小さな部屋。北向きの窓からはほとんど陽が射さず、おまけに分厚いカーテンが引かれている。部屋の空気はじっとりして、黴臭《かびくさ》かったが、浜本は何も気にしなかった。

今日の夜遅く、バンドのメンバーが待っているマナグアのホテルに戻ればいい。七、八時間は眠ることができる。ただ、眠りに落ちるだけだ。暗く、温かい睡眠の世界を想像しただけで、頬が緩む。

　ジャケットを脱ぎ、ベッドのそばに置いてある椅子の背にかけた時、銃弾が足首をかすめて床に突き刺さり、カーペットが弾け、埃が舞い上がった。銃声は押し殺したようにしか響かず、相手が消音器をつけた銃を持っているのがわかった。

　浜本は足と腰から力が抜け、座りこみそうになった。

　再び銃声。足と足の間に銃弾が撃ちこまれ、浜本は中腰のまま、動けなくなった。膝が笑っている。

「そのまま動くな」スペイン語のくぐもった声がいった。「訊きたいことがあるだけだ。素直に答えてくれればいい」

「何だ？」浜本は震える声でいった。

「ガルシアと何処《どこ》へ出掛けた？」

「飛行場だ。ここから数キロ離れたところにある」

「何をしに？」

「奴が売ったばかりの飛行機を見に行くというのでついていっただけだ」

　浜本がそういった途端、再び銃弾が足下に弾けた。衝撃波が股間を打つ。浜本は背筋を伸ばした。

「質問を繰り返すのは、今回だけだ、いいな？　何をしに行ったんだ？」声がいった。

「飛行機が飛び立つのを見にいった。嘘じゃない、撃つな」浜本が金切り声でいう。

「ニカラグアからエクアドルまで飛ぶことになっていた」

「なっていた、だと？　どういう意味だ？」

「多分、その飛行機はエクアドルまで飛ぶことができない」浜本は両目を固く閉じ、やけになって怒鳴った。

「なぜだ？　何か飛行機に細工でもしたのか？」

「いいや。通報だ。コロンビア空軍に領空侵犯機について通報したんだ。コロンビア国内のコカイン・マフィアに売り渡す小型地対空ミサイルを積んだビジネスジェットが接近していると告げた。多分、コロンビア沖で撃墜されるはずだ」

スペイン語で罵る声が聞こえ、浜本は思わず首をすくめた。次の瞬間、ドアを開く音がして足音が出ていった。振り向く勇気はなかった。銃弾でほじくり返されたカーペットの上に座りこむと、浜本は声を殺して泣いた。

浜本の部屋を出たところで、アルファロは消音器付きのチェコ製拳銃をズボンの後ろに差し、オープンシャツの裾で覆った。口の中に入れていたガーゼを吐き出し、近くにあったごみ箱に捨てる。

小走りになる。

エレベーターには見向きもせず、階段を駆け降りた。コロンビア国内にいる協力者を一人ひとり思い浮かべながら――。

5

二機の超音速戦闘機が蒼空を切り裂いた。

三角形の翼の中央を細い胴体が貫くクフィルC－7。胴体の両側に半円形の空気取り入れ口があり、その上部に小さな翼がついていた。翼と胴体前部にコロンビアの国章が描かれている。

高度四万フィートを三五〇ノット――時速六五〇キロ弱で飛行している。クフィルはイスラエルが開発し、輸出している戦闘機だった。フランス製戦闘機にアメリカ製エンジンを搭載したユニークな機体である。

イスラエルは元々フランスのミラージュⅢ型戦闘機を使用していたが、一九六七年の第三次中東戦争時、フランスが機体や補給部品の輸出を停止してしまった。イスラエルの諜報機関ハ・モサドは、スイスの産業スパイを通じてミラージュの設計図を盗み出し、一九六九年から〈ブラックカーテン計画〉の名の下に新型戦闘機開発に取り組んだ。

こうして誕生したクフィルは、ミラージュのエンジンよりも三〇パーセント強力なF－4ファントムと同じJ79型エンジンを搭載、主翼を大型化して切り欠き——ドッグツースを設け、空気取り入れ口の上に全幅三・九メートルの前翼、機首に小さなストレーキをつけることで揚力特性、とくに空戦時の機動力を高めた。

こうした改良の結果、ミラージュがいち早く上昇し、領空に接近してくる敵機を捕捉する迎撃機という性格が強いのに対して、クフィルは格闘戦をもこなし、柔軟な運用を可能にしている。

二機のクフィルは胴体下に五〇〇リットル入りの増槽、主翼下、左右に一発ずつサイドワインダーミサイルを搭載していた。

サイドワインダーは、アメリカ・レイセオン社製の赤外線追尾式ミサイルで、目標機のエンジンが排出する大量の赤外線めがけて突っ込む。水平に発射すると、まるで蛇がうねるように飛んでいくところから、がらがら蛇というニックネームがついている。

さらに機首下部に三〇ミリDEFA砲二門を装備していた。

先頭を行く一番機を駆っているのは、三十歳になったばかりの大尉マニュエル・バストス、二番機は二十八歳の中尉アウグスト・タリエンソだった。

酸素マスクをきっちりと装着し、ヘルメットについているサンバイザーを下げたバストスは機械的に首を左右に振り、肉眼による監視をしていた。

レーダーは作動させているが、前方の一部を照射しているに過ぎない。左右は肉眼に頼るほかはなかった。想像力を最大限に発揮させて、大空を四角く区切り、その一コマずつを丹念に見ていく。気骨の折れる仕事だった。

無線機がちりちりと音をたて、ヘルメットの内側に仕込んだスピーカーから声が流れる。

〝シャトーからモスキート・リーダー〟

コールサインは、〈シャトー〉がバストスが僚機とともに発進した基地管制塔、〈モスキート〉がバストス率いる二機編隊だった。

「モスキート・リード」バストスはスロットルレバーについている送信ボタンを押して応えた。酸素マスクで口許を締めつけているために声がくぐもっている。

〝目標はイニシャル・ポイント・チャーリーから二三〇度、距離三四〇マイル、高度三万八〇〇〇フィートで飛行中〟

「IP・Cから二三〇、距離三四〇、高度三八〇〇〇、了解」

バストスは無線機の送信ボタンを押して管制塔の指示を復唱しながら、スロットルレバーから左手を放し、左の太股《ふともも》にくくりつけてあるコードブックを開いた。

〈イニシャル・ポイント・チャーリー〉は、コロンビアの海岸から二〇〇マイル離れたところに設定されている一点で、そこからの方位と距離を指示することで相手機の位置をパイロットに知らせる。

ＩＰは毎日変更され、しかもコロンビア空軍内部の機密事項となっている。相手機はＩＰの位置を知る由もなく、従って通信を傍受することがあっても自機が目標になっているのを察知するのは困難になる。

コードブックをチェックしたバストスは唸った。管制塔から指示されたポイントは、まさに今、バストスと僚機が飛行している空域そのものなのだ。周辺に相手機らしき機影はなく、レーダーも沈黙したままだった。

コロンビア空軍が沿岸部に設置しているレーダーは旧式で、バストスたちがパトロールしている空域まで電波を飛ばすと信頼性が落ちる。雲や大気の温度、電離層の影響などを受けて、実際の機影がレーダー上では歪んで表示されることが少なくない。

バストスは無線機のスイッチを入れた。

「こちらモスキート・リーダー。現在、シャトーの指定した空域を飛行中。目標機らしきものは発見できない」

〝貴編隊の位置は、目標機の北三五マイルじゃないのか？〟

バストスは憤然としてモスキート編隊が飛行している場所の座標を伝えた。頭に血が昇っていても、イニシャル・ポイントを利用した暗号で告げることは怠らなかった。

〝了解〟いささか声のトーンを落とした管制塔が応える。〝待機せよ〟

バストスは管制塔のレーダーに映っている自機のエコーが目標の北にあることを頼りに南へ機首を向けてみることにした。無線機の送信スイッチを入れ、僚機を呼ぶ。

「モスキート・リーダーからダッシュ2」

〝2〟

「南へ変針する。方位を一八〇へ。三万五〇〇〇フィートまで降りるぞ」

〝了解〟二十八歳になったばかりの中尉、タリエンソがのんびりした声で応じた。

バストスは操縦桿を突いて機首を下げ、同時に右のラダーペダルをじわりと踏んで降下旋回に入った。レーダーの出力を最大にする。

クフィルが搭載しているEL／M－2021Bレンジングレーダーは上空から見下ろして警戒するのをあまり得意としていない。地表に反射したレーダー波がクラッターとなってスコープに表示されてしまうのだ。

二機のクフィルは高度三万五〇〇〇フィートで機首を水平に引き戻した。

ふいにヘルメットの内側にあるイヤフォンに電子音が響いた。バストスはレーダースコープに視線を飛ばした。目標機を表すシグナルが表示されている。

送信ボタンを押す。

「モスキート・リードからシャトー。目標機をレーダーでヒットした」

〝2、レーダー・コンタクト〟タリエンソの弾んだ声が耳元に響く。

〝シャトーからモスキート・リーダーへ。接近し、捕捉せよ。繰り返す、接近し、捕捉せよ〟

バストスは了解と応える代わりに無線機のスイッチを二度鳴らし、合図を送った。

リアジェットのコクピット。

ジャッカルは身じろぎもしないで、フロントシールド越しに広がる空を見つめていた。太陽光線が充満しているような明るい空に所々積乱雲の柱が突き立っている。

ハリケーンが来るのだろうか——ジャッカルは胸のうちでつぶやいた。

左側の機長席では、那須野が眠っていた。メキシコを出て以来、ほとんど睡眠らしい睡眠をとっていない。ジャッカルは那須野をちらりと見て半ば呆《あき》れ、半ば羨ましさを感じていた。

神経がたかぶり、とても眠れそうにない。

なぜ自分が興奮しているか、その理由はわかっていた。操縦席に座っている、ただそれだけのことで疲れ切った身体の隅々にまでアドレナリンが巡っているのだった。

操縦舵輪を指先でそっと触れてみる。胴体下部の主翼が大気を抱え込み、機体がかすかに上下する。その動きを、操縦舵輪が伝えている。ラダーペダルに足をのせてみる。透明人間が操作しているように足の下からそっと逃げ、次いで蹴り上げてくる。

自動操縦モードになっているとはいえ、そこには生きている飛行機の息吹があった。

ジャッカルは目を閉じ、小さく首を振った。その時、ヘッドセットの中で早口のスペイン語が交錯した。

「コロンビア空軍機が交信」ジャッカルが怒鳴った。

那須野が眼を開き、シートを前へ出した。ヘッドセットを装着する。眉を寄せ、しばらく交信に聞き入っていた那須野は自動操縦装置のスイッチを切り、操縦舵輪を両手で握った。

コロンビア空軍機は英語で交信していた。

「我々の機を発見したんですかね?」ジャッカルが訝しげに訊く。

「わからんな」那須野はにべもなくいい、レーダー警戒装置をチェックした。「遠くから電波が照射されているが、はっきりとこっちをつかまえてはいないようだ」

「どうしますか?」

ジャッカルが訊ねた途端、レーダー警戒装置が警報を鳴らした。断続的な電子ブザーの音が操縦席を貫く。那須野は間髪を入れずにスロットルレバーを前進させ、同時に操縦舵輪を左へ傾けながら前へ倒した。

双発のスマートなビジネスジェットは、右の翼を天に向けて突き立てるような恰好をすると次の瞬間には機首を下方へ向けた。そのまま、急降下に入る。

ジャッカルは降下する機体の中で重力が減じ、浮かび上がる身体にシートベルトが食い込むのを感じた。胃袋の底がじわりと持ち上げられ、熱い塊が食道を駆け上がってくる。

マイナスG。

那須野は速度計の表示に眼をあてていた。マッハ1を超え、リアジェットがさらに加速する。垂直に近い降下をする限り、非力なエンジンでも簡単に音速を超えられる。が、華奢《きゃしゃ》な機体は速度に耐えきれず、不気味に震動した。

ジャッカルはこめかみに冷たい汗が伝うのを感じた。

レーダー警戒装置の警報は鳴りやまなかった。那須野はスロットルレバーを戻し、速度を緩めざるをえなかった。加速し続けると、機体が分解しかねない。那須野はさらに操縦舵輪を引き、降下角度を緩めた。

「CRTの表示をレーダー警戒装置に切り換えろ」那須野はジャッカルに命じた。「画面の右側にあるノブを回すんだ」

「これですか？」ジャッカルは小さなグレーのノブを指さした。

那須野がうなずく。

ジャッカルはノブを回した。CRTディスプレイの画面がスクロールし、那須野の前にある画面と同じ表示となる。

「切り換えました」

「レーダー源の方位、位置は？」

「七時の方向、二〇マイル」ジャッカルは夢中で叫んだ。

那須野が弾かれたように顔を上げる。ジャッカルは二、三度目をしばたたき、それから那須野を見た。

とっさに口をついて出た言葉に、ジャッカル自身が困惑したような顔をしていた。

パイロットが方位を告げる時には、正面を〈十二時〉、右の真横を〈三時〉、真後ろを〈六時〉、左の真横を〈九時〉というように時計の文字盤を利用する。ジャッカルはレーダー波をぶつけてくる航空機が真後ろより、やや左よりにあることを告げた。

那須野は前方に視線を戻すと操縦舵輪を右へ倒し、右のラダーペダルを踏んだ。右、下方に積乱雲の巨大な姿があった。

「右にある雲の裏側に回り込む」那須野がいった。「近づいているか？」

「六時につけた。一八マイル。加速した」ジャッカルは目の前にあるＣＲＴディスプレイをにらみつけていた。

レーダー警戒装置の発する警報は断続的に響いたが、警報の間隔は段々と短くなっていた。アンテナがレーダー波をキャッチしている間だけ警報が鳴る仕組みになっている。間隔が短くなっているのは、後方から迫ってくる航空機のレーダーが確実にリアジェットを捉えつつあることを示していた。

那須野はさらにラダーペダルを踏みつけた。

旋回半径が小さくなるほど強いGがかかり、リアジェットの震動が激しくなる。那須野の視線がGメーターで止まる。2Gを超え、3Gに近い。民間航空機の耐G性能は4Gまでとされているが、瞬時のことだ。リアジェットは連続して3Gもの重力をかけられるように設計されていない。

分解寸前の状況下でも那須野はきつい機動をビジネスジェットに強いた。相手機が真後ろにつけるのだけは避けようとしている。戦闘機乗りとしての本能的な操縦だった。

主翼がたわみ、T字型の尾翼が左右に振れる。

「五時、一五マイル」ジャッカルが告げる。

視野におさめたな――那須野は胸の内でつぶやいた。

戦闘機パイロットは最大二〇マイル離れた空域を飛ぶ戦闘機を視認する。一五マイルなら確実に見ることができる。

高度計に眼をやった。二万フィートを割っている。敵機が追いつく前にレーダー波が混乱する低空へ到達することができれば、逃げきることも不可能ではない。

積乱雲が目の前に迫る。那須野はさらにラダーペダルを踏み、操縦舵輪を傾けた。リアジェットは機体をきしませながらも積乱雲の裏側に回り込む。積乱雲は分厚い層雲から盛り上がっていた。

低空域は雲にびっしりと覆われている。レーダーをかわし、層雲の中に飛び込めば逃げきる確率は格段に高くなる。

かすかな勝機が見えた。

「敵機が基地にミサイル使用の許可を求めている」ジャッカルの口調は落ちついていた。

「間もなく一〇マイルを割る」

那須野は指の間から流れ落ちる砂のように、勝ち目が逃げていくのを感じていた。

レーダー警戒装置を取り付けてやがる——クフィル編隊の一番機を駆るバストスは腹の底でうなった。

目標機はレーダーで捕捉した途端、急降下を始めた。

速度マッハ1・2、距離二〇マイル、高度三万フィート、降下中——。

バストスはレーダースコープを見つめながら、相手機を想像してみた。機影は小さく弱々しい。

速度からしてジェット機であるのは間違いない。

基地で行ったブリーフィングでは、ニカラグアから発進した国籍不明機ということだった。コロンビアの南端を目指すにせよ、さらに南にあるエクアドルやペルーまで飛ぶにせよ、航続距離から考えて相手が戦闘機であるはずはなかった。増槽を吊り下げていたとしても、それだけの距離を飛ぶのは不可能だ。

ビジネスジェットに違いない、と思う。

だが――操縦桿を突き、クフィルの機首を下げながらバストスの思いは巡る――レーダースコープの中で見る限り、目標機を操縦しているのは民間機のパイロットではない。レーダー波を感知した途端、急降下し、海面から反射するクラッターの中へ逃げこもうとしていること。バストス編隊が真後ろに占位しようとすると彼我の距離が詰まることも恐れずに旋回していること。

ファイターパイロット。それも並の腕ではなさそうだった。

眼下には白い雲が広がっていた。レーダー波をかいくぐり、雲の中に飛び込めば目標機を捜索するのは極端に難しくなる。すでに機上レーダーは狭い範囲を捜索するコニカル・スキャンモードに切り替わっていた。

スコープ上には、目標機を示す白の四角いシンボルマークが映じている。レーダー波を反射するたびにシンボルの輝きが増した。

方位は〇一〇、距離は一五マイル。

バストスは右手でつまむように操縦桿を握り、首を傾けて前方、やや右寄りに視線を飛ばしていた。

きらりと鋭い光が目を射る。バストスは目をすぼめた。目標機が太陽光線を反射したに違いなかった。焦点を合わせる。小さな黒点が雲を背景にしている。バストスは目標を見据えたまま、アフタ・バーナに点火した。

アフタ・バーナとは、排気口付近で高温の排気に再度燃料を噴射し、爆発させることで機速を一気に高める装置だった。クフィルはあっさり音速を超え、さらに加速を続ける。短い時間であれば、クフィルはマッハ2を超えて飛行することができる。しかし、燃料消費は通常運転の倍以上となり、航続時間が著しく短くなるのだった。

バストスは、無線機のスイッチを入れた。

「モスキート・リードからシャトー、目標機を視認した」

〝シャトー、了解。モスキート・リーダー、貴機の残存燃料を報告せよ〟

管制塔の要員が機械のような声で告げるのを聞いて、バストスは瞬間的に血が昇るのを感じた。無線機のスイッチを入れて、怒鳴る。

「今、俺は敵機を肉眼で捕捉したばかりだ。視線を逸らすことができない。待機しろ」

〝シャトー、了解〟

管制塔要員の声は相変わらず平板で、何の感情もこもっていなかった。管制塔に指摘されるまでもなく、タンクに残っている燃料が心配だった。燃料計の指針は激しい勢いで回り続けており、帰投に必要な最低量を割り込むまでそう長い時間はない。

バストスはアフタ・バーナをカットした。僚機を駆るタリエンソは編隊長機の動きを注視しており、二機のクフィルは見えない手で繋がっているように同時に減速した。

アフタ・バーナによる推力増強をえられなくなった後も降下しているためにクフィルはマッハ1・6を保持した。目標機との距離が詰まってくる。

バストスは目標機が右に急旋回を切り続ける意図を了解した。積乱雲の向こう側に回り込もうとしているのだ。雲の中は激しい気流が渦巻いている上に帯電している。レーダーで捉え続けることはできても、雲を間においてミサイルを発射するわけにはいかない。また、積乱雲の向こう側まで回りこんだ上に目標機と並んで着陸誘導するには残存燃料はあまりにも心細かった。

バストスは送信スイッチを入れた。

「モスキート・リードからシャトー。目標機は逃亡を図ろうとしている。ミサイル発射許可を求める」

〝モスキート・リード、待機せよ〟

管制塔の返事をバストスは平然と受け止めた。ミサイルを発射し、目標機を撃墜するには基地司令から空軍長官に対して許可申請が出され、受諾される必要がある。

バストスは目標機が胴体後部に二基のエンジンを積み、低翼、T字尾翼の白い機体であることをはっきりと見極めると、わずかに視線を動かし、燃料計の指針を確認した。

帰投に必要な燃料を残すためには、あと五分ほどですべての決着をつけなければならない。背中にじわりと汗が浮く。

急いで前方に視線を戻した。目標機は青い空、積乱雲の脇にはっきりと見えた。距離は確実に詰まっている。

〝シャトーからモスキート・リード〟

ヘルメットの内側に仕込んだスピーカーが鳴った。バストスは唸るようにいった。

「モスキート・リード」

〝ミサイル攻撃を許可する。目標機を撃墜せよ〟

「モスキート・リード、了解」バストスは僚機に向かって声をかけた。「目標を撃墜する。右へ回りこむ。遅れるな」

〝ダッシュ2、了解〟

二機のクフィルはひらりと横転してから降下を開始した。腹を上に向けるような恰好で降下するのは、風防全体で下方を見られるようにするためだった。

目標機が風防の中央に見える。バストスは酸素マスクの中で舌なめずりをしていた。

降下を続けるリアジェットの操縦席で、ジャッカルはレーダー警戒装置のディスプレイを睨んでいた。

那須野がスロットルレバーに手を伸ばす。ジャッカルが鋭くいった。

「待った。スロットルを絞るのは、もっと先だ」

日本語。

那須野が顔を上げる。二人の視線がセンターコンソールを挟んでぶつかり合う。

「コロンビア空軍が使っているミサイルは、サイドワインダーでも旧型です。米軍がヴェトナム戦争時代に使用していたものを払い下げられている。射程はせいぜい二マイルほどでしかないし、真後ろにつかなければ命中させるのは難しい」

「どうして、それを？」

「今は詳しく説明している時間はありません」ジャッカルは押し出すように一言ひと言をゆっくりといった。「ただ、私を信じて欲しい。二マイルになったら、知らせます」

「敵機の現在位置は？」

那須野が訊き、ジャッカルはレーダー警戒装置に視線を戻した。

「五時の方向、約一〇マイル」

「奴らが使っている機種がわかるか？」

「多分、ミラージュか、クフィルだと思う」ジャッカルは計器パネルの右上に取り付けてある時計をちらりと見ていった。「器用に旋回しながら、俺たちを追いかけ回しているところを見ると、クフィルかな」

「いずれにせよ、奴らも焦っているな」那須野が低い声でいった。ジェット戦闘機が一回の飛行で空戦機動に費やせる時間は、せいぜい一分から五分でしかない。リアジェットを追いかけ回すだけにしろ、アフタ・バーナに点火したり、切ったり、燃料消費は巡航飛行の倍から三倍に達しているはずだった。レーレーダー警戒装置の発する警報の間隔が短くなり、ついに鳴りっ放しになった。レーダーが完全にリアジェットを捕捉したのだ。

那須野はフロントシールドの左側にぶら下がっているヘッドセットを取り上げ、頭に装着した。左耳にスピーカーをあてるが、右耳は外した。ジャッカルの言葉を聞き取るためだった。

「六時に回り込んだ」ジャッカルがいう。「約八マイル、七・五、七マイルを割った」

那須野は操縦舵輪をひねり、リアジェットを横転させた。逆転する天と地。航路図やログブックなど機内に積んでいる書類が操縦室の中で舞い上がる。スロットルレバーは全開の位置でホールドしたままだった。

操縦舵輪をじわりと引く。

リアジェットは左翼を高く上げた姿勢で、機首を旋回の内側へ向けようとする。水平面での旋回から垂直面での旋回に切り換えることで、より旋回率を高めようとしていた。

機体にかかるGが再び強くなる。

生木を裂くような鋭い音が機内を駆けめぐる。那須野はてのひらがじっとりと汗ばんでいるのを感じた。小さく、頼り無い操縦舵輪を引き続ける。機体の震動が両手に伝わってくる。

「敵編隊、加速」ジャッカルが怒鳴った。「接近してくるぞ」

敵機は無線機の周波数を変えた。那須野は舌打ちした。軍用無線機のレシーバーは自動的にスキャンモードに切り換わり、新しい周波数帯を探す。

軍用機は戦闘の状況によって周波数帯を次々に切り換えていく。電子戦用機材を持たない戦闘機が敵の無線傍受を避けるためだ。古臭い手ではあったが、この場合は効果的だった。

早くしろ、早く——那須野は腹の底でつぶやいた。

「来るぞ。四マイルを割った」ジャッカルの声は冷たい水の底で発しているようだった。

那須野はスロットルレバーに右手を置いた。

お祈りの文句でも唱えるんだな——バストスは照準器越しに逃げまどう白いビジネスジェットを見ながら思った。

照準器は計器パネルの上部に取り付けられており、ガラスの板にオレンジ色のガンクロスが浮かび上がっていた。

ガンクロスの右に目標機までの距離が映し出されている。

彼我の距離、七マイル。

操縦桿を右へ倒し、わずかに引く。

二機のクフィルは背面飛行のまま、機首を下へ向け、さらに小さく右旋回を切った。主翼端から水蒸気の帯が伸びる。アフタ・バーナを使うまでもなく、目標機を射程内に捉えることができそうだった。

バストスは送信ボタンを押した。

「モスキート・リードからダッシュ2、安全装置解除。目標との交差角は一〇度。右へ行くぞ」

〝ダッシュ2、了解〟

ミサイルの安全装置を解除し、右手の人差し指を操縦桿の前部についているトリッガーにかける。照準器のガラス板、ガンクロスのすぐ横に赤い〇印が現れる。

距離、六マイル。

バストスは再び無線機の送信ボタンを押した。

「レッツゴー、チャネル3」

〝了解〟

僚機の返事を聞き、バストスは左手で無線機のスイッチに触れ、今まで使用していた第一チャネルから第三チャネル——攻撃時に使用する周波数——に変えた。

「モスキート・フライト、チェック・イン」

〝ダッシュ2〟僚機はすぐに返事をした。

二機のクフィルは旋回から立ち直り、ほとんど直線飛行に入った。目標機は積乱雲の陰へ入る寸前だった。

五マイル、四・五マイル、四マイル——バストスは酸素マスクの内側で唇を噛んだ。汗がこめかみを流れ、右目に入る。ちくちくと痛む。

「リードからダッシュ2、背面から復帰するぞ」

〝了解〟

「ナウ」

コールと同時に二機のクフィルは半横転を打ち、垂直尾翼を上に向けた。

三マイル、二・八マイル——照準器の中で腹を天に向けたビジネスジェットがはっきりと見てとれる——二・五マイル。

赤外線追尾式ミサイル『サイドワインダー』の弾頭部に仕込まれたシーカーが目標機のエンジンを探知した。同時にバストスのヘルメットにＩＲトーンが響く。

まだだ——バストスがつぶやく。

照準器の表示が二マイルになり、途切れがちだったＩＲトーンが明瞭に連続的なものに変わる。ミサイルの熱線照準システムが目標機をがっちり捉えたのだった。

無線機のスイッチを入れた。

「モスキート・リード、ホット。フォックス・ツー」

バストスはサイドワインダー発射をコールすると、操縦桿のトリッガーを絞り落とす。

右翼下から白い煙を吐いて、空対空ミサイルが飛び出していった。

6

フロントシールドの右上に巨大な積乱雲が広がっている。リアジェットは背面飛行のままだった。

那須野は眼を上げ、雲の柱を睨み続けていた。スロットルレバーを握っている右手の指を開き、閉じる。

「三マイル、二・八マイル、二・五マイル」レーダー警戒装置を見つめながらジャッカルがコールする。「そろそろ来る。二マイル、今だ」

那須野はスロットルレバーを一気に引き、エンジンをアイドリングにすると操縦舵輪をきつく引いた。

賭け。

機体がGに耐えきれずに分解するかも知れなかった。あるいはエンジンの出力を絞ったために機速が落ち、ミサイルに追いつかれるかも知れない。が、右下方への急旋回を切らなければ確実にミサイルがリアジェットを引き裂き、エンジンがありったけのパワーを発揮したのでは大量の赤外線を巻き散らすことになる。

激しい重力によって、頬の肉がたれ下がる。

雲がフロントシールドの右上から右側全体を覆うように広がる。リアジェットは積乱雲の巨大な柱を回り込みつつあった。

軍用無線レシーバーが電波が飛び交っている周波数を探りあてて、ロックする。那須野とジャッカルの頬に思わず笑みが広がった。

〝モスキート・リード。失中した。ミサイルは誘導されなかった〟

〝ダッシュ2からリード。残存燃料が帰投限界になった〟

〝2、帰投しろ。基地へ帰れ〟

〝シャトーからモスキート・リードへ。残存燃料を報告せよ〟

〝モスキート・リード、燃料は十分だ。接近する。目標機に接近して再度ミサイルを試してみる〟

〝シャトーからモスキート・リード。帰投しろ。命令だ。帰投しろ〟

〝ダッシュ2、帰投する。ビンゴだ〟

〝モスキート・リード、了解〟

ふいに無線が途切れた。那須野は歯を食いしばった。隊長機は燃料が不足しているのも構わず、再度ミサイル攻撃をしかけてくるつもりらしかった。

高度を下げる。

層雲が目の前に広がっている。

バストスは無線機のスイッチを切った。たかだかビジネスジェットに馬鹿にされて引き下がるつもりはなかった。

目をすぼめる。白く、小さな機体が積乱雲の陰へと旋回していくのが見える。

視線を上げ、前部風防枠に取り付けてあるバックミラーを見る。僚機が翼をひるがえして、基地を目指して飛んでいくのが映った。

燃料計の指針に目をやった。機体が傾く度に針が揺れる。タンクの中にある燃料が波を打ち、燃料計のゲージが影響を受けているのだ。タンクの内側を叩く燃料の音が聞こえそうな気がした。

バストスは唸り声を上げ、スロットルレバーを前進させた。アフタ・バーナ、点火。

燃料計の針は回転を早め、乏しくなった残存燃料はまるで空中に投棄されているかのように急速に減っていった。

　機速が上がる。

　バストスはスロットルレバーから左手を離すと増槽の投下スイッチを押した。胴体下に吊り下げられていた空の増槽が落ちていき、さらに機速が上がる。

　バストス機は積乱雲の右側を旋回した。操縦桿を叩き、クフィルを反転させる。背面飛行。バストスは目を上げ、白く輝く雲の上にビジネスジェットを探した。

　針の先ほどの輝点が目を射る。

　ミサイルの安全装置を解除した。彼我の距離は一・五マイルに狭まっている。ビジネスジェットが再び雲の陰に飛び込む。バストスは舌打ちし、操縦桿を右へ倒して追尾を続けた。

　レーダーは完璧にビジネスジェットを捉えていた。目標機までの距離は、なおも詰まっていった。バストスは兵装セレクターを短射程ミサイルモードから近接空中戦モードに変えた。

　三〇ミリ機関砲の安全装置を解除する。

　ガラスの照準器、丸く並んだ輝点の中央に再び目標機を捉えた。操縦桿の上端についたトリッガーを引き絞った。

　クフィルの機首下部で二挺の機関砲が咆哮し、曳光弾《えいこうだん》の帯がビジネスジェットに向かって伸びていった。

目標機と曳光弾が交錯する。ビジネスジェットから黒い部品が飛び散るのが見えたが、火を噴いた形跡はない。

目標機は苦し紛れに左に旋回を切り返すと層雲の中に飛び込んだ。

バストスは操縦桿を引いて、スプリットSに入れたが、レーダーが下を向いた途端、海面に反射して画面が真っ白になった。

バストスは素早く周辺を見渡した。雲の切れ目はない。燃料計の上部にある赤いランプが点滅する。燃料切れ間近だったが、今から陸地に向かえば、海岸線を越えたところにある臨時基地に着陸できるはずだった。

追尾を諦め、バストスはクフィルの機首を巡らせた。


雲を飛び出した。

高度二〇〇〇フィート。

太陽光線の射さない暗い空間、海面は鉛色だった。那須野は激しく震動する操縦舵輪をようやく押さえ、静かに引いた。ジャッカルも目の前にある操縦舵輪に手を伸ばし、那須野と一緒になって引く。

コロンビア空軍機の放った砲弾は、右の主翼端を吹っ飛ばしていた。那須野は操縦舵輪を左に傾け、左のラダーペダルを思い切り踏み込んでいた。ようやく降下速度が落ちたものの、もはや飛行を続けるのは不可能だった。

三〇ミリ砲弾が主翼端で炸裂、破片は右翼を数カ所貫通していた。翼内燃料タンクが傷つき、大量の燃料が漏れている。いつ爆発してもおかしくなかった。

「不時着する」那須野がいった。

「海の上に？」ジャッカルが露骨に顔をしかめる。

「海岸線までは何とか飛ぶ。波打ち際に下ろす」

「それを聞いて安心した。俺、泳げないんだ」

高度は一〇〇〇フィートを切っていた。那須野は眼を凝らし、白い波を探した。ジャッカルも前方を見やる。

かすかに海岸線が見える。

「一〇マイルくらいかな」ジャッカルがつぶやいた。

「そうだな」那須野はスロットルレバーを引き、推力を落とすとゆっくりとリアジェットを降下させた。フラップを一五度、下げる。「十分に回り込んで着陸するわけにいかないぞ」

ジャッカルは青ざめた顔でうなずいた。

機速は一二五ノットまで落ちている。那須野はさらにフラップレバーを一段下げ、三〇度まで下ろした。
操縦舵輪をじわりと傾け、右のラダーペダルを踏む。リアジェットは機首を上げたま
ま、ゆっくりと右に旋回した。
エンジン音が低くなっている。機速は一二〇ノットに落ちた。高度、三〇〇フィート。
那須野はさらにスロットルレバーを引き、わずかに操縦舵輪を押す。
リアジェットは降下を続けた。
ジャッカルはシートの肘掛けを両手で掴《つか》み、身じろぎもしないでフロントシールドい
っぱいに広がる海岸線を見つめていた。
高度が一〇〇フィートを切る。波がリアジェットのジェットブラストに切り裂かれ、
霧となって飛び散る。
「降りるぞ」那須野は怒鳴った。
ジャッカルが唸り声で応じる。
那須野は着地寸前に操縦舵輪を引いて機首を上げ、スロットルレバーをもっとも後ろ
まで引き戻した。
リアジェットは機尾を汀《みぎわ》に接触させ、次の瞬間、胴体を砂浜に打ちつけた。那須野は
間髪を入れずにエンジンと電気系統のスイッチを素早く切った。
「岩だ」ジャッカルが怒鳴る。

那須野とジャッカルは悲鳴を上げて、顔を覆った。砂浜から、ほんの五十センチほどの岩が顔を出している。リアジェットの左翼が岩に衝突、その衝撃で翼が千切れて飛び、胴体が横倒しになった。そのまま、さらに二百メートルほど引きずられる。

だが、燃料のほとんどを空中にばら撒《ま》き、那須野が電気系統のスイッチをオフにしていたので火災には至らなかった。

左右の主翼や垂直尾翼、二基のエンジンなどを数百メートルにわたってぶちまけながら滑った機体が完全に停止する。白い胴体は見るかげもなく傷つき、砂浜に横たわっていた。

一時間ほどした頃、波うち際の林から数名の男たちが出てきた。誰の手にも自動小銃が握られている。飛行機が墜落するのを発見してから、海岸まで車を飛ばして来たのだ。だが、コロンビア軍の制服を着けてはいない。

一人の男が操縦席をのぞきこんだ。後ろを振り向き、もっとも背の高い男に向かって怒鳴る。

「二人います。気を失ってはいますが、死んではいないようです」

「連行しろ」背の高い男はいった。「機内に何かないか捜索しろ。ぐずぐずするな。軍隊がやって来るぞ」

男が二人、横倒しになった胴体に入ったが、すぐに顔を出して、首を振った。背の高い男はうなずき、右手を上げて合図を送った。

那須野とジャッカルを抱え、男たちは再び林の中へと消えていった。


那須野は一条の光も射さない暗闇の中で浮かんでいるような気がした。鼻孔をしけった空気が満たしている。

意識が覚醒していくにつれ、全身に拡散していたうずきが右肩と額に集中し、激しい痛みに変わる。もう一度暗闇の中へ潜りこもうとした。が、無駄だった。

眼を開く。

目を覚ましたのは、痛みと耐えがたい空腹のせいだった。

硬い床に寝かされている。コンクリートの冷たさが背中から体温を奪っている。寒かった。グレーの天井には雨漏りでできた染みが広がっており、白い黴が染みの周辺を覆っている。

痛みをできるだけ無視して、自分の身体の様子を探ろうとした。両腕が上がっている。手首に冷たい金属の感触。手錠。那須野はゆっくりと腕を引き下ろそうとした。肘をわずかに曲げようとしただけで、手錠が手首に食い込み、腕が動かなくなった。手錠は壁につながれているらしい。

両手の指先に神経を集中する。指を動かす。腕に怪我をしている様子はなかった。次いで右肩を持ち上げようとした。鋭い痛みが走り、声が漏れる。

知覚が少しずつ鮮明になるにつれ、記憶が戻ってくる。リアジェットの操縦席。フロントシールド越しに広がる海岸線。スロットルレバーをいっぱいに引き、フレア。砂浜への胴体着陸。わずかに露出した岩。衝突。記憶はそこまでだった。

顔の右半分が強張っている。頭から出血して、顔を濡らした血が乾いたに違いなかった。痛みから推測して額が切れていると思った。あるいはメキシコシティで受けた傷が再び開いたのかも知れない。頭痛は脳震盪《のうしんとう》の後遺症であり、岩に衝突した時に顔と右肩を計器パネルにぶつけたのだと推測した。

視線を下げた。ゴメスから貰《もら》った木綿の服に包まれた胸がゆっくりと隆起している。呼吸は短くて浅く、全身が気味の悪い汗に濡れている。

わずかの間、眼を閉じた。呼吸を整える。空腹に意識が遠のきそうだった。

再び眼を開けて、両足の爪先がどちらも天井を向いているのを確認した。見たところ足は骨折していないようだった。

右足を上げる。強張った筋肉が悲鳴を上げ、骨がきしんだが、足を持ち上げることはできた。膝の上でズボンが裂けており、切り口が血に濡れているのが見える。うずくような痛みを感じた。

今度は左足。とくに怪我はないようだった。

右肩の痛みを無視して顔を上げると左右を見渡した。すぐ隣にジャッカルが横たわっている。規則的な呼吸を繰り返している。顔は血で汚れ、服のところどころが裂けて、そこからも血が出ていた。

ジャッカルも両腕を万歳するような恰好にされている。視線を上げる。手錠はコンクリートの壁に埋め込まれた太い鉄の環《わ》に通された上で両手首にかまされていた。

那須野は身体の力を抜いた。

しばらく顔を上げていただけで、呼吸は荒くなり、動悸が速まって冷たい汗が噴き出した。

眼を閉じ、呼吸を整える。

すえた排泄物《はいせつぶつ》の臭い、コンクリート特有の湿気が感じられる。再び眼を開くと眼だけを動かして部屋の様子を見た。せいぜい三メートル四方の狭い部屋だったが、天井が高い。頭側の壁の高い位置に窓が一つ。鉄製の格子がはまっている。

視線を転ずる。足を向けた側の壁には古びた木製の扉がある。金属のベルトを張って補強してあり、ちょうど人の高さの位置にのぞき窓があったが、今は閉ざされていた。

コンクリート製の部屋には、何の調度もなかった。牢獄《ろうごく》。那須野は誰が相手にしろ、自分とジャッカルを閉じ込めておくコンクリートの部屋を持っている連中ではある、軍か警察の建物か、と思った。それにしては引出し式の寝棚もなければ、便器もなく、尋問用の机すら見えない殺風景さが不気味だった。

ひどい頭痛に襲われ、推測するのをやめた。

暗闇に包まれ、那須野は引き込まれるように失神した。再び眼を開いた時には、どのくらい気を失っていたのか、わからなかった。那須野はジャッカルに声をかけた。

「ジャック。ジャック」

左足を動かし、ジャッカルの右足を軽く蹴った。ジャッカルの唇からうめきが漏れ、顔をひどくしかめた後に目を開いた。

ジャッカルはのぞきこんでいる那須野をぼんやりとした目で見ていた。二度、まばたきする。焦点があった。

「気分はどうだ?」那須野が訊く。

「頭の中にスープが詰まっているみたいだ」ジャッカルは顔をしかめた。「一体、何が起こったんです?」

「わかるもんか。俺も気を失っていたんだ」

「不時着したのは、コロンビア領内です。それは間違いない。それに誰かに運ばれてきたのは確実だが、相手が誰か想像もできない」ジャッカルは淡々といった。

重い木の扉がきしみながら開かれ、肩に自動小銃をかけた男がのぞきこんだ。那須野とジャッカルは寝そべったまま、男の顔を見ている。制服姿ではなかった。白と紺のストライプになったシャツはひどく汚れている。

しばらく睨みあっていたが、やがてコンクリートの床を踏みしめる足音が近づいてきた。きれいに洗濯されたワイシャツを着た男が数人の男を従えて入ってきた。

ワイシャツの男は細面で、鼻の下に細く手入れの行き届いた髭を生やしている。他の男たちがボロボロになったスニーカーを履いているのに、ワイシャツの男のだけは磨きあげた革靴だった。

ワイシャツの男だけが自動小銃を持っていない。その男は那須野のそばに膝をつき、二人の顔を交互に見比べた。

「お目覚めのようだな、謎の男たち」ワイシャツの男の声は抑制がきいていた。英語で話す。「私はホセ・ベラスコ」

ジャッカルが身体を硬くし、目をすぼめてベラスコを見た。ベラスコはジャッカルの反応に気がついた。

「私をご存じか?」

「コロンビア革命戦線、第二二八旅団のリーダー」ジャッカルがいう。「ブラディ・バタリアン」

「光栄だな。私を知っていてくれたとは」ベラスコの表情がわずかに緩む。「さて、お二人さん。最新の電子機器を積んだ飛行機で潜入してきたことをゆっくりと話してもらうことにしよう」

ベラスコは立ち上がり、那須野とジャッカルを交互に見つめていたが、やがて那須野を指さしていった。

「この男だ。尋問室へ連れていけ」

ベラスコの後ろに従って入ってきた男たちの内、二人が那須野の手錠を外すと鎖を抜いて立たせた。すぐに後ろ手にして手錠をかけ直す。

「あんたたちとは関係のない仕事で飛んでいただけだ」那須野は無駄と思いつつもベラスコにいった。

「それはゆっくりと聞くよ」ベラスコは取り合わなかった。「何から何まで詳しく、な」

ベラスコが部屋を出ていき、那須野の両脇を抱えるように二人の男が続いた。ジャッカルは顔を上げて見ていた。全員が出ていくと最初に扉を開けた男が再び扉を閉じた。

鍵をかける音が狭い部屋に響く。

ジャッカルはゆっくりと目をつぶった。

砂を詰めた自転車のタイヤチューブが振り下ろされる。裸電球の下、うなりを生じるほどの早さではなく、むしろ緩慢な動きに見えた。チューブは空中でしなり、那須野の肩にあたるとひしゃげ、背中に打ちつけられた。

吐き気を催す、湿った打撃音が小さな尋問室に響く。

那須野は背の立った木の椅子に座らされていた。両腕を後ろへ回して手錠で固定されている。左右の足首はロープで椅子に縛りつけられていた。顔をわずかに動かせるだけで、ほとんど無抵抗のまま打擲《ちょうちゃく》を受け入れるほかはなかった。

汚れたTシャツを着た男が無表情にチューブを振り上げ、打ち下ろす。

打撃音。

那須野は奥歯を嚙みしめた。

打撃音。

視野はかすみ、音が空洞になった胸の中でこだまする。

打撃音。

チューブが身体を打つごとにショックは重く、内臓に溜まっていく。

打撃音。

単調な繰り返しに固く閉ざしたはずの意識が解け、空気の中に漂い出すようだった。

「お前は偵察任務を帯びていたのか？」ベラスコが訊いた。

「違う。俺はエクアドルまで行くつもりだった」那須野はようやく答えた。

「二年前が最初だった」ベラスコはまるで那須野の言葉を聞いていないかのように言葉を継いだ。「次が一年半前、一年と二カ月前、十カ月前、七カ月前、四カ月前、三カ月前、そしてお前だ。アメリカは我々のコカイン集積場を破壊するために特殊部隊を送り込んできた。さまざまな連中が来たよ。だが、私が全部撃退した」

「俺はエクアドルへ――」

そういいかけた那須野の肩にチューブが打ちつけられ、言葉は途切れ、肺の中の空気は残らず叩き出されてはげしく咳き込んだ。

「さて、さて、さて」ベラスコが歌うようにいった。「君の言葉を信じられない理由は何もない」

那須野が顔を上げた。乾いた血がこびりつき、疲れきった表情をしている。だが、眼だけが力強い光を放っている。いい眼だ、とベラスコは思った。高山の狭間にある透明度の高い湖水を思わせるような光を湛えている。

ベラスコが右手を挙げ、伸ばした指を水平に振る。

Tシャツの男がチューブを水平になぎ払った。しなったゴム管が那須野の顎に命中。鈍く、湿った音がする。

那須野は唇をすぼめ、足下に唾を吐いた。赤く染まった唾に砕けた歯が混じっている。

ベラスコが続けた。

「君の言葉を信じられる理由もない。君が本当にアメリカが派遣した破壊工作員じゃないと、証明できるのは誰か？」ベラスコは哀《かな》しそうな目をして首を振った。「誰もいない。誰も」

「俺はエクアドルに向かおうとしていただけだ」

Tシャツの男がチューブを振り上げる。ベラスコが一瞬早く右手を挙げ、男を制した。チューブは男の手の中でだらりとたれ下がった。

那須野は首をうなだれ、気を失っていた。

7

コンクリートを打ちっ放しにした床の上にアルミニウムの小さなボウルに入れたチキンスープと握り拳大の堅いパンが放り出してあった。

ジャッカルは身じろぎもしないで、与えられた食事を見つめていた。目を上げる。すぐ横で那須野がボウルを持ち上げ、直接口をつけてチキンスープを少し啜り、それからちぎったパンを唇に押し込んでいた。

ひどいな、とジャッカルは思った。

那須野の右目は腫れ上がり、ほとんど開くことができなかった。乾いた血のこびりついた顔は一面不精髭で覆われている。唇の端が切れ、傷口は乾いた血でようやく塞がっているに過ぎなかった。

「食べろよ」那須野はパンを飲み下していった。

ジャッカルはじっと那須野を見つめ返しているだけだった。那須野は再びパンを一かけらちぎり、今度はスープに浸してから唇に押し込んだ。口を大きく開くことができず、食べるというより腫れた唇に押し込むような恰好になる。

自転車のタイヤチューブの殴打を受けるようになってから、監禁されている房の中では手錠が外されるようになった。もっとも尋問する部屋に連れていかれ、チューブで殴られるのは那須野ばかりで、ジャッカルは放っておかれるばかりだった。

ジャッカルはパンを手に取った。すっかり乾ききっている。表面を剝ぎとっても中まで乾いていた。手の中で粉になる。口に入れた。唾液が吸収されるばかりで味はない。我慢して嚙み続けるとわずかに甘みを感じるようになる。スープを飲む。扉の前で見張りをしている男がチキンスープだといわなければ、茶色に染めた塩水でしかない。そしてすっかり冷めていた。

食事は一日に二度。那須野が連れだされるのも一日に二度だった。

「奴らの狙いは俺にあると思います」ジャッカルはスープを一口飲んでいった。

那須野はちらりとジャッカルを見た。左眼だけが表情を映す。無言のまま、またパンを唇に押し込む。

「あんたより俺の方が弱いと見ているのでしょう」ジャッカルはボウルを床の上に置き、言葉を継いだ。「そして残念ながらそれは当たっている。俺、怖くてしようがないんですよ」

「それがわかっていればいい。自分が狙われていることがわかれば、防ぐ方法を考えることもできる」

「俺はあんたのように強くない」ジャッカルが怒鳴った。「あんたが毎日殴られているのを見ているだけで、おかしくなってしまいそうだ」

那須野は手を止め、ジャッカルを見つめた。

分厚い木の扉越しに時折男たちの笑い声や蛮声が聞こえる。この部屋に監禁されてから三日が経過していた。ゲリラの基地としては、かなり大規模な施設だということは、那須野にも薄々察せられたが、位置もベラスコの狙いもわからなかった。

繰り返し同じ質問をしている。だが、ベラスコ自身、一向に那須野たちがアメリカの放った破壊工作員だと信じているようには見えなかった。

「時には殴られている方が楽なのかも知れない」那須野はぼそりといった。「殴られるというのは、一種の運動みたいなものだからな。見せられている方が辛《つら》くなる」

「どうやって時間をやり過ごせばいいのか、わからなくなります」ジャッカルは食べかけのパンに喋っているようだった。「自分が内側から崩れていくような」

「それが奴らの狙いだと、自分でいったばかりじゃないか」

「でも——」

「いいさ」那須野はジャッカルの言葉を遮るようにいった。「その時は崩れてしまえばいいんだ。どうせお前が喋ったところで、俺と大して違うことをいえるわけじゃない。俺は何もかも喋っちまったよ。ただ、奴らが信じないだけだ」

「それじゃ、どうするんですか？」ジャッカルが昂然《こうぜん》と顔を上げる。「作り話でもしますか？」

「俺たちがアメリカの破壊工作員で、コロンビアン・マフィアの基地を殲滅《せんめつ》するためにやって来たってか？」那須野が笑った。

「冗談じゃない」ジャッカルが憤然とする。「そんなことをいえば、次の瞬間には処刑されるのが落ちですよ」

「じゃ、ありのままをいうんだな。どっちにしろ、奴らがそれほど長く俺たちに付き合ってくれるとは思えない。いずれ殺されるさ」

「平気なんですか？」

「死ぬことが、か？」那須野は再びにやりとした。「どうせ死ぬんだよ。ここでか、あるいはもっと先に、か。同じことさ」

「自分がどんな死に方をするのか、気にならないんですか？」

「生きているのに精一杯でね、死ぬことにまで気が回らないのさ」

「大事なのは結末じゃない。結末に至るまでの過程だというのですか？」

「難しい言い方をするんだな」

「ようやく、あんたと俺の違いがわかったような気がします」

ジャッカルはパンを取り上げると大きく口を開いて噛みついた。しばらく口を動かしていたが、顔をゆがめて乾いたパンをのみ下すと言った。

「俺、防衛大学校の二十九期卒なんです。それから航空自衛隊に進みました」

「へえ」那須野は眉を上げた。「驚いたな。ご同業だったのか。もっともそっちは幹部候補生だったようだが」

「航空自衛隊で飛行隊に配属された翌年、あなたのことは大変な噂になった。ソ連機を撃った男の話を、ね」ジャッカルは真っ直ぐに那須野を見つめた。「タックネームは〈ジーク〉。那須野治朗一等空尉の話を」

那須野は肩をすくめて見せただけだった。

「だけど、俺がようやく一人前のファイターパイロットになった時、すでにあんたはいなかった」

ジャッカルは平板な声でそういうと床に放り出された空のボウルを見つめていた。那須野は壁にもたれ、天井を見上げている。

「いつ死んでもいいと、そう思えますか？」ジャッカルはぽつりといった。

「誰も、そんなことは思えないよ。思えるとしたら、単に恰好つけているだけのことだろう」

「俺、結末ばかり求めていたような気がします」

ジャッカルはひとり言のように話しはじめた。

航空自衛隊の戦闘機乗りとなって、実戦部隊でF－4EJファントムを駆るようになったものの、いつまでも充足感が得られなかったこと。二年間勤務した後、東京・小《こ》平《だいら》にある陸上自衛隊調査学校に入校し、諜報活動とスペイン語を学んだこと。

「調査学校は半年でやめました。が、気持ちは晴れなかったんです。実際に戦うことがありませんからね、あそこは」

「昔は俺もそう思っていた」那須野は天井に向かって言葉を投げかけた。「だが、実弾を撃つばかりが実戦じゃないと気づいたよ。両手両足を縛り上げられ、ロシア機を気力で追い返そうとするんだからな。世界中で一番理不尽な戦闘を強いられている部隊かも知れないぜ」

「不思議ですね」ジャッカルが笑った。「南米を流れ歩いているうちに、私も何度か同じことを考えましたよ」

「なぜ、南米へ？」

「マルビナスの戦いがありましたからね。南米なら、いつか実戦を経験できるかも知れないと思ったんです。スペイン語は得意でしたし――」

マルビナスの戦いという言葉を聞いて、那須野は薄く笑った。西側では通常フォークランド紛争という。マルビナスの戦いという呼び名は、アルゼンチン側のものだ。

「どこかの国で飛んだのか？」

「いいえ」ジャッカルの表情が曇った。「チャンスがありませんでした」

「そうまくはいかない、か」

那須野の言葉にジャッカルは首を振る。やがてかすれた声でいった。

「逃げたんですよ。何度か戦闘機乗員として雇われる可能性はあったんです。どこも内戦でしたがね」ジャッカルは唇を歪めた。「怖かったんだと思います」

「それがわかっていればいいさ」那須野の口許に笑みが広がる。「俺が偉そうにいえることじゃないが――」

「カメラマンと称して各国を渡り歩いている内にハバナで仕事をするようになりました。そこでドミンゴの親父と知り合いました。ドミンゴとの付き合いも三年以上になります。まさか、そこであんたと巡り合えるとは思ってもいませんでしたがね」

「運命的な出会いという奴か」

那須野はほろ苦く笑った。ジャッカルは自分の両手を見ていた。左手の薬指に指輪の跡が残っている。

「結婚しているのか？」那須野が訊いた。

「以前、アルゼンチンで」ジャッカルが苦笑する。「あっという間にダメになりましたがね。那須野さんは？」

那須野は床を見て、首を振った。

「好きな女の人はいたんでしょう？」ジャッカルが畳みかけるように訊く。

那須野はにやりと笑い、ズボンの尻ポケットから二つ折りの財布を取り出した。角が擦り切れて白っぽくなっている。

「昔の話だ」

那須野は財布の中から一枚の紙片を取り出した。ジャッカルに手渡す。写真。那須野と小柄な女性が写っている。ジャッカルは裏側を見た。〈那須野さんへ、亜紀《あき》より〉と記されている。

「ずっと持って歩いているんですか？」ジャッカルが半ば呆れていった。

「捨てる理由がなかった」

「へえ」ジャッカルが意地悪そうにいう。「捨ててもいいんですか？」

「頼むよ。俺には捨てられなかった」

ジャッカルは言い返そうとして言葉を失った。那須野は真顔で身体を起こしていう。

「さて、と。これから、どうするか、だが——」

「どっちにしろ、我々に生き残る道はないようですね」ジャッカルの表情は晴々とさえしていた。

「危険な賭けをしてみようか？」

「どうするんです？」

「明日の朝、飯が運ばれてきた時に奴らに襲いかかる。武器を奪って逃走する」

「割と簡単にいいますね」

「殴られるのにうんざりしてきたのかも知れない」

「なるほど。それは納得できるな」

「ところで、ひとつ訊ねてもいいかね？」

「何です？」

「お前の本当の名前は？」

「西藤篤志《さいとうあつし》」ジャッカルはそういって漢字を説明した。

「ジャッカルのままがいいな」那須野は再び壁にもたれた。

「私もその名前の方にすっかり慣れてしまいましたよ」

那須野の言葉に、ジャッカルはようやく笑みを浮かべることができた。

翌朝、朝食が運ばれてきた時に那須野とジャッカルはドアの両側にひそみ、扉が開いた途端に襲いかかろうとした。

だが、監禁されている房に入ってきたのは数人の男たちを従えたベラスコだった。那須野とジャッカルは男たちが振り回す自動小銃で簡単に打ちのめされた。

処刑か——那須野とジャッカルは同時に同じことを思った。

最後に黒人が入って来た。那須野は身構えたままだったが、ジャッカルが肩の力を抜いた。

「ひどい恰好だな」黒人がいった。

那須野も肩の力を抜いた。黒人の声に敵意を感じなかったためだった。

「騎兵隊のご到着ですな」ジャッカルが英語でいう。

那須野が訝しげにジャッカルを見た。ジャッカルが説明した。

「オスカリート・アルファロ。ドミンゴ親父の部下です」

アルファロは房の中まで歩いてくると那須野に向かって手を差し出した。

「無茶をしようとしたようですな」

「無茶だとは思わなかったんでね」那須野はアルファロの手を握った。

「ほう、ほう、ほう」アルファロは笑った。「この基地には数百名のゲリラがいますよ。そしてここは基地の中心にある。簡単に撃ち殺されていましたよ。さあ、別室に食事を用意させました。今日はゆっくりと休んで、深夜にここを出発します」

英語のわかるベラスコだけがにやりと笑った。

エクアドル＝コロンビア国境にほど近い飛行場に四発の白い飛行機が着陸した。高翼式で胴体が滑走路をすりそうなほど低い。

滑走路上で減速した飛行機は、南側にあるジャングルにむけてタキシングしていった。古い格納庫の跡がある。屋根も壁も破れ、出入口の扉は失われていたが、それでも大型機を入れられるだけのスペースがあった。

飛行機は格納庫の前まで来るとプロペラの角度を変えた。爆音が低くなる。次いで後退すると機尾から格納庫に納まった。

コクピットでは左側の機長席にアルファロ、右側に那須野、そして航空機関士の席にジャッカルが座っていた。

「驚いたな」那須野がいった。「この飛行機はバックできるのか?」

「軍用輸送機を改造したものだからな。不整地への着陸や整備員が十分にいない場所での運用には便利な飛行機だ」

アルファロは答えながら、ブレーキを踏み、スロットルレバーをアイドリングの位置まで戻すとエンジンスイッチを切った。プロペラの回転速度が落ち、やがてゆっくりと止まった。

「キューバにもこんな飛行機があるとは、ね」那須野は何度もうなずき、感心しながらいった。「ソ連製か？」

「いいや。アメリカ製だよ」アルファロはあっさりと答えた。「俺たちのバンドは世界中で仕事をしている。飛行機がアメリカ製でも不思議はないさ」

「バックミラーもなしで格納庫に飛行機を入れられるほどの腕があるんだ」那須野は格納庫の中を見渡しながらいった。「それも夜が明けて、そんなに時間がたっていないっていうのに」

「褒めてもらった後じゃ、いいにくいけど、慣れだよ。俺がここに着陸するのは初めてじゃない」アルファロはシートベルトを外し、座席を下げた。「それより何か食わないか。トカゲのスープばかりじゃ、腹も十分に膨れなかっただろう」

　那須野とジャッカルが顔を見合わせる。その表情を見て、アルファロがおかしそうに笑った。

「その顔つきからするとチキンスープといわれたようだな。どうやらベラスコはあんたたちを客扱いしていたようだ」

　アルファロは追い立てるようにしてジャッカルを立たせた。キャビンは二メートルほど低いところにあった。三人は梯子段《はしごだん》を伝って操縦室からキャビンに降りた。

キャビンには二十席ほどのキャンバス地の椅子があり、後部は平らになっていて荷物を積み込めるようになっていた。内装はグリーンのキルティングだったが、所々部品が露出している。

アルファロは座席の脇に設置してある冷蔵庫をのぞいて、食料を物色しはじめた。那須野は精悍な顔つきをした黒人パイロットの背中を見ながら、内心舌を巻いていた。

ゲリラの基地近くにあった滑走路を飛び立ってから、那須野が最終目的地として知らされていた、このエクアドルの辺境にある飛行場まで一時間ほどのフライトに過ぎなかったが、アルファロはその間、ジャングルの上すれすれを飛び続けた。ゲリラが制圧している地域なのでコロンビア、エクアドル両国の当局の目を気にする必要はないとのことだったが、レーダーは避けなければならない。

真っ暗な中、電波高度計と航法用計器だけを頼りに大型機を飛ばし続けるアルファロの操縦ぶりは飛び抜けて優秀だった。那須野は今までにアルファロほど軽々と大型機を飛ばすパイロットを見たことがない。

肉やフルーツの缶詰を開け、パンを一塊ずつとワインの小瓶を那須野とジャッカルに手渡したアルファロが快活にいった。

「正式なディナーと呼ぶにはほど遠いが、まあ、トカゲのスープよりましだろう。食ってくれ」

三人は缶詰の中身を千切ったパンですくいながら、食事をはじめた。

「キューバ空軍にいたのか？」那須野が唐突に訊ねた。

「そうだ。人手不足でね、戦闘機も輸送機も飛ばしたよ。ただ、俺は輸送機の方が性に合っていたな。ファイターは上がるとすぐに降りなきゃならない。早すぎる男みたいでね、空を堪能することができなかったからな」

「それは認める」那須野が低い声でいった。

ジャッカルが肉を頰張りながらにやりとする。

「キューバ空軍のパイロットは世界一優秀なんだ」アルファロはパンをワインで流しこんでいった。

那須野がいぶかしげに顔を上げる。

「わかってるよ」アルファロはにやにやしながらいう。「実戦経験を積んでいるイスラエル空軍が世界でナンバーワンのファイターパイロット集団だっていいたいんだろう？」

那須野はうなずいた。ジャッカルは興味深そうな顔つきで那須野とアルファロの顔を交互に見比べている。アルファロが続けた。

「だがな、ジーク。考えてみてくれ。世界で一番優秀なレーダーを持っていて、それを沿岸に並べている国は、どこか？」

アルファロは言葉を切った。那須野とジャッカルは首を振る。

「アメリカだろう。しかも常に最高級品をマイアミビーチに並べているよ、キューバに向けてな。そのレーダー網をかいくぐって、ポンコツのミグで亡命できるパイロットはキューバ人だけだからな」

アルファロが声をたてて笑い、那須野とジャッカルは憮然《ぶぜん》とした顔つきで食事を続けた。確かに、アルファロのいう通りだった。

マイアミ発、グアヤキル行きアメリカン航空四二四便、ボーイング757のCクラス席は座席番号の一番から四番まで通路を挟んで左右に二席ずつ、合計十六席だった。バーンズとエイギラーが四番のA、B席に並んでいる。Cクラス席のもっとも後ろにある唯一の喫煙席だった。

Cクラスの座席は大柄なバーンズでもゆったりと座ることができる。飛行時間は離陸後四時間三十五分の予定だった。座席の左側にある肘掛けから取り出したテーブルをセットし、その上に機内食が置かれてあった。

右手にプラスチックのフォークを持ったバーンズはトレイに並んだ料理を見て溜め息をついた。チキンを三分の一ほど食べたところでフォークを置き、冷たく汗をかいたグラスに入ったワインを一口飲んだ。水っぽい感じがする。再び溜め息をつく。

隣に座っているエイギラーが眉を上げ、バーンズの手元を見た。

えた。

「食欲がないんですか、それともダイエット中？」

「サラダとフルーツでね、腹がいっぱいになった」バーンズは半ばひとり言のように答えた。

「あなたのように大きな身体を支えるには大量のエネルギーが必要だと思ってましたが、違いましたか？」

「妻がね」バーンズは相変わらず熱のこもらない口調でいった。「これ以上大きくなってくれるな、というんだ。キスする時に困るそうだ」

エイギラーは肩をすくめただけで相変わらず旺盛な食欲で次々に料理を片づけていく。

バーンズは窓の外に目をやった。

雲海。

下方をのぞく。雲の上にボーイング757の影が映り、凄《すさ》まじいスピードで移動していくのが見えた。

パイロットは、特に戦闘機乗りの場合は、他人が操縦桿を握っている飛行機に乗ると抑えがたい苛立ちを感じる。バーンズは、同僚と輸送機や民間のジェット機に乗り合わせた時に何度も彼らが苛立ち、時折、口汚く罵るのを聞いた。着陸や離陸の際、パイロットの技量に対する不満は最高潮になる。いわく衝撃が大きすぎる、減速が甘い、離陸距離が長すぎる——等々。

だが、バーンズは今まで一度も他人の操縦する飛行機に乗っていて同じような苛立ちを感じたことがなかった。

もちろん離陸時には窓の外をながめながら、流れる風景で速度を推しはかり、コクピットを思い浮かべてみる。スロットルレバーを前進させ、方向舵が風を受け、操縦舵輪が少しずつ重くなっていくのを想像する。が、それは退屈しのぎに過ぎなかった。ジャネットと一緒に乗っている時には、彼女のお喋りに耳を傾けているし、面白そうな雑誌があれば夢中になって読んでいる。

他のパイロットに生命を預けているという緊張感はなかった。

ジークはどうだろうか？　とバーンズは思った。バーンズは那須野と旅客機に同乗した経験はなかった。だが、那須野が腹の底で煮立つ苛立ちを嚙み殺し、じっと目をつぶっている場面を容易に想像することができた。

「コーヒー、お代わりいかがですか？」

声をかけられ、バーンズは顔を上げた。ポットを持った金髪のスチュワーデスが微笑んでいる。手を振って断った。エイギラーはメインディッシュを食べおえ、チョコレートをかけたバニラアイスクリームを食べていた。ひとさじすくっては唇の間に押し込む。バーンズが見つめていることに気がつくとにっこりと微笑んで見せた。

バーンズは再び窓に目をやった。

国際線の飛行高度三万九〇〇〇フィートをマッハ０・９で巡航していると旅客機はまるで空中に停止しているようだった。

自ら操縦桿を握っている時には、風防の外側をのんびりと見ている余裕はない。計器、ヘッドアップ・ディスプレイの表示、そしてどこから接近してくるかわからない相手機を見張る必要がある。

その上、一九八九年に日本海上空で空中戦の末、左腕を失ってからは自ら戦闘機を飛ばすことはなくなった。

バーンズは長袖のシャツを着て、手袋をはめた自分の左腕を見ていた。義手をつけるようになって四年も経過しているのが信じられなかった。

退役したファイターパイロットたちが何年たっても狭いコクピットに押し込まれ、操縦桿を握っている夢を見ることが多いという話を聞いても、実感はない。バーンズは飛んでいる夢を見たことがないのだ。

また、身体が覚えていることは容易に忘れないという。緊急発進の手順を老人になった時でも明瞭に覚えている、とも。バーンズはファントムの操縦席を思い浮かべた。だが、小さなスイッチ類がどこにあって、何を意味するのか、記憶はおぼろげだった。

目をすぼめる。動かない左手だけが視界を占める。

那須野の顔が浮かんだ。奴がファイターパイロットなら、自分は違うと思った。厳しい訓練を受けるが、一流のファイターパイロットの素質は天性というほかはない。激しい空戦機動のさなか、5Gから6Gもの重力に耐えながら、勝機を見いだしたファイターパイロットは敵機を陥れるためにあらゆる動きを見せる。訓練や理論だけでは及ばない世界、高速コンピューターでも計算不能の領域を彼らは本能で飛ぶ。

俺にはなかった——バーンズは胸の内でつぶやいた。そしてそのように飛び回るファイターパイロットを羨ましいとも思っていない自分に気がついた。

「貧乏性なんでしょうな」エイギラーがコーヒーカップを手に天井を見上げながらのんびりといった。「食い物を残すということができないんです。貧しい家庭に育ちましたからね」

「私だって銀のスプーンをくわえて生まれてきたわけじゃないさ」バーンズはコーヒーカップに手を伸ばしていった。

「エクアドルに行ったことがありますか?」

「いや、今回が初めてだ」

「貧しい国です。中南米の国々はどこを見ても貧乏な国です。私の両親が生まれたメキシコでは住民の八割が貧しい暮らしに甘んじているといわれますが、それでも他の国から見れば大変な金持ち国です。エクアドルならタクシーで首都を横断してもせいぜい三ドルから五ドルでしょう。ニューヨークでは、空港からウォルドルフ・アストリアまで行くのにチップ込みで百ドルはかかります」

「四年前になるが、日本に行った。ナリタからトウキョウの中心地までタクシーを走らせた時に二百五十ドルかかったよ」

バーンズの言葉にエイギラーは目を剝いた。

「上には上があるものですね」

「私も驚いたね。ニューヨークより住みにくい都市にニューヨークよりもたくさんの人間が住んでいる」

「私は貧しい国が裕福になってアメリカ人のように暮らせることが必ずしも幸せだとは思わないんですよ」エイギラーはコーヒーカップを置き、胸ポケットから煙草を取り出した。「失礼します。どうもこの悪習から逃れられないもので」

そういいながら火を点けた。バーンズは黙って、エイギラーの言葉を待った。やがて煙とともにエイギラーは言葉を継いだ。

「乏しい賃金、不便な生活、別に構わないんじゃないか、と思いますよ。自分たちのことを自分たちで決めていくことさえできれば、ね」

「それが今の仕事をするようになった動機なのか？」

「さあ」エイギラーは寂しそうに笑った。「わかりませんね。自分がなぜ今の仕事を選んだのか、よくわからないんです。ただ、今の組織で働いて意外だったのは、私に向いているということです」

「そんなものか」バーンズはぽつりとつぶやいた。

ボーイング757はそれから二時間後にエクアドル・グアヤキル空港に着陸した。

第三部　男たちの死闘

　南アメリカ大陸西部、アンデス山脈に源を発するリマク川河口にあるペルーの首都リマ。

　商工業の町で、人口は約六百六十六万人。

　かつて南米一帯を支配したスペインが植民地政策の中心地としたため、リマには、新旧市街のくっきりとしたコントラストがある。

　政府庁舎のあるアルマス広場を中心とする旧市街にはスペイン風の建物が並び、狭い格子状の道路が走っている。一方、近代ビジネスが発達したサン・マルティン広場を中心とする新市街にはビル群が林立した。

南緯一二度と低緯度地帯ではあるが、冷たいフンボルト海流の影響下、もっとも暑い二月でも平均気温は二四度ほどでしかない。八月の冷たい風が新市街を吹き抜けていく。油絵の具のように重く、分厚い雲が頭上を覆っていた。

新市街のメインストリート、貿易センタービルの前の交差点をクリーム色のセダンが走り抜けようとした。その前に強引にパネルバンが割り込む。荷台を囲む銀色のパネルには製パン会社の名前が記されていた。

セダンが急ブレーキをかける。タイヤが激しくスキッドし、三ブロックにわたって悲鳴のような摩擦音が轟《とどろ》いた。危うく衝突を免れたセダンの運転席では、赤毛の中年男がハンドルに突っ伏し、聖母マリアへの短い祈りを捧《ささ》げてから顔を上げた。

助手席では、彼の妻がシートベルトに上体を押さえつけられた恰好で目を飛び出さんばかりに見開いていた。後部座席には子供が二人、十歳の女の子と八歳の男の子が乗っていたが、前席の背に顔をぶつけただけで大きな怪我はないようだった。

取りあえず赤毛の男は家族全員に怪我のなかったことを聖母マリアに感謝した。その短い祈りの文句が終わらない内に猛烈に腹がたってきて、顔が火照るのを感じた。その彼はパネルバンを睨みつけながら、ギアをニュートラルに入れ、パーキングブレーキを引いた。

ドアハンドルを開こうとしたところで、手が凍りついたように動かなくなった。パネルバンの左右のドアが同時に開き、三人の男が降りてきた。三人とも小型の自動小銃を手にしている。

「パパ」後部座席で娘が絶叫する。

彼が振り向くと娘が上半身をひねって後ろを見ていた。

リアウィンドウいっぱいに黒塗りの大型乗用車が停まり、中から五人の男たちが自動小銃を手にして降りてきた。視線をずらす。息子は頭を抱えたまま、座席の中で身体をくの字に折り曲げている。

助手席を見た。妻は両手の指を組み合わせ、懸命に祈りの言葉を唱えている。見ているだけではっきりとわかるほど、彼女の身体は震えていた。

娘が悲鳴を上げた。

彼が振り向くのとリアウィンドウが一瞬にして白濁し、砕け散るのが同時だった。後部座席に飛び込んだ数発の小銃弾が娘の腕を引きちぎり、胸を裂いた。娘の内臓と血を顔に浴び、彼は思わず顔をそむけた。

その視野に車の横から撃ち込まれた銃弾で、息子の頭が熟しすぎたスイカのように破裂するのが見えた。

吐き気。熱くて酸っぱい臭いのする塊が食道を駆け上がってくる。

涙があふれた。

フロントウィンドウが破られ、熱風とともに吹き込んできた衝撃波が彼を襲う。身体がどうしようもなく震える。

叫んだ。

妻の上体に次々と銃弾が突き刺さる。電気ショックを受けたように妻の身体が硬直し、次いで激しく痙攣《けいれん》した。銃弾は妻の頰を吹っ飛ばし、肩の肉が破裂したように飛び散る。血が霧となって車内に充満する。

銃撃が止《や》んだ。

妻の身体から力が抜け、上半身がシートベルトに支えられ、がっくりとうなだれた首が揺れた。

彼は嘔吐《おうと》した。唇から溢れ出した汚物はスラックスを濡らし、床に広がった。彼――ペルー最高裁判所判事は指が白くなるほどハンドルを握りしめたまま、震えていた。

日曜日、午後三時。

曇天の下、自動車が溢れるメインストリートでは一切の音が消えてしまった。商店街の舗道をのんびりと歩いていた人々は銃撃がはじまると一斉に建物の中や物陰に身を隠し、次々に走って来る車はクリーム色のセダンを避けるように道路の両側に急停車する。ブレーキ音が交錯した。ドライバーたちは、エンジンをかけっ放しにしたまま、車から飛び出す。

誰ひとり近づこうとする者はなかった。

一人の男がパネルバンから降り、ゆっくりと近づいて来る。判事は割れたフロントウィンドウ越しに男に視線を向けた。その男だけが射撃をしていない。顔の下半分が髭に覆われていた。

髭の男は、白くそろった歯を剝き出し、にやにやと笑みを浮かべている。髭の男と判事の目が合った。

判事は唇を動かそうとした。口の中がすっかり渇き、舌が上顎にぴったりと貼りついてしまったようだ。頭の芯は冷えきっていた。痺《しび》れている口許を強烈な意志の力で動かし、ささやく。

「殺せ。早く殺せ」

髭の男はセダンに近づきながら首を振り、判事を哀れむような表情を浮かべた。まるで判事の言葉を了解したようにうなずく。

八挺の自動小銃が同時に吼《ほ》えた。銃火が重なり合い、金色の薬莢《やっきょう》が宙を舞う。

セダンのボディにはミシン目のような弾痕が走り、火花が散った。四輪のサスペンションが次々に撃ち抜かれて車高が下がり、タイヤがひしゃげる。ボンネットを簡単に突き破った弾丸も硬いエンジンブロックに当たって跳ね回った。破裂したラジエターから蒸気が噴出し、破壊されたクラクションが鳴りっ放しになる。

運転席ドアのヒンジに小銃弾が叩きこまれ、ドアがゆっくりと路上に転がった。

判事の死体はシートベルトにくくりつけられたまま、手足を投げ出していた。目を剝き、開いた口からは舌が吐き出されている。眉間には深いしわが刻まれていた。額、左頰、喉、左肩、左胸、左脇腹、左脚の太股に弾痕があり、赤く濡れている。床に溜まった血にくるぶしまで浸かっていた。

髭の男が右手を挙げ、拳を握りしめた。弾倉を次々に交換しながら銃弾を叩きこんでいた男たちが一斉に銃口をはね上げ、射撃を中断する。

クラクションが鳴り続けていた。

髭の男は顔をしかめ、胸の下で構えた自動小銃の引き金を無造作に絞り落とした。一瞬にして数発の銃弾が吐き出され、ボンネットに新しい穴がうがたれる。クラクションが沈黙し、すべての音が途絶えた。

髭の男が再び合図をすると二人の男が手榴弾の安全ピンを抜き、点火レバーを弾き飛ばした。残った男たちはパネルバンと大型乗用車に向かって走りだす。二発の手榴弾が判事の車に放り込まれ、残った男たちも乗用車に戻った。

タイヤを鳴らしながら発進する二台の車が動き始めた時、爆発が起こり、判事の車の屋根が飛んだ。

パネルバンと大型乗用車は時速一二〇キロまで加速するとメインストリートを西へ向かって走り抜けていった。

二台の車は二〇キロほど走り、市街地から離れた場所にある自動車工場に飛び込んだ。追跡してくる車はない。二台の車は減速して車庫に飛び込む。待っていたようにシャッターが下りる。車庫に入った車が巻き上げた埃が風に吹き散らされた時には、シャッターは完全に閉じていた。

十五分後、再びシャッターが開き、今度は軍用車両が二台、出てきた。前を走るジープの助手席には、黒い制服に身を固め、制帽のひさしを下げた髭の男が座っている。後続する小型トラックの荷台には五人の男が向かい合って座っている。ジープと小型トラックを運転している男たちも含め、全員が髭の男と同じ制服を着けていた。

男たちの着ている制服の右袖、上腕部には、白地に黒い髑髏《どくろ》が縫いとられたエンブレムが貼りつけられていた。

陸軍特殊部隊特別作戦チーム。

ジープの助手席に座っているのがディエゴ・ロドリゲス中尉、チームの隊長だった。


ペルー陸軍省。

ロドリゲスはライトグリーンのペンキで塗装されている壁に囲まれた廊下を足早に歩

いた。顔の半分をびっしりと覆っている濃い髭を除けば、一点の隙もなく軍服を着こなしている。黒の制服を着用できるのは特別作戦チームに限られていた。

軽い足取りで階段を登り、二階に上がると右へ曲がった。陸軍省の内部はどこもライトグリーンの壁が続いている。

廊下には茶色のプラスチックタイルが貼ってあった。天井に埋め込まれた蛍光灯が映る床を踏みしめながら庁舎二階の突き当たりまで歩いた。

革のブーツを履いているにもかかわらず、ロドリゲスはほとんど足音を立てず、滑るように移動していった。闇の中でも変わりなく歩くことができる。

突き当たりまで来るとロドリゲスはドアの前で立ち止まった。上半分に磨《す》りガラスがはめてあり、そこに黒い文字で特殊部隊司令、大佐、エンリケ・リベラと書かれていた。

ロドリゲスが無造作にノックすると、すぐに返事があった。

ドアを開き、中に入る。

グリーンの制服を着たリベラは机の上に広げた書類に目を落としたまま、右手を挙げただけでいった。

「楽にしてちょっと待っていてくれ」

「はい」

ロドリゲスはリベラの執務机の前に立つと両手を組んで腰骨の後ろにあて、背筋を伸ばした。

あごをわずかに上げ、まったく表情を浮かべずにリベラを見下ろした。ロドリゲスは元々表情に乏しい。顔に感情らしきものが浮かぶのは、誰かを殺す時だといわれていた。

リベラは黒く真っ直ぐな髪をきちんと刈り、たっぷりと整髪料を使って撫でつけていた。オリーブ色の肌、髪と眉、そして細く尖った鼻の下に生やした髭は黒だった。ほっそりとした身体つきをしており、制服はプレスされていた。

結局、ロドリゲスが待たされたのは五分ほどだった。

リベラは読みおえた書類をまとめて、端をそろえると机の引出しに入れた。ズボンのポケットから鍵束を取り出して、引出しにロックをかけた。立ち上がる。

リベラとロドリゲスの顔が同じ高さになった。どちらも一八〇センチを超えている。ロドリゲスが胸板の厚い体型をしているのと対照的にリベラはほっそりとしている。ロドリゲスの太い腕や筋肉で盛り上がった肩を見るたびに、リベラは目の前の男が猫のように動き回るのが信じられなかった。

リベラの執務室は五メートル四方ほどの狭い部屋だった。ドアから見て右側の壁には天井までの高さがあるスチールの棚が作りつけになっており、バインダーや軍事関係の書籍が並んでいた。左側にはグレーのファイリング・キャビネットがあり、引出しの一つひとつにAからZまでの記号を書き込んだラベルが貼ってある。

二人の男が立っているだけで息苦しさを感じさせるほど、書類に囲まれた部屋だった。ロドリゲスにしてみれば、司令が書類で自らを守ろうとしていることが笑止だった。紙の鎧《よろい》ならすぐに燃える――この執務室に入るたびにロドリゲスは同じことを思った。

「警察から連絡があった」

リベラは制服の胸ポケットから煙草のパッケージを取り出し、ロドリゲスの前に差し出した。ロドリゲスはかすかに首を振って、断った。リベラは気分を害した様子もなく、煙草をくわえると机の上に放り出してあった金張りのライターで火を点けた。アメリカ製の煙草。フィルター付き。市民生活をしている限り、なかなか手にすることができない。

リベラは細長い指で煙草を挟み、煙を吐きながらいった。

「判事の死体は手榴弾によって破壊された。警察が回収できたのは、指が何本かと両足だけだそうだ」

ロドリゲスの口許に笑みが漂う。リベラは部下の表情を目にとめると露骨に眉を寄せ、顔をそむけて煙草を吸った。ロドリゲスの笑みがますます広がる。

「まず、後部座席の子供二人を射殺」リベラは煙とともに言葉を押し出した。まるで汚いものを遠ざけるような口調だった。「それから助手席に座っていた判事の妻。最後に判事を撃ち殺して、最後は手榴弾、それも二発だ」

ロドリゲスは満足そうにうなずいた。

リベラは煙草のフィルターを噛みしめ、両手で机を叩いた。部屋の空気が震える。が、ロドリゲスはまぶたすら動かさなかった。

「作戦開始から終了まで十分。なぜだ？　なぜ、そんなに時間をかける必要がある？」

リベラは机に手をつくと身を乗り出し、右手でロドリゲスの胸のあたりを指で指した。

「貴様のサディスティックな性癖を満足させるためにチーム全体が危険にさらされかねなかったんだぞ。警察と銃撃戦にでもなったら、どうするつもりだった？」

「判事を殺すのにかけた時間の半分で警官隊を突破できたでしょう」

「愚か者め」リベラは突き刺すような口調でいった。「たったの五分で武装警官隊の包囲網を食い破るテロリストグループが、どこにある？　統率のとれた行動で破壊をするチームが、貴様たちの他、どこにあるんだ？　貴様たちの行動が明るみに出てみろ、すべてはお終いだ」

「判事を苦しめた分、見せしめとしての効果はあったはずです。我々の作戦行動を正当に評価して下さい」

「だから愚か者だというんだ。何を評価する？　誰かをなぶり殺すショーを通行人相手に見せてやったことを、か？　考えるな。命令されたことだけを忠実に実行しろ」

リベラのこめかみには血管が浮かび上がっている。ロドリゲスは表情を消し、正面からリベラを見据えていた。

クレージー・タイガーか——リベラはほろ苦く思った。

ロドリゲスは陸軍特殊部隊の中でも、さらに精鋭を集めた特別作戦チームを指揮している。現行政府に反対する勢力に対して、テロに見せかけた暗殺を行い、反対勢力の施設を爆破するチームだった。その一方、本物の反政府テロリストグループを襲う時には急先鋒《きゅうせんぽう》となって敵陣深く侵入し、リーダーの潜む中核基地を殲滅《せんめつ》する。

リベラは、この男を完全にコントロールできるのだろうか、と何度も考えた。その度に否定しなければならなかった。

ロドリゲスは十六歳で陸軍に入った。地方の貧しい農家に生まれ、テロリストになるか、軍人になるかしか生きる道のなかった男だった。

四人兄弟の二番目である。母親は彼が生まれるとすぐに死んだ。二人の弟は継母《ままはは》が産んだ。二歳上の長男は、ロドリゲスが十歳の時に病死している。父親は満足に教育を受けたこともない農夫だった。

ロドリゲスが父親から受け継いだのは大きく丈夫な身体しかなかった。今のような怪物に仕立て上げたのは陸軍である。二等兵からスタートし、現在の地位まで実績だけで這《は》い上がってきた。その点、陸軍士官学校を出て、米陸軍学校に留学した経験を持つリベラとは対照的だった。

二人に共通しているのは年齢だけ。どちらも三十歳だった。

ロドリゲスは十八歳の頃、特殊部隊の訓練でもっとも苛酷《かこく》とされているサバイバル・トレーニング中、一週間にわたって山中に潜伏し、五十名近い教官たちを全滅させたことがある。ヘビやトカゲ、草の根を食い、谷川の水で渇きを癒しながら、だ。

教官はいずれもゲリラ戦のエキスパートとされていたが、ロドリゲスを見つけた時にはナイフを喉元に当てられているか、消音拳銃の銃口をのぞきこまされていた。

ロドリゲスと一緒にサバイバル・トレーニングに参加した他の隊員は、二日ともたずに教官に襲われていた。

二十歳で小隊長となり、少尉に任官する。二十五歳で中尉。二十七歳の時に現在の特別作戦チームが編成されることとなり、初代隊長に就任している。現在、特別作戦チームにはロドリゲス自身を含めて八名の隊員がいるが、いずれもロドリゲス自身がテストし、選別した男たちばかりだった。

ロドリゲスが決定的に変わったのは、中尉になりたての頃だった。まだ、特別作戦チームは編成されていなかった。

コロンビア領内にあるコカイン・マフィアが潜伏する山中のアジトを攻撃する作戦だったが、襲撃計画そのものが相手に漏れていた。

十五名で突入。最初の一撃で半数近い七名が死亡、残った八名が捕虜となった。毎日、拷問を受け、捕虜のうち五名が生きたまま喉を切り裂かれて殺された。その時、ロドリゲスは、切り裂いた喉から舌を取り出すコロンビアン・ネクタイを初めて目撃した。

救出部隊がアジトに突入した時、生き残っていた三名が助け出されたが、ロドリゲス以外の人間は二度と特殊部隊に戻ることはできなかった。

ロドリゲス自身、手ひどい拷問を受けている。その結果、右手の人差し指、中指、薬指の爪がなく、歯は抜かれたり、折られたりしたために総入れ歯、そして性的不能者になっていた。

「次の仕事だ」リベラは溜め息まじりにいった。

先程書類をしまったのとは別の引出しを開け、中から写真と書類、地図を取り出した。ロドリゲスの前に放り出す。ロドリゲスは手を伸ばして、書類を取り上げた。爪のない右手を見てリベラは顔をしかめる。

「エクアドルのグアヤキル港にロシアの輸送船が到着する。五日後だ。その船には軍用機が満載されている。破壊してもらいたい。搭載されている機体を全部破壊することができなくとも、確実に使用不能にしてもらいたいのがこれだ」

リベラはそういいながら写真に手を伸ばし、ロドリゲスの前に押し出した。

カラー写真だった。高翼式のジェット戦闘機が写っている。ロドリゲスは航空機に精通しているわけではないので、眉をひそめて写真に見入っていた。

「ハリアーですか？」ロドリゲスが訊いた。

「似ているが、まったくの別物だ。開発途上にあるアメリカの垂直離着陸戦闘攻撃機らしい。ネオ・ゼロというコードネームで呼ばれている」

ロドリゲスは書類を脇に抱え込むと顔を上げた。航空機そのものに大して興味はない。彼の食指が動くのは、破壊と殺戮《さつりく》だけである。

「ネオ・ゼロに関する詳細な情報とロシアの輸送船に関しては、渡した書類の中に記されている」リベラは咳払いをするとおごそかにいった。「すぐにチームを出発させろ」

「わかりました」

書類と写真を一まとめにするとロドリゲスは特殊部隊司令の執務室を出た。ドアを閉めてから、ズボンのポケットに手を入れると太い葉巻を取り出した。

マッチで火を点ける。

深く吸い、大量の煙を吐きながらにやりと笑った。ロドリゲスが愛好している葉巻はキューバ産で、一本でリベラの煙草二十カートン分に相当する。

ロドリゲスはゆっくりと歩きはじめた。


二日後。

ペルー陸軍特殊部隊特別作戦チームの隊長、ロドリゲスはエクアドル・キト空港に到着していた。

装備や他のメンバーはそれぞれ別の便ですでにエクアドル入りしているはずだった。

三日後、グアヤキル港にロシアの貨物船が入る。

入国管理事務所のカウンターでロドリゲスはパスポートを返してもらいながら、血の予感に身体がかすかに震えているのを感じていた。

2

エクアドル、キト市内。

五つ星のホテル『オロ・ベルデ』のロビーフロア。

一角が温室のようにガラス張りの応接コーナーになっていた。数組の客が歓談できるようテーブルとソファが配置してある。

ラ・ホーラ紙の記者エスカバルは落ちつかない様子でソファに腰を下ろしていた。

時折ロビーを見回しながら、何度もズボンのひざのあたりをつまみ上げてはしわにならないように気を遣っていた。

ワイシャツの胸ポケットから煙草を一本取り出してくわえると火を点けた。腕時計に目をやる。待ち合わせの約束をした相手が現れるまで、あと七分あった。煙を吐き、フロントとロビーを見渡す。それらしい相手は見当たらなかった。

明るいグレーのスーツ、臙脂色《えんじいろ》の綾織《あやお》りネクタイ、磨き上げた子牛革の靴、金色の腕時計、そして煙草に火を点けたライター――エスカバルが身につけているものは、必ずしも高級品ではない。

だが、すべてを合わせると彼の月給ではまかないきれない金額になる。

市内のアパートに住み、ホンダの車を持ち、ガールフレンドとは一流レストランでデートをした。

エスカバルには三人のガールフレンドがいる。それぞれ週に二回ずつ会っていたが、必ずレストランを替えていた。ガールフレンドの一人ひとりから見れば、ちょっとした贅沢に過ぎないが、エスカバルは毎日豪勢なディナーを楽しんでいることになる。

エスカバルが女と車、身に着けるものにかける金は給料の三倍に達していた。その上、自分の家を購入するための資金も着々と貯めこんでいる。

彼の優雅な暮らしぶりを見て、その金の出所に興味を持つ同僚やガールフレンドには、父親から資金援助を受けているのだと答えていた。彼の父親は医療機器メーカーを経営しており、グアヤキルでは有数の資産家だった。

が、実際エスカバルに金を渡しているのは日本の財閥系総合商社だった。

この商社とは父親の医療機器ビジネスを通じて知り合ったのであり、その意味では父親の援助といえないこともなかった。

エスカバルは新聞記者という立場を利用してエクアドル国内の政治、軍事、経済の要人とパイプを作り、情報収集を行っていた。父親が有力な財界人でもあったため、その関係からも多大な信用を得ていたのである。

さらにそのルートを活かして政治、経済上の工作や商社員を要人に紹介するといった仕事までをしていた。

一週間ほど前、エスカバルは商社駐在員から相談を持ちかけられた。話を聞いたエスカバルは自分の手には余るとして断ったが、駐在員が二つの条件を出したことによって相談は脅迫に近いものとなった。

相談の内容は、グアヤキル港に到着するロシア船に対してテロを仕掛けるにあたって協力を要請するというものだった。駐在員の出した条件の一つ目は成功する、しないにかかわらず一万ドルの報酬を支払うというもの、二つ目は協力を断ればエスカバルとの仕事を打ち切るだけでなく、警察当局に今までエスカバルが提供した情報の一覧を送りつけるというものだった。

追い詰められたエスカバルが目をつけたのが、同僚記者であるキングが行っている市民運動だった。

ロシア船が空軍に売りつけるジェット戦闘機のサンプルを積んで入港することは国民に知らされている。一方、キングたち運動家グループは軍政強化につながるものとして新型戦闘機導入を阻止するための活動をしていた。

エスカバルはロシア船へのテロ行為を、このグループの仕業に見せかけることを提案した。駐在員は同意し、さっそく手配をするように命じた。

エスカバルは以前キングに誘われてグループの活動本部を訪れたことがある。キングはエスカバルをも運動に引き入れようとしたのだった。本部とはいっても雑居ビルの二階にある狭い事務所で、印刷機械が置かれているに過ぎない。

警察当局が手入れをして印刷機械を没収していったが、キングたちの活動は穏健で武装テロにはほど遠いものだった。しかし、警察にしてみれば、現行政府に反対する活動家グループが目障りであるには違いなく、その後もことあるごとに嫌がらせが続いているといっていた。

エスカバルは駐在員とともに綿密にくみ上げたシナリオを頭の中でもう一度見直しながら、灰皿に手を伸ばし、煙草を押しつぶした。

伸ばした手の先に、足が見えた。

目を上げる。背の高い、がっちりした身体つきの男が目の前に立っていた。足音もたてずに、その男はエスカバルの前まで歩いてきたのだ。

胸にひやりとするものを感じながらエスカバルが立ち上がる。紺色のスーツと顔の下半分を覆っている髭がアンバランスだった。

「セニョール・エスカバルか?」その男が訊いた。

「そうです」エスカバルは自分の声が震えを帯びていることに嫌悪感をおぼえながらも右手を差し出した。「あなたが?」

「ロドリゲスだ」

ロドリゲスはエスカバルの右手をあっさり無視してソファに腰を下ろした。エスカバルは口許をゆがめ、座りなおした。

「それで例の活動家グループのアジトの場所は?」ロドリゲスはソファの背に身体をあずけ、両足を組んで何気なくいった。

エスカバルが素早く周囲を見渡す。

ロビーには宿泊客とホテルの従業員が歩いていたが、ロドリゲスとエスカバルに関心を持っている様子はない。エスカバルは幾分ほっとして背広の内ポケットから紙片を取り出した。

「ここに住所と簡単な地図を用意してきました。同じような建物が並んでいるように見えるかも知れませんが、場所はわかると思います」

エスカバルから受け取った紙片を、ロドリゲスは広げて一瞥すると背広のサイドポケットに入れ、かわりに内ポケットから書類を取り出した。

「なぜ、アジトの場所を知る必要があるんですか？」エスカバルは弱々しい愛想笑いを浮かべた。

「もう一度警察に踏み込まれることになる。その時、活動家グループは証拠隠滅のためにアジトに火を放つのだ」ロドリゲスはそろった歯を剝き出しにした。「その現場からこの書類が発見される」

ロドリゲスはエスカバルに書類を差し出した。Ａ４判のコピー用紙が四、五枚、ホッチキスで留めてある。エスカバルは眉を寄せて、ロドリゲスを見た。

「ロシア船の襲撃準備書のコピーだ。そうはいっても、場所と使用する武器を記してあるに過ぎないがね」

エスカバルは吐き気をおぼえた。自分がアイデアを提供したとはいえ、同僚を罠にかけることになる。書類を返そうとしたエスカバルを、ロドリゲスは手を挙げて制した。

「それは君が持っているんだ」ロドリゲスは静かにいった。

「なぜ？」

「その書類は、君の知り合いである活動家の身辺から発見されなければならない。その男の自宅でもいい、会社でも構わない。デスク、ロッカー、とにかくその男が普段利用している物の中から事件後、その書類が発見される」

そういいかけたエスカバルの目の前でロドリゲスは人差し指を振った。その時になってはじめて、エスカバルはロドリゲスが右手にだけ外科医が手術の時にはめるような薄いゴムの手袋をしているのに気がついた。

「しかしは、なしだ。質問もなし。方法は君に任せるが、確実にやることだな」

ロドリゲスが顔を上げた。エスカバルもつられて玄関を見た。

大きなガラスの扉越しにダークブルーの大型セダンが停車するのが見えた。中からチャコールグレーのスーツを着た男が一人降りてくる。チャコールグレーのスーツを着た男は真っ直ぐにロドリゲスのそばまでやって来るといった。

「出発準備完了です、隊長」

「ＯＫ」

ロドリゲスは立ち上がり、エスカバルを振り返りもせずにロビーを横切る。大型セダンの後部座席に乗り込み、走り去った。

エスカバルは煙草を二本吸い、自分に落ちつくように言い聞かせた。二本目の煙草を灰皿で押しつぶした後、歩いて会社まで戻った。

編集部の自分の席に戻るとキングが隣の席で書類鞄にノートやテープレコーダーを入れている最中だった。

「ご苦労さん」キングが声をかけた。

「ああ、ただいま」エスカバルは青ざめた顔に汗を浮かべ、小さな声でいった。

「どうした、気分が悪そうだな？」

「何でもない」エスカバルは無理して笑みを見せた。「それより何の準備だい？」

「これか？」キングは眉を上げ、膨らんだ書類鞄をうんざりしたように見た。「例の新型戦闘機を積んでくるロシアの船を取材するんだ。グアヤキル支局の連中を手伝います、と次長に進言した」

「君が、なぜ？」エスカバルはぼんやりとした口調で訊いた。

キングは素早く左右を見渡し、顔を近づけると低い声でいった。

「先日の記事の穴埋めさ。会社は、僕が殊勝に反省しているように思ったんだ。グアヤキルでは、超過出勤になるからね」

キングはエスカバルに顔を寄せると低い声でいった。

「君だって僕が何をしているか、知っているだろう？　自分の主義を紙面で主張できる数少ないチャンスを逃がす手はないさ」

「そうだね」

エスカバルは弱々しい笑みを浮かべた。胸の内で何度も同じ言葉を繰り返している。

何て偶然なんだ、何て——。

エクアドルの首都キトは、標高二八五〇メートル、アンデス山脈に囲まれた盆地にある。赤道まで二五キロという場所にありながら、年間平均気温は摂氏一三度ほどでしかない。

市の南端にあるパネシリョ山の山肌に、ニコラス・キングの家があった。

角砂糖のような四角い石の家々が建ち並ぶ。ニコラスはその内の一軒を借りて、一人で住んでいた。幅の狭い家で、北向きの玄関、玄関脇に台所と洗面台兼用のシンク、水洗ではないトイレがあり、壁を隔てて居間と寝室を兼ねる狭い部屋がある。シングルベッド一つ、それに百冊ほどの書物を並べた木製の棚がある。南側、パネシリョ山を見上げる形で窓が開かれ、その下に机を置いていた。

ニコラスは首が痛むのも気にしないで、山頂に立っている巨大な聖母マリア像を見つめていた。

首筋あたりまで伸びた真っ白な髪をオールバックにしている。皺に囲まれた目、鉤鼻《かぎばな》、上唇をすっかり覆っている白い髭、尖った顎、七十四歳という年齢に相応《ふさわ》しい皺が顔を縦横に走っており、首と手の甲の皮膚には染みが浮き出てたるんでいた。

開け放った窓からは冷たく、乾いた風が吹き込んでいる。

机の上には茶色い革表紙の古びた手帳、お守りの入った革袋、インク壺と壊れた万年筆、安いラム酒のカニュダスヤの瓶と汚れたグラスが置いてあった。手帳とお守り袋はいつも持ち歩いている。

手帳は小型辞書ほどで、お守り袋は鶏卵より少し大きかった。ケネスは子供の頃からお守り袋に何が入っているのか知りたがったが、ニコラスは決して教えようとも、触れさせようともしなかった。

その袋の中には、ニコラスが数十年間抱き続けてきた過去の栄光が詰まっている。

グラスを持ち上げ、琥珀色《こはくいろ》の液体を啜る。

わずかばかりの金が入った時には市街地のカンティーナへ行き、ラム・コークを飲むことがある。が、大抵は自分の家や近所の道路、公園でカニュダスヤをストレートで、ちびりちびりと飲んでいた。

大量に飲むことはなかったが、一日中、切れ目なくグラスを口許に運んでいた。息子のケネスは、アルコール依存症だと決めつけたが、ニコラスはそうは思わなかった。ただ、酒をやめる理由がなかっただけのことだ。

ニコラスは机の上に開いた手帳に視線を落とした。青いインクで数行書きつけてある。すでに三年越しで執筆している長編小説の下書きだった。グラスを置き、手帳を取り上げるとニコラスはページを繰った。

手帳に傷だらけでセピア色になった名刺ほどの大きさの写真が挟んである。ニコラスと弟のブルースが肩を組んでいた。

ニコラスはまったく表情を変えずに手帳を開き、写真を挟んであったページを見た。

ニコラス自身の筆跡でケネス宛の言葉が綴《つづ》られている。


ケンへ。

お前がこの手帳を開いている今、私はもうこの世にない。お前のことだから、きっとこの古い手帳を見つけてくれることだろうと思う。

ひどく衝撃的なことを、お前に告げなければならない。お前の死んだお母さん、つまり私の妻は、お前に告げる必要はないといっていた。本当は、私が生きている間に私の口からお前に語って聞かせたかったのだが――。

お母さんとよく話し合いをした結果、私が死んだ後にこうしてお前の目に触れるようにメッセージを残しておくことにしたのだ。

お前は私の本当の子供ではない。正確にいうなら、お前は私の弟の子供、甥《おい》になる。この手帳に挟んであった古い写真を見ただろうか？ 私と肩を組んでいるのがお前の本当の父親、ブルースだ。

ブルースは三十年前、お前がまだ赤ん坊の頃に死んだ。白血病だった。私がこうしてお前に告白しなければならないと思うようになったのも、ブルースというたった一人の肉親を、お前に知らせることもなく風化させてしまうのを恐れたからだ。ブルースはお前に真実を告げることを必ずしも望んではいなかった。だが、立派に成長した今のお前を見れば、私の告白も許してくれるだろう。

ブルースは私より十歳下だった。十五歳の時にエクアドルを出て、他国を流れ歩いた後にボリビアに行った。そこで軍人となった。空軍の戦闘機乗りだった。ブルースにはいろいろのことが同時に起きた。ブルースの妻、お前の本当の母親はお前を産んだ直後に亡くなったそうだ。そしてボリビアに軍事政権が誕生しかけた時、ブルースは再びエクアドルに戻ることを決意したんだ。すべてはお前のためだった。

ひとつだけ、ブルースを理解してやって欲しいことがある。軍人ではあったが、ボリビアの民主化革命運動に参加した功績を認められて、軍の中枢部入りをした男だ。軍事力の脅威を誰よりも理解し、ボリビアが軍事国家への道を進むことに反対していた。だから、お前のしている運動が、お前の父親が軍人であることと必ずしも矛盾しないことを、だ。

お前がまだ一歳になる前に、ブルースは発病した。白血病だった。目の前に死が迫っていたのだ。

ブルースは指揮下にあったジェット戦闘機を盗み出し、エクアドルへ、私のもとへと戻って来た。

どれだけ言葉を尽くせば、私の思いがお前に伝わるのだろう。私と妻を許して欲しい。長い間だまし続けて来たことを許して欲しい――。

本当にどれだけ伝わるだろうか、と思いながらニコラスは手帳を置き、再び写真を手に取った。

ニコラスとブルースの後ろには銀色のジェット戦闘機が写っている。

ブルースが亡命してきた日、取材の帰り道に迎えに行ったニコラスのトラックに積んであったカメラで撮影した。ブルースの墓には、ケネスを抱いたブルースの写真を一緒に埋めた。そしてブルースと並んでいる写真をニコラスが自分で持っていることにしたのだった。

グラスを取り上げ、酒をひとすすりした。唇を湿す程度の量でしかない。

写真を丁寧にはさみ、それから書きかけの長編小説のページを開いた。インク壺の中に万年筆を差し、ふた言、三言記入する。酒を一口。そしてまたひと言書く。

キング一族はイギリスから渡ってきた。植民地政策が進む中で、商才を武器に政治力をつけ、上層階級の一員となった。

転機はニコラスが十四歳の時に訪れる。

父親が結核で亡くなった。人の好い母親は、かつて父の仲間だった商人たちの口車に乗せられ、あっという間に資産を失った。母親と四歳になったばかりのブルースを養うことがニコラスの肩にかかってきた。

当時、一家は商業の中心地グアヤキルに住んでいた。ニコラスは港で荷を運ぶ人夫として働きはじめる。第二次世界大戦前は、南米に一大勢力を誇っていたナチスの経営する市場でこき使われたこともある。

大戦勃発と同時に二十歳になったニコラスはグアヤキルを捨て、キトに移る。これが第二の転機となった。二十一歳で最年少下院議員に当選し、一方で新聞社の創設に参加する。父親から受け継いだ先見性を政治家として発揮し、また辛口のコラムニストとして活躍する。

戦争が終わった後は、民主化運動に参加した。これが当時の軍事政権に睨まれる結果となり、三度にわたって投獄された。こうして政治家としての立場は喪失したものの、コラムニストとしての活動は、より激しくなっていった。

反政府的な風刺を軽妙なユーモアでくるんだ彼のコラムは、〈糖衣錠〉と呼ばれ、国民の間で人気を博した。

同じ頃、最初の長編小説を発表し、作家としても活躍するようになった。政府の激烈な弾圧下、彼の民主化への思想は、幻想小説という形で世に出されたのである。

彼はコラムと短編小説を猛烈に書きまくった。だが、彼の言葉は、テレビが国民の間に普及すると急速に影響力を失っていった。映像は、抽象的な言辞よりもはるかにインパクトが強い。彼は大衆の愚かさをののしり、次第に酒におぼれるようになった。

妻が彼を支え、そして二人にケネスを育てるという目的がなければ、ニコラスは自分がとっくに死んでいただろう、と思っている。

十年前に妻が癌《がん》で亡くなり、一年後、六十五歳の時に新聞社を退職した。今では退職金の残りとわずかな年金で生活をしているに過ぎない。三年前から一九二〇年代を舞台とした長編小説の執筆に取りかかったが、それは時間潰しであり、かつての情熱はない。妻をはじめ、友人のほとんどは天国にいってしまった。

今では、ニコラスは死ぬことを恐れていなかった。

ノッカーの音が響き、ニコラスは夢想から引き戻された。返事をしながら立ち上がる。足下がふらついたが、酔っているためなのか、身体が弱っているせいか、判断がつきかねていた。

玄関の扉を開ける。ケネスが立っていた。ニコラスは扉を開けていった。

「どうしたんだ、今頃？　まあ、とにかく中に入りなさい」

「いや」ケネスは首を振った。「これからグアヤキルに行くところなんだ。取材でね。ちょっと顔が見たくなったから」

「そうか」ニコラスは無理に微笑んで見せた。

ケネスはしばらくニコラスの顔を見つめていたが、やがて押し出すようにいった。「父さん、僕たちと一緒に暮らそうよ。ファニータも子供たちも父さんと一緒に住みたいといっているんだ。もう少し大きなアパートを借りる予定もあるし――」

「いいんだ、ケン」ニコラスは首を振った。「私はここで婆さんの思い出と生活しているのが一番幸せなんだよ。お前の気持ちは嬉しいがね」

「じゃ、父さん」ケネスはニコラスの返事を予想していたようだった。「僕がグアヤキルに出張している間だけ、僕のアパートに来てくれるね。それだけなら構わないでしょう？」

「そりゃ、そのくらいなら――」

「良かった」ケネスが微笑んだ。「後でファニータが迎えに来ることになっているんだ」

ケネスはそれだけいうと玄関を離れた。父親が頑迷に、この臭くて古い家にこだわることはわかっていた。そこで数日と期限を切れば、自分の家に呼ぶことも不可能ではないと考えたのだ。少しずつ新しい生活に慣らしていって、いつかは一緒に暮らす。

ニコラスとともに暮らせる時間が、それほど長くないとケネスは思っていた。

手を振りながら遠ざかっていくケネスを、玄関先で見送りながらニコラスは三十年前の光景があざやかに蘇《よみがえ》るのを感じた。

銀色の戦闘機の操縦席で、ブルースが赤ん坊を抱いたまま座り込んでいる。疲れ切った顔をした弟と、ケネスの顔は驚くほどよく似ていた。

ニコラスは小さくなっていくケネスの後ろ姿をいつまでも見つめていた。

グアヤキル港には冷たい風が吹いていた。赤道直下、低地だったが、寒流であるフンボルト海流の影響による。

錆の浮いた船体がコンクリート製の桟橋に横付けされている。舷側から伸びているラッタルからは大きな荷物を抱えた男女が次々に降りてきた。コロンビアからの船便だった。

喪服に身を包んだ十人ほどの集団が貨物船の舷側を見上げている。クレーンが大きく、立派な棺桶《かんおけ》を下ろしているところだった。白髪まじりの太った婦人が喪服を着け、ケープで顔を半分覆っていた。ハンカチで何度も顔を拭き、大きな音をたてて鼻をかむ。よく似た顔つきの女性がそばによりそい、絶えず言葉をかけていた。

葬儀屋は黒のモーニングを着ていた。彼はクレーンで下ろされる棺桶を待つ集団の後ろに黒のリムジーンを停めた。車体を延長し、ステーションワゴンのようなテールゲートがついている。

葬儀屋はエンジンを切ってキーをポケットに落とすとルームミラーを覗き込んだ。乾いた表情に乏しい顔が見つめている。溜め息。彼はわずかに首を振りながら上着のポケットに手を入れると目薬を取り出した。顔を仰向《あおむ》かせ、両目に大量の薬液をたらす。

二分待った。

目薬が吸収され、鼻の奥がむず痒くなる。目薬をポケットに落とすとハンカチを取り出した。鼻の下をそっと押さえる。涙を見せるより、鼻水の方が演出としては上等だと思っていた。

ドアを開き、中央に立っている未亡人の後ろに立った。死んだのは彼女の夫で、商人だと聞いていた。コロンビアで客死したのだ。

「奥様」葬儀屋はそっと声をかけた。

肩を抱かれていた太った中年女が振り向く。目は赤く、薄い膜がかかっているようで唇が濡れていた。葬儀屋は手に持ったハンカチで鼻をおさえ、上唇にかかった鼻水――実際は目薬――を拭った。

「心よりご同情申し上げます」葬儀屋がおごそかにいう。

「お世話になります」未亡人はそれだけいうのがやっとでしゃくりあげ、言葉が途切れてしまった。

葬儀屋はうなずき、未亡人の肩を二度ほど叩いた。

棺桶が下ろされると葬儀屋は急に活き活きとしはじめ、近くにいる男たちを指揮してリムジーンの後部スペースに入れた。リムジーンには未亡人と彼女の妹夫婦、それに亡くなった男の弟が乗り込んだ。葬儀屋は運転席に戻るとエンジンをかけ、車をゆっくりと発進させた。クラクションを一度、長めに鳴らす。弔意を表すためだった。

三十分ほど走り、リムジーンは葬儀屋の社屋に入った。遺族たちを社屋の二階に上げ、しばしお待ちいただくようにという。次いで四人の部下たちがリムジーンから棺桶を下ろし、一階にある作業所に運んだ。

葬儀屋自ら故人に死に化粧を施すのだ。

棺桶の蓋が取りのぞかれる。葬儀屋は厳粛な顔つきのまま、棺桶の中を子細に観察した。真っ青な顔をした初老の、痩せた男の死体が横たわっている。目元と唇の端が黒っぽい紫色になっている。死体を取り巻くようにドライアイスが入っていた。

葬儀屋が合図をすると、天井に取り付けた滑車から伸びる四本の鎖が下がってくる。鎖の先端には鋭く尖った鉤型のアームがついていた。

棺桶は二重構造になっていた。

葬儀屋は慎重な動作で棺桶の内側についているハンドルにアームを引っかけると再び合図をした。鎖が巻き取られ、棺桶の内箱が持ち上がる。棺桶の底には、ヘッケラー・ウント・コッホのサブマシンガンＭＰ５Ａが八挺、九ミリ口径の自動拳銃一挺、それにエクアドル陸軍が使用している迷彩戦闘服が丁寧に折り畳まれて入っていた。

作業所のドアが開き、スーツ姿に似合わない髭面の男が入ってくる。葬儀屋はちらりと男を見たが、何もいわずに棺桶の中身を一つひとつ取り出していった。

「装備はこれで全部か？」スーツ姿の男――ロドリゲスが訊いた。

「裏にトラックが一台、ジープが一台停めてあります」葬儀屋はつぶやくように答えた。

「もちろん、エクアドル陸軍が使用している車と同じ塗装を施してね」

「ご苦労」

「何、これが商売ですから」

目薬を使わないだけ、こっちの仕事の方が良心的ですがね――葬儀屋はまったく表情を変えずに腹の底でささやいた。

間もなく戦闘機を積んだロシアの貨物船が入港することになっている。ロドリゲスは部下を集め、すぐに用意をするように命じた。

3

グアヤキル港。

バーンズは目を細めて貨物船を見ていた。隣では額に手をあててひさしのようにしたリンダと腕組みをしたホイットマンが立っている。バーンズはセーターにジーンズ、リンダはTシャツの上に薄いジャンパーを羽織り、グレーのスラックスを穿いている。ホイットマンはフィッシャーマンズ・カーディガン、紺色のズボンだった。

貨物船の船尾にはロシアの国旗が立てられている。舷側から伸びた舷梯《げんてい》をブルーのポロシャツ姿のクルビコフが降りてくる。一週間に及ぶ船旅の疲れも見せず、軽快な足取りだった。クルビコフはバーンズより年上である。快活な笑みを浮かべて近づいてくるクルビコフを見ながら、バーンズはかすかな羨望を感じた。

「お出迎えとは恐縮至極ですな、ミスタ・バーンズ」

「長旅、ご苦労様でした」

二人は握手を交わした。クルビコフがリンダとホイットマンを見る。バーンズが振り返って紹介した。

「ネオ・ゼロの機付長、リンダ・ホイットマン軍曹。それに祖父のミスタ・ホイットマンです」バーンズは二人に目をやって言葉を継いだ。「こちらがハバナ駐在のロシア商務官で、ミスタ・クルビコフ」

クルビコフはホイットマン、リンダの順で握手をしていった。リンダがにっこりと微笑む。

「米軍では女性の進出が顕著とお聞きしているが、最新鋭機のプレーン・ディレクターが女性とは驚きですな」クルビコフは思ったままを口にした。

「実際に私が、私の小さな奴を調整しているところをご覧になれば、もっと驚かれると思いますよ、ミスタ・クルビコフ」リンダが言い返す。

「これは、これは――」

クルビコフは唇を歪め、歯を剝き出しにした。それが笑顔であることに気づくまでリンダには多少時間が必要だった。

クルビコフの表情が引き締まる。バーンズを見ていった。

「それで例のパイロットの消息は？」

「まだ、はっきりとわかってはいない。メキシコで一度連絡がついただけだが、その後、ニカラグアではコンタクトマンの飛行機を受け取っている。多分、最終目的地に到着していると思うが――」

「最終目的地？　我々がお預かりしている戦闘機を運びこむ場所ですか？」

「古い軍用基地です」バーンズがうなずいた。「今では使用されていませんが、ネオ・ゼロを運び込んで最終的な調整を行う格納庫もあります。ここから車で二十時間ほど行ったところです」

「二十時間、往復で四十時間ですか」クルビコフの表情が曇った。

「どうかしましたか？」

「我々がエクアドルに滞在できるのは、最大七十二時間ですからね。早速、ネオ・ゼロを運ばなければなりませんな」クルビコフは尖った顎を手でこすった。「我々の機を運搬するのにエクアドル陸軍と空軍の手を借りることになっているのですが、ネオ・ゼロだけはそうもいかないでしょう。大型トラックを一台、船に積んできました。それで運ぶ予定です」

「お手間をかけますな」バーンズが応えた。

「大したことじゃありません。我々の船にはネオ・ゼロ以外に戦闘機が四機積み込まれています。売買用のデモンストレーションに使用するのは、その内二機でね、残りはネオ・ゼロがなくなった後の辻褄《つじつま》合わせ用です。別の船で展示飛行に必要な人員と機材を運ばせるように手配しました」

「できるだけ人目にさらしたくはないですからな」バーンズが同意する。「それにしても厳重な警護態勢をしいていますね」

「規則ですから」クルビコフはにこりともしないで応じた。

貨物船の周囲には、焦げ茶色の制服に身を固め、ＡＫ47突撃銃を下げた数十人の兵士たちが歩いていた。貨物船のクレーンは一機目の戦闘機を下ろしている真っ最中だった。

「あれが？」バーンズが訊く。

「そう。最初に下ろしているのがお預かりした戦闘機ですよ」クルビコフが眉をひそめる。「ところで、ハバナでお会いしたもう一人の、ミスタ——」

「エイギラー」バーンズが後を引き取った。「彼はグアヤキルまで一緒に来ましたが、その後は単独行動をとっています。我々をエクアドルから脱出させるルートを手配するためにね」

「では、後は例のパイロットを待つだけですね」クルビコフがうなずいた。

「それとも一人」バーンズは眉をくもらせ、腕時計にちらりと目をやった。「エクアドルのコンタクトマンからまだ連絡がありません。ここで落ち合うことになっているんですがね」

「誰ですか？」

「ここでは新聞記者をしているそうです。彼の方から我々に接近することになっているのですが——」

　自動小銃の発射音が響きわたり、バーンズの言葉が途切れた。

　一九〇センチ近い身長、一二〇キロを超える体重、太い眉に氷のように冷たい瞳、大きく張り出した顎をした焦げ茶色の制服姿は、見る者に威圧感を与えた。肩からは革の負い帯でＡＫ47突撃銃を吊っている。腰のあたりで水平に構えた銃を右手で持ち、左右に視線を飛ばしていた。

　空軍陸戦部隊の上等兵、イワン・ロッシは巨軀に似合わぬ小心者だった。彼の身長が伸びはじめたのは中等学校を卒業したあたりからで、それまでは小柄でクラスメートに苛められては泣いて帰宅することが多かった。

背が伸びはじめても、彼の心根は大きく変化しなかった。学校の成績も芳しくなかった彼が軍隊に入ったのは、半分は他の選択肢がなかったからで残りの半分は勇敢な兵士となって故郷にいる連中に一目おかせたかったからだった。

本当はパイロットになりたかった。だが、身体が大きいだけで他に取り柄のないロッシはあっさりと不合格になった。次に彼が選んだのが空軍陸戦部隊だった。

軍の上層部は、彼の体格に注目した。陸戦部隊とはいうものの、彼が配属された部隊は実戦らしい実戦を行うでもなく、どちらかといえば海外でデモンストレーションを行う航空機の周辺に配置されるアクセサリーのような存在だった。今回の任務では、キューバのメーデーに行われるパレードを行進し、六月にはロシア軍の撤退セレモニーで儀《ぎ》仗兵《じょうへい》のような役目を果たした。

エクアドルに来たのも、デモンストレーションの付属品としてである。

ただ、最近になってロッシは自分の体格と制服、それに自動小銃という組み合わせが大抵の人に圧力をかけることを発見した。二十三年にわたる彼の生涯ではじめての経験である。コツは簡単だった。相手より先に短い言葉で誰何《すいか》し、銃を向ければいいだけのことである。もちろんロッシの自動小銃にはバナナ型弾倉に三十発の実包がこめられている。

もっとも銃の安全装置を外したのは、射撃訓練の時だけだったが。

桟橋に下ろされた戦闘機——機体全部を覆っているシートのためにロッシには形状がわからなかった——のそばを通りかかった時、エクアドル兵が主脚あたりにかがみこんでいるのが見えた。

ロッシはエクアドル兵の足下に四角い金属製の箱が置いてあるのに気がついた。ロッシはエクアドル兵に近づき、声をかけた。

「その箱は何だ？」

最近気づいたコツに従い、短く、太い声で訊く。ロッシは眉を寄せた。髭面のエクアドル兵の足下に置いてある箱には〈C４／爆薬〉と記されている。

エクアドル兵は、まるでロッシの言葉に気づかないように戦闘機の胴体下部をのぞきこんでいる。ロッシは頬に血がのぼるのを感じた。

「おい、その箱は何だと訊いているんだ。何とかいったら、どうなんだ？」

ロッシは自分がロシア語で話しかけているのに気がついた。相手が言葉を理解しなかったのかも知れない。あらためて問いかける。

「ヘイ、セニョール」

エクアドル兵がゆっくりと振り向く。ロッシはやはり言葉が通じていなかったのかと思い、少し安心した。

髭面のエクアドル兵が胸元でサブマシンガンを構えている。銃把を右手で握り、引き金に指がかかっていた。

「おい、危ないじゃないか」ロッシは震える声でいった。

エクアドル兵の構えたサブマシンガンが銃火をひらめかせ、ロッシは胸にバレーボールをぶつけられたような気がした。両足を投げ出すような恰好で後ろへ吹っ飛ばされる。戦闘機の胴体付近にいた数人のエクアドル兵が一斉にサブマシンガンを乱射し、ロシア空軍陸戦部隊の兵士たちをなぎ倒した。

ロシア語の号令が交錯する。ロッシは血液とともに自分の気力が体外に流出していくのを感じた。

首を上げようとした。果たせなかった。後頭部をコンクリートに打ちつける。気が遠くなり、視界が閉ざされた。

銃声を聞くと同時にクルビコフは走りだしていた。バーンズはリンダとホイットマンに船から離れるようにいい、クルビコフの後を追った。

ロシア軍兵士たちが次々に倒れていく。

「応戦しろ、応戦しろ」

クルビコフが怒鳴るが、兵士たちの怒号や悲鳴にかき消され、ネオ・ゼロの周辺にいる兵士たちまでは届かない。数人の兵士たちは両手でヘルメットを抱え、ネオ・ゼロから離れて走っていた。

クルビコフは倒れている兵士の自動小銃をすくい上げ、ボルトを引いて第一弾を装塡するとコンクリートの上にしゃがみこんだ。銃を向ける。迷彩服を着た数人のエクアドル兵たちがネオ・ゼロから離れ、トラックに向かって走りだす。

バーンズも倒れた兵士の銃をとって、クルビコフと並んだ。

「一体、何者なんだ？」バーンズが訊ねる。

「わからない。ひょっとするとメキシコで例のパイロットを襲った連中と同じグループじゃないのか？」クルビコフは応えながら、逃げていくエクアドル兵に向かって一連射をくわえた。

バーンズも自動小銃を水平に構え、引き金を絞り落とす。エクアドル兵が乗り込もうとしたトラックのボンネットに火花が散る。

トラックのそばに張りついていたエクアドル兵の一人がバーンズとクルビコフに気がつき、サブマシンガンを振り向けると間髪を入れずに長い掃射を送ってきた。

バーンズとクルビコフは同時に伏せた。

目の前のコンクリートに銃弾がはじけ、頭上を飛び越えていく。バーンズが耳元に小銃弾の衝撃波を聞くのは初めてだった。恐る恐る顔を上げると、髭面の男がトラック後部から荷台に飛び乗るのが見えた。クルビコフが銃を突き出すように構え、再び一連射する。金色の薬莢が飛び、青白い硝煙が広がる。バーンズも銃を取り直してトラック目掛けて撃つ。運転席のガラス窓が白く濁り、次の瞬間に砕け散った。

運転席からサブマシンガンを握った手が突き出され、銃火が閃く。

バーンズとクルビコフは再び頭を下げた。

次の瞬間、轟音とともにネオ・ゼロが紅蓮《ぐれん》の炎に突き上げられた。機首を高く上げ、やがて崩れるように地面に叩きつけられる。

熱波がバーンズの頬を引っぱたいた。

ケネス・キングがグアヤキルに到着して支局で借りた車は、メキシコ製のくすんだグリーンのワーゲン・ビートルだった。すでに十九年間走り続けている車で、あと二〇〇〇キロで月に到達する。なかなかエンジンがかかりにくい上に一日に二度や三度はエンストする。右のライトは壊れていて点かなかった。

ロシアの貨物船から二〇〇メートルほど離れた場所で、キングは車を停め、屋根の上に両肘をついて一眼レフカメラを構えていた。焦点距離三〇〇ミリの望遠レンズをつけてある。ファインダーの中にクレーンに吊り下げられた戦闘機や周辺を警戒しているロシア兵を捉え、シャッターを切る。フィルムはコダックの高感度モノクロームを使用していた。

カメラを下げ、肉眼でコンタクトすべき相手を探す。

すでに三十分以上、こうして相手を探しているのだが、それらしき人物はどこにも見当たらなかった。ロシアの貨物船を取り巻くようにロシア兵、エクアドル兵、エクアドルの警察官、港湾労働者、見物人が行き交っている。

もう一度脳裏にコンタクトする相手の特徴を思い浮かべる。相手を見間違うことはありそうもなかった。

再びカメラを取り上げ、コンクリートの桟橋に下ろされた戦闘機にピントを合わせた。白っぽいシートにすっぽりと覆われ、外側からでは垂直尾翼の位置がおぼろげにわかるに過ぎない。機体の形状は想像もつかなかった。

ピントを調整するリングを左手の親指と人差し指で回す。滲んでいた映像が収束し、ファインダーの上で、戦闘機の姿がはっきりと像を結ぶ。シャッタースピードは二百五十分の一秒、絞りは十一。露出は問題なかった。

キングは舌打ちした。

レンズが長すぎて、戦闘機の姿がファインダーからすっかりはみだしてしまうのだ。シートを被せられているために、キングの写真は何を撮影したのか、わからなくなってしまうだろう。怒り狂い、手ひどく罵る社会部長の顔が脳裏をかすめる。

一〇五ミリのレンズと交換しようか、そう思った時だった。

サブマシンガンを発射する乾いた音が響いた。キングは咄嗟《とっさ》にカメラを構え、ピントを合わせた。エクアドル陸軍の制服を着た男たちが数人、腰だめにした小さなサブマシンガンを乱射している。

ロシア兵が数人弾き飛ばされ、桟橋に叩きつけられる。

次いで大気が震え、桟橋の上で爆発が起こった。シートに包まれた戦闘機が吹っ飛ばされ、さらに周辺にいた数人のロシア兵が巻き添えを食っていた。必死にピントを合わせ、フィルムを巻き上げるのももどかしくシャッターを切る。

ふいにファインダーの中を横切る人間がいた。自然とピントを合わせる。白人と黒人だった。キングの視線は大柄な黒人に引きつけられる。長袖、左手の手袋——コンタクトすべき相手の特徴と符合する。

キングは罵りながら、三〇〇ミリのレンズを一〇五ミリと交換し、さらに十枚ほど爆発シーンを撮影するとカメラを助手席に放り出し、運転席に座った。

イグニッションキーを差し込んでひねる。弱々しいセルスターターの回転音。沈黙。何度もアクセルを踏み込み、再びイグニッションキーをひねった。

セルスターターの回転音が虚しく響くばかりだった。

両手をハンドルに叩きつけ、短い祈りの文句を唱える。今度エンジン始動に失敗すればば弱っているバッテリーではセルスターターを回すこともできなくなる恐れがあった。

天を仰いで息を吐き、キングは再びキーをひねった。


バーンズは弾倉が空になった自動小銃を放り投げた。ロシア兵たちは数人のエクアドル兵に制圧され、撃ち返す銃声すら聞こえない。

エクアドル兵が二人、サブマシンガンを両手で持ち、にやにやしながら近づいてくる。クルビコフも弾丸を撃ち尽くした銃を放り出した。バーンズの視線は接近してくる二人の男に釘付けになる。

「万事休すです、な」クルビコフがつぶやいた。

「まったく」バーンズが応える。

バーンズとクルビコフはコンクリートの上に寝そべったまま、顔だけを上げて男たちを睨んでいた。銃声の名残がこだまする耳にも、男たちの乾いた砂を踏むような足音がはっきりと聞こえる。

その時、倉庫の陰からダークグリーンのメルセデスが飛び出してきた。左側の窓、運転席からサブマシンガンを持った左手が突き出され、エクアドル兵が乗っているトラックに向かって銃弾が発射される。

バーンズに近寄ろうとした二人の兵士が応戦の構えを見せたが、一瞬早くメルセデスは二人をバンパーで引っかけ、桟橋に叩きつける。トラックからサブマシンガンが発射されて、メルセデスのフロントウィンドウが粉々になった。フロントグリルにも銃弾が撃ちこまれ、丸いエンブレムが宙を舞う。右のタイヤを撃ち抜かれたメルセデスは擱坐《かくざ》、ブレーキをきしませて停まった。

トラックがエンジンを響かせ、発進する。メルセデスには目もくれず、倒れた二人の兵士のそばまで来ると中から手榴弾が放り出された。メルセデスにはねられ、動きのとれなくなった兵士の一人が顔を上げ、叫ぶ。

手榴弾が炸裂し、男たちの身体がばらばらになって吹っ飛んだ。トラックはそのままスピードを上げ、走り去っていく。バーンズは立ち上がり、自分たちの窮地を救ってくれたメルセデスに走り寄った。

コンタクトマンに違いないと思ったバーンズだったが、運転席のドアを開くとシートベルトに結ばれたまま、かすかに呼吸をしていたのは見覚えのある東洋人だった。

「チャン」バーンズが名前を呼ぶ。

チャンは薄く目を開けて、バーンズを見た。顔色は紙のように白っぽく、胸には数発の弾痕がある。呼吸するたびに傷口から鮮血がほとばしる。肺を撃ち抜かれていた。

「ジークに――」チャンがいいかける。唇から血があふれる。

「喋るな」バーンズはチャンの上に屈《かが》み込むとシートベルトを外した。「すぐに救急車を呼んでやる」

「ジークに渡して欲しい」チャンはバーンズの言葉に構わずにいった。

「何を、だ？」

「後ろ、座席――」チャンは顔をしかめ、目を固く閉じた。

バーンズが顔を上げる。白のボストンバッグが一つ、後部座席に置いてある。チャンの血を浴びていた。

「後ろの座席にあるバッグをジークに渡せばいいんだな？」バーンズがいった。

チャンがうなずき、震える右手をワイシャツの胸ポケットに伸ばそうとした。バーンズの目がいく。煙草が入っている。不思議と銃弾は受けていなかった。

「煙草か？」バーンズが訊く。

チャンが再びうなずいた。バーンズは煙草を取り出してやり、チャンの唇に一本はさむと背広のポケットを探ってライターを取り出した。

やすりを擦って火を点けようとしたバーンズの手が凍りつく。

チャンの虚ろな瞳はすでに何も見ていない。チャンは唇をめくりあげ、にやりと笑って見せるとつぶやいた。

「張麒麟《ジョンケイロン》、俺の名だ。チャンは北京語《マンダリン》でね」

チャンはそれきり動かなくなった。唇に挟んだ煙草が落ちる。バーンズは右手をチャンの目にあて、そっとまぶたを閉じさせた。

バーンズが振り向くとクルビコフが立っていた。

「知り合いか？」クルビコフが訊いた。

「ジークの相棒だった」バーンズが答える。

リンダとホイットマンが駆け寄ってくる。リンダはメルセデスの運転席を見た途端に喉を鳴らし、ホイットマンの胸に顔を埋《うず》めた。

その時、一台の車――グリーンのワーゲン・ビートルが停まり、キングが降り立った。バーンズとクルビコフの顔に緊張が走る。

「ラ・ホーラの記者、ケネス・キングです」キングは怒鳴った。

「すると、君が？」

バーンズが訊き、キングがうなずいた。サイレンの音が近づき、貨物船からは焦げ茶色の制服に身を固めた空軍陸戦部隊員たちが降りてくる。

「ひとまずここを立ち去るべきだな」クルビコフがいう。

「早く、私の車へ」キングが促した。

「しかし――」バーンズは再びチャンの死体に目をやった。

「彼は我々の一員ということで処理しよう。それより早く」クルビコフがバーンズの背中にいった。

バーンズはうなずき、メルセデスの後部座席にあったボストンバッグを取り上げるとキングの車に乗り込んだ。リンダとホイットマンも続く。

キングは運転席に滑りこむとアクセルを踏み、クラッチをつないだ。クルビコフはワーゲンが小さくなり、港から出ていくのを見届けると周辺にいる兵士たちを集めた。

グアヤキル港には、潮の香りに混じって強烈な爆薬と血の臭いが漂っていた。


ペルー。

陸軍特殊部隊司令リベラ大佐は、午後の勤務について間もなく大統領フジタの呼び出しを受けた。すぐにオフィスを出た。陸軍省から大統領官邸までは徒歩で七、八分ある。専用の自動車があったが、あえて歩いていく方を選んだ。

リベラは道路を見つめ、物思いに沈んだ。フジタが呼び出しをかけてきた理由はわかっていた。エクアドルに派遣した特別作戦チームの帰還について、報告を求められるに違いなかった。

特別作戦チームはグアヤキルでロシア貨物船襲撃に成功した。当初予定されていた戦闘機を破壊したのだ。報告をしてきたのは隊長のロドリゲスではなく、副長の准尉だった。リベラは直ちに帰還するよう命じたが、准尉は作戦は続行中です、とにべもなくいった。

リベラは激昂《げっこう》した。ロドリゲスから報告させるように、と。だが、言葉の途中で電話は切れた。それ以来、何の連絡もなかった。

大統領官邸に到着すると正門を警護している兵士の敬礼に、ぞんざいに答礼しながらリベラは邸内に入った。執務室は二階にある。半ば駆け上がるように階段を登った。絨毯《じゅうたん》を踏みしめ、ドアの前に立つと呼吸を整え、二度ノックした。

すぐに返事がある。リベラはノブを回して執務室に入った。フジタは応接セットの方におり、向かいには日本商社から来た古河とコカイン基地で戦闘機を率いるスメルジャコフが座っている。

「失礼します」リベラはフジタの前に出た。

「かけたまえ」フジタは古河の隣をあごで指していった。

リベラは無言で腰を下ろした。古河が先に執務室に現れていることに不快感を示したつもりだったが、古河はまるで気づいた様子はなかった。

スメルジャコフは茫洋とした目をして、腰を下ろしている。

「君のところの特別作戦チームはまだエクアドルにいるんだね?」フジタが訊いた。

「申し訳ありません」リベラはすぐにいった。

「なぜ、詫びる必要があるんだね?」

「所期の目的を達しましたので、これ以上の危険を冒すことなく帰還させようとしたのですが、うまく連絡がついておりません。現在、懸命に地元との連絡を――」

リベラの言葉が終わらぬうちにフジタが笑い声をあげた。古河もにやにやしている。

リベラは困惑し、頬を赤らめて下を向いた。

「すまないね、大佐」フジタは明るい声でいった。「いいんだ。君は彼らの連絡を待つだけでいいんだ」

「どういう意味です？」リベラが気色ばむ。

「放っておけとおっしゃられているんですよ、司令」古河が口を挟んだ。

リベラは鋭い視線で古河を見た。

「まあまあ、落ちつきたまえ、大佐」フジタが言葉を挟む。「ミスタ・コガの話をちょっと聞いて欲しい」

リベラは肩の力を抜き、大きく息を吐いたが、視線は床に落としたままで眉間には深いしわを刻んでいた。

「司令のチームが目的の戦闘機を破壊したことは十分に承知しています。何しろテレビのニュース番組で派手に報道していましたからな」古河が快活にいった。「ところが、例の戦闘機を破壊しただけでは収まらない事態になるかも知れないのです」

リベラが顔を上げた。古河はにこやかに続けた。

「わが社のコロンビア駐在員を通じて調査したところによれば、例の戦闘機を操縦するはずだったパイロットの乗ったビジネスジェットがコロンビア空軍機によって撃墜されました」古河は上唇をちらりとなめる。「ところが、そのビジネスジェットを発見することはできたものの、肝心のパイロットの死体は見つからなかったのです。奴は生きています」

「しかし、問題の戦闘機を破壊した以上、彼らの作戦を挫《くじ》いたはずです」リベラは半ば吼えるようにいった。

「半分はね」古河があっさりという。「だが、問題のパイロットが生きており、エクアドルに、あるいはペルーに潜入する可能性のある限り、彼らは作戦を続行していると考えています。大統領も、私もね」

「パイロットを暗殺すればいいじゃないか。それは我々の仕事ではなかったはずだ」

「それも考えてはいますが、何しろ所在がわからない。もっともすでに死亡しているのかも知れないがね」古河は身を乗り出した。「とにかく確実に連中の作戦を不可能にするために、君の特別作戦チームに続けて動いてもらうことにしたんだ。もちろん大統領の許可はいただいているがね。わが社のエクアドル駐在員を通じてロドリゲス中尉にある男を暗殺してもらうことにした」

「そんな、勝手な」リベラが狼狽する。初めて耳にする内容だった。「一体、誰を殺すっていうんだ？」

「フランクリン・バーンズ。アメリカ空軍の元少将で、今回の作戦の実行者です」古河は元のおだやかな表情に戻っていた。

「命令系統を無視して――」リベラがいいかけた。

「いい加減にしろ、大佐」フジタが鋭くいった。「これは戦争なのだ。ミスタ・コガは命令系統を無視したわけではない。私が直接命令を下したのだ。君は忠実に職務を全うしている。そのことは認めよう。しかし、海外に出た自分の部隊を統率しきれなかったのも事実ではないのかね？」

リベラは言葉に詰まった。フジタの瞳が強い光を放っている。これは戦争なのだ、という言葉がリベラの頭の中で繰り返し響いた。

フジタはこの国の経済を建て直し、反政府勢力を一掃するために憲法を改正し、議会を解散、その上軍隊を使って数々の強攻策を実施してきた。アメリカはフジタの政策に態度を硬化させ、支援を打ち切り、世界中に向かって独裁者フジタのイメージを喧伝《けんでん》した。

フジタは世界各国で巻き起こった非難の声を無視し、対テロ法律を強化、またテロリストに対して厳罰を下せなかった裁判官や検事、数百人を罷免した。激化するテロには陸軍の武力を投入して対抗し、ゲリラ支配地域にも兵士たちを引き連れて足を踏み入れた。

だが、国民は風前の灯火《ともしび》となっていたこの国を立ち直らせるためにはフジタが実施してきた強攻策が不可欠であったことを認め、支持している。

フジタが本当に破壊しようとしているのは、スペイン系を中心とする白人階級が富を独占している社会システムであることに国民が気づきはじめたからだった。

そのシステムこそ、欧米を中心とする先進諸国が円滑なビジネスを行う上で必要としているものだった。

「手を汚さなければ、洗濯などできないのだ。国家元首が必要とあれば、どれほど品のない行為を行うものか、世界中に見せてやろうじゃないか」フジタは静かにいった。「ロドリゲスを支援するように。君はすぐにオフィスに戻りなさい」

リベラは口を開きかけたが、あきらめて立ち上がった。うらめしげにスメルジャコフと古河をちらりと見た。最後にフジタに目をやった。誰もリベラを見ようとしない。リベラはうなだれて大統領執務室を出ていった。

「さて——」古河はスメルジャコフに向かっていった。「これで邪魔者は退治されることになりましたが」

「一つだけ訊いておきたい」スメルジャコフが立ち上がりながらいった。「われわれを攻撃してくる予定だったのは、ＣＩＡの人間か？」

「それなんですがね、どうも日本人なんですよ」古河が釈然としない顔つきで答えた。

「日本人?」スメルジャコフの視線が鋭くなる。

「そう。資料によれば、元航空自衛隊のパイロットで、那須野とかいう男です」

「ナスノ」スメルジャコフはつぶやくようにいった。

「大したことはないでしょう。何しろ、わが国の自衛隊は軍隊とはいえ、実戦経験もありません。四十年の長きにわたって、ただひたすら訓練ばかりを――」

何気なくスメルジャコフを見上げた古河が絶句する。

凄まじい殺気がスメルジャコフの巨軀から横溢《おういつ》していた。古河は気押され、ただ唇を動かしていた。

4

エクアドル、キト市。

ニコラス・キングは三十分以上も前から空になったグラスをもてあそんでいた。ケネスの妻ファニータがちらちらと視線を送っているのを感じてはいたが、決して自分の方から酒を要求しようとはしなかった。

一室だけのアパートにケネス、ファニータ、二人の子供が住んでいた。入口に近いテーブルに向かって腰を下ろし、ニコラスはちびりちびりとラムをなめていた。午前二時。部屋の一番奥まったところ、窓辺に置いたベッドの中で二人の子供はすっかり眠りこけていた。

ニコラスは物音に顔を上げた。ファニータが立っている。ラムの瓶を持っていた。ニコラスは弱々しい笑みを浮かべ、グラスを差し出した。ファニータが瓶を傾ける。グラスを半分満たしてもらったところで、ニコラスは手を挙げて制した。

ファニータが微笑んだ。ニコラスも笑みを返し、グラスに口をつけると唇を湿す程度の量をすすった。

台所に戻るファニータの背中を見ながら、ニコラスは彼女の笑みが哀しげではあるが、慈愛に満ちていると思った。胸に鈍い痛みを感じる。かつて、ケネスがファニータと結婚すると言いだした時、ニコラスは反対した。キング一族の英国系の血、その純潔さに価値があると思っていたのだ。

ファニータはメスチーソだった。

だが、今になってケネスが彼女と結婚した理由を理解することができた。台所にじっと立ち、小さな窓からいつ帰ってくるとも知れない夫を待っているファニータ、粗末な黒い服を着ていても高貴な光が匂いたつようなファニータ——疲れ切り、頼るすべもなくなった時、ただ黙ってファニータが酒を注いでくれ、そして微笑んでくれれば傷は癒され、温かい眠りの中に沈んでいくことができるだろう。

ニコラスは熱っぽい脳髄が渦巻いているのを感じた。

気配。

ファニータが身体を硬くするのとドアに鍵が差し込まれる金属音が響いたのが同時だった。ファニータがドアに近づく。ニコラスはグラスを持った手を宙に止めた。

ドアが開き、ケネス・キングが入って来た。その後に大柄な黒人、白人の老人と女が続いて入ってきた。ファニータは口も開かず、じっとキングを見つめた。

「ただいま、遅くなった」キングはそういうと妻に近寄り、キスを交わした。

それから三人の客を確かめるとドアを閉め、鍵をかけた。ニコラスが座っているテーブルを示して座るようにいった。大柄な黒人が座った時には、椅子がきしんだ。

「父さん、心配かけたね」キングはそういうとニコラスの肩を抱き、二、三度叩いた。顔を上げていう。「紹介するよ、こちらがアメリカ合衆国空軍退役少将のミスタ・フランクリン・バーンズ、合衆国空軍のリンダ・ホイットマン軍曹、それにリンダのお祖父さんでミスタ・リチャード・ホイットマン」

キングは父親を手で示し、三人に紹介した。

「はじめまして、夜分、突然にお邪魔して申し訳なく思っております」バーンズがていねいにいった。

だが、英語のわからないニコラスは目をしばたたくばかりで、キングが通訳するとようやくにっこり微笑み、バーンズに向かってうなずくことができた。ニコラスはキングを見上げていった。

「大変だったな、ケン。ニュースで見たよ」

「テレビが？」キングは顔をしかめた。「じゃ、僕たちが港から出た後に取材班が来たんだろうな」

「怪我はないのか？」

「大丈夫」

キングは空いている椅子を引き寄せ、腰を下ろした。肘をテーブルにつき、両手で顔を強くこする。脂の浮いた顔には疲労が色濃く残っていた。

「疲れているようだな」ニコラスがいった。

「ああ、グアヤキルからここまでノン・ストップで車を飛ばしてきたからね」キングはファニータを振り返っていった。「グラスをくれないか。四つだ」

ファニータはすぐにグラスを四つ並べた盆とラムの瓶を用意してキングに差し出した。キングはバーンズ、リンダ、ホイットマンの前にグラスを置き、ラムを満たしていく。

自分のグラスには最後に酒を注いだ。

「では。とりあえず一息つきましょう」キングはそういい、グラスの中身を一気に干した。

バーンズとホイットマンはグラスに半分ほどを飲んだが、リンダは申し訳程度に口をつけただけだった。

「お前、今日の事件と何か関わりがあるのか？」ニコラスが遠慮がちに訊いた。

キングはまずニコラスを、それからバーンズを見た。バーンズにもニコラスが口にした程度のスペイン語を理解することができる。

「君のお父さんも奥さんも心配しているようだ。説明して差し上げる方がいいだろう」

バーンズは深みのある声でいった。

キングはうなずき、これまでの経緯を簡単に説明した。キングが行っている市民運動グループがアメリカ合衆国から協力を要請されたこと、そのためにバーンズと会ったこと、グアヤキルに到着した戦闘機を使ってある作戦を実行する予定だったこと、その作戦はコカイン禍の広がりをくい止める意味があること、しかし何者かによって戦闘機が破壊されてしまい、作戦が頓挫してしまったことを順を追って話した。

バーンズはラムをちびちびとなめながら、キングの説明に耳を傾けていた。ホイットマンとリンダもテーブルに視線を落としたまま、身じろぎもしない。

説明を終えたキングがバーンズを見る。

「それで、どうしますか?」

「作戦は一時中断せざるをえないと思う。ネオ・ゼロが失われた以上、当初予定していたように実行するわけにはいかない」バーンズの表情は沈痛だった。

「諦めるのですか?」口を開いたのはリンダだった。「私の小さな奴を壊されて、それでこのまま諦めろというのですか、将軍?」

バーンズは顔を上げ、大きな目でリンダを見た。リンダの両目が膨れ上がり、涙があふれた。ホイットマンは両手でグラスをもてあそんでいた。

バーンズは言葉を継いだ。

「我々だけの問題じゃなく、ミスタ・キングにもこれ以上迷惑をかけるわけにはいかないんだ。理解して欲しい」バーンズは手を伸ばし、リンダの手をそっと叩いた。「とにかくジークと合流し、脱出することを考えよう。幸い君達は一切表面に出ていないから、このままホテルに戻り、最初に計画した通りの日程に従って、キトを出てくれ」

「でも――」リンダは唇を噛みしめた。両目から涙が落ちる。

キングはバーンズとリンダを見比べて、何度も口を開きかけたが、もどかしげに首を振るばかりで言葉にならなかった。

ニコラスは息子の様子をじっと見つめていた。グラスを置き、右手を上着の内ポケットに入れると革の表紙がついた手帳を取り出した。ニコラスが弟と一緒に写っている写真を挟んだページを開き、キングに差し出す。

キングは眉を寄せ、ニコラスを見上げた。

「それを読め」ニコラスの声は震えていた。「飛行機はある」

キングは手帳を読んだ。ニコラスからキングにあてた手紙から始まり、本当の父親について記されていた。


一九六四年十月。

エクアドル＝コロンビア国境、アマゾン川の源流があるジャングルは黒の油絵の具を盛り上げたようにかすかな起伏を見せながら無限に続いている。

午前二時。

ジェット戦闘機Ｆ－86Ｆ〈セイバー〉。銀色の翼にはボリビアの記章が描かれていた。

パイロットは、ブルース・キング。

ブルースが離陸したのはブラジルと国境を接するボリビア空軍の前線基地だった。前線飛行隊長であったブルースは武装した戦闘機によるパトロールのスケジュールを自分で策定していた。午後十一時、隊員たちの間で『深夜便』と呼ばれた哨戒《しょうかい》飛行に自らをふりあてたのもブルースだった。隊長でありながら他の隊員たちと一緒に飛行スケジュールをこなすブルースは人気のある上官だった。

だが、ブルースが『深夜便』の飛行に就いたのにはまったく別の目的があった。亡命。

エクアドルにいる兄ニコラスを頼り、戦闘機に乗って一気に一六〇〇キロを飛び抜けようという計画を立てた。準備に半年以上かけている。

隊長であるブルースが不自然でなく『深夜便』勤務となるのは三カ月に一度だった。三カ月前の時には、今、座席後部に乗せている荷物を基地内に持ち込むことができなかった。今回ようやく荷物が荷造りに耐えられる状態になったのである。たとえ荷造りが無理であったとしても、ブルースは決行するつもりだった。

一九五二年から続いた民主政権が革命で打ち倒されようとしていた。一刻の猶予もならなかったのは政権ばかりではない。白血病がブルースの身体を蝕《むしば》み、来月行われる身体検査でパイロットとしての生理適性を喪失するのは確実でもあったからだ。

ブルースはエクアドルの生まれだった。十五歳の時、家を捨てて国を飛び出した。ブルースは今世紀の初頭までは栄華を誇っていた英国系一族の一員であった。だが、数度にわたって起こった軍事クーデターと軍政により、一族の特権は次々に剝奪され、ブルースがまだ幼い頃に父が亡くなり、十歳年上のニコラスが港で荷物を運ぶ仕事をしながら一家を支えなければならなくなった。

未来がない、と十五歳のブルースは訴えた。二十五歳という年齢には不似合いの色濃い疲労をにじませていた痩身のニコラスは、居間の床を見つめたまま口を開こうとしなかった。

家を出たブルースは南へ、南へと流れていった。特別、あてがあったわけではない。ボリビアに流れついた時には二十歳になっていた。ちょうどその頃、ボリビアでは民族主義的革命運動派、通称MNRが市民運動を繰り広げていた。

没落した一族の一員であるブルースが革命運動に加わったのは、生まれた時に確立されていた運命に抗《あらが》いたいという思いに突き動かされたからだった。

物心ついた時から決定づけられていた自らの一生を跳ね返す原動力を、MNRの中に見いだしたのである。ブルースは武装した実動グループに身を投じ、一九五二年に起こった革命運動で功績を認められ、新たに創設された空軍の幹部として迎え入れられた。

それから十二年。

MNRの代表で、民主政権を背景とした大統領が三選を狙って憲法改正に動きはじめた頃から、MNRの中に不協和音が生じはじめる。MNRは四分五裂し、代わって軍事勢力が台頭してきた。

空軍幹部としてボリビア初のジェット戦闘機隊の一員となったブルースは、順調に出世を続けていた。一九五八年に結婚、長い間子供に恵まれなかったが、去年、ようやく男の子が生まれた。ブルースにとって唯一の誤算だったのは、元々身体の弱かった妻が子供と生命を引換えにするように死んだことだった。そして今年のはじめ、ブルース自身が発病。病名を聞いた時には病院の床が抜け、暗い地中へと引きずりこまれるような思いを味わった。

頼れるのは、たったひとりの肉親、エクアドルにいるニコラスだった。

半年がかりで、ブルースは暗号を加えた手紙をニコラスとやり取りし、亡命計画を打ち明けた。決行の日取りを決めるまでに三十通ほどの手紙を交換している。

そして今日、決行したのだった。

国境を目の前にしている空軍前線基地には、二機のセイバーが配備されていた。毎日、午前、午後、深夜の三回ずつ哨戒飛行を行うのが主たる任務だった。それは哨戒というより、国境付近にいる反政府勢力や他国への軍事プレゼンスを目的とする任務だった。毎回、セイバーは翼下に二〇〇ガロン入り増槽二個、一二〇ガロン入り増槽二個を下げていた。爆弾の代わりに外部燃料タンクを取り付けたのは、長時間にわたる飛行を可能にし、できるだけ敵対勢力に脅威を与えることを目的としていた。

ブルースが隊長として赴任する前まではロケット弾を搭載していた。

空軍上層部を説き伏せ、航続距離が短い上に、大量の兵器を見せびらかすだけしか能のない装備を改めさせ、長距離偵察型へと部隊を変身させたのはブルースだった。もっともブルースが隊長に就任したのは三年前であり、その時には亡命のことなどまったく考えてはいなかったのである。

『深夜便』任務のため、滑走路を離陸したブルースは定常パトロールと同じように東に針路を取り、ブラジルとの国境上空を飛んだ。離陸して間もなく、ブルースは緊急事態が発生したことを無線で連絡し、急激に高度を落とした。同時に針路を北西に転じ、ブラジル国境を突破、深いジャングルによって警備が手薄になる地区を選んで飛行を続けた。五〇〇キロほど飛んだところで、高度を二万五〇〇〇フィートまで上げ、さらに五〇〇キロほど飛んだ。

ブルースが目印として利用したのは、ペルーの東端にあるアマゾン川の源流が二つに分かれる地点だった。ブラジル国境から一二〇キロほど内側に入ったところで、分かれた川の内、ナポ川と呼ばれる河川は北西に伸び、エクアドル国境を越えてアンデス山脈にまで達している。

ボリビア、ブラジル、ペルーと天候に恵まれた。月明かりに光るナポ川を発見した時には、ブルースは拍子抜けしたような思いを味わっていた。

絶えず川を見ながら飛ぶ地文航法を行い、川が途切れるあたりから針路を北西にしたまま飛び抜けることで目的とするエクアドルとコロンビアの国境付近にある小さな飛行場に到着することができるはずだった。

だが、アンデス山脈にぶつかった湿った空気が厚い雲を形成、ようやくペルー国境を越えようとしていたブルースの行く手に立ちふさがった。

ブルースは無線機の周波数を次々に切り替えながらペルーとエクアドルの空軍および民間航空路線用の気象情報を聞き取っていった。右の太股にくくりつけたチャート図に風の方向と強さを書き込み、偏流を計算しながら飛び続けるより他になかった。

雲底高度は一〇〇〇フィート。

ブルースはニコラスと一緒に選んだ飛行場が低地にあることに感謝した。エクアドルは西部の低地港湾地帯、中央部のアンデス山脈、東部のアマゾンに分けられる。アンデス山脈の中にある飛行場はどこも標高七〇〇〇フィートほどもあり、雲に覆われていることが多い。電波航法システムがなければ、滑走路を発見することも難しかった。

ブルースの計算では、目的の飛行場上空に達しているはずだった。だが、いくら目を凝らしてみても炎による合図は見当たらない。

何かの事情でニコラスが来られなかったり、あるいは飛行場を発見する前に燃料が切れた場合には、ブルースは戦闘機を垂直降下させ、地面に衝突させるつもりだった。ボリビア空軍機がエクアドルで発見されるのは何としても避けたかったし、一瞬にして甘美な死がブルースを包んでくれるはずだった。

ブルース自身、死を恐れてはいなかった。身体の内側に巣くった病魔が間もなくブルースの人生を終わらせるのは確実だったからだ。

だが、座席後部の荷物だけは――ブルースは思いを断ち切り、燃料計に目をやった。ほとんど変化はない。すでに胴体タンクの中で残り少なくなった燃料が波を打っている状態に違いなかった。機体の姿勢が微妙に変化するだけで、燃料計の値が変わる。燃料計と時計が残りわずかになった燃料とブルースの運の減り具合を確実に刻んでいる。

首を右へねじって三時の方向を見張っていたブルースの視界の隅を白い影が駆け抜けた。瞬間的に操縦桿を中立に戻し、さらに右に倒しながらラダーペダルを踏み換える。セイバーは空中で身をくねらせるように機首を転じた。

白い影と思ったのは、オレンジ色に輝く長方形だった。ニコラスが滑走路の周囲に並べた照明代わりの石油缶が炎を上げているのだ。

滑走路が前部風防いっぱいに広がってきた。十分な長さがあるようだった。四角く囲まれた暗い大地に向かって、セイバーは降下していった。

手前にある炎がラインを越える。高度は三〇フィートほどだった。ブルースは操縦桿を前後に揺すり、強引に高度を下げた。

機首と主翼下から伸びている脚がしっかりと大地を捉えた。滑走にともない路面の凹凸を拾って機体が揺れる。ブレーキを作動させ、減速した。速度計の指針が反時計回りに回転を続け、四〇ノットを割ったあたりで急激に『0』の位置まで落ちていった。

機体が静かに停まる。

燃料が尽きたことを知らせるブザーが鳴った。

ブルースは太く息を吐くと風防のロックを解除するレバーを動かし、それから頭上に両手を伸ばして風防を後方へスライドさせた。ねっとりと温かい空気が操縦席に押し寄せてくる。

ハーネスを外したブルースは座席の上に立ち上がり、後ろを覗きこんだ。離陸前にブルースが据えた通りにバスケットが置いてあった。ブルースは震える手を伸ばし、バスケットを覆っている白いシーツをはぎ取った。

赤ん坊の姿があらわになる。顔は粘着テープで固定した酸素マスクで覆われていた。ブルースは慎重な手つきで赤ん坊の顔に貼りついているテープを取り去り、酸素マスクを外した。月明かりもない暗い中で、赤ん坊の顔が青白く浮かび上がった。

飛行手袋を取り、両手で赤ん坊を抱き上げる。ぐったりと動かない。血の気が引き、猛烈な悪寒が背筋を突っ走る。

水中で大きな気泡が潰れるような、くぐもった音が赤ん坊の口許に響き、やがて火がついたように泣き声を上げる。ブルースは全身の力が抜けて、思わず操縦席に座り込んだ。一歳になったばかりの息子を、ブルースは亡命させることに成功したのだった。

セイバーの電源をすべて切り、機体に内蔵されている梯子を引き出した。それから息子を両手で抱えたまま慎重に滑走路に降り立つ。

古ぼけたピックアップトラックが猛烈に埃を舞い上げながら近づいてくるとブルースのすぐそばに停まった。右側のライトしか点灯していない。

ドアが開き、痩身の男が外に出る。ブルースは身じろぎもしないで、その男を見つめていた。三時間に及ぶ飛行ですっかりひびわれた唇が動き、たった一言だけ押し出した。

「兄さん」


キングは手帳から顔を上げた。

カーテンはブルーに染まっている。夜明けが近かった。リンダはテーブルに突っ伏して眠っており、バーンズとホイットマンは壁際に椅子を置いて目を閉じていた。ファニータは子供たちのベッドのそばで眠っている。

「ここに書かれていることは本当ですか、お父さん？」キングが訊ねた。

空のグラスをもてあそんでいたニコラスはキングをしばらく見ていたが、やがてゆっくりとうなずいた。

「お前の母親は、そのことを絶対に知らせるな、といっていた。わしは反対だった。ブルースを、つまりお前の本当の父親を知らせる日がいつか来る必要があると思っていた。ブルースは立派な男だったよ」

「僕がまだ赤ん坊の頃に死んでしまったのですね」

「ああ、当時わしが借りていたアパートでな。わしは貧乏だった。ブルースに満足な治療を受けさせてやることもできなかった」

手帳には数十ページにわたって細かい文字でブルース・キングについて記されていた。最後がキングへの手紙で終わっている。

キングは写真を取り上げた。

「これが僕の本当の父ですか？」

「よく似ている。お前を見ていると、本当にブルースそっくりだと思うよ」ニコラスは両手で顔を覆った。「許してくれ、ケン。長い間、お前をだます結果になったことを、お前に真実を告げる勇気がなかったことを」

キングは立ち上がり、老いた父親の両肩に手を置いた。薄い肩が震え続けるのを感じた。言葉は出てこなかった。どのような反応をしてよいのかすら、考えつかなかった。目を閉じて、写真に写っていた男を父親だと思ってみようとした。

熱っぽく渦巻く脳裏に去来するのは、新聞を広げながら自分の記事を自慢げに語るニコラスであり、大学を卒業してキングも新聞記者になることを告げた時に涙を流したニコラスだった。

父と母。

キングにとっては、ニコラスとその妻しか両親とは思えなかった。二度とこの話を蒸し返すのはやめようと思って、目を開いた。

バーンズとホイットマンがテーブルのそばに立っていた。キングが開いたままにしてあった手帳と写真を見つめている。

「その戦闘機があるというんです」キングは力なく笑った。「親父は年寄りですから、そんな古い戦闘機が役に立つと本当に思っているんですよ」

ホイットマンが腕組みしていた。バーンズは老整備兵の横顔をじっと見つめていた。

キングが驚いて言葉を継ぐ。

「本気で、その飛行機でやろうっていうんじゃないでしょうね」

「セイバーはあなどれない戦闘機だぞ」ホイットマンがこの家に来て初めて言葉を発した。

「他に可能性はまったくないんだ」バーンズが続けた。「この飛行機がどこにあるのかが問題だが」

「コロンビア国境にほど近い――」キングが大きく目を見開く。「将軍が作戦の最終地点として選ばれた飛行場のすぐ近くですよ」

「他に可能性はまったくないからな」

バーンズはもう一度、ひとり言のようにつぶやいた。

ラ・ホーラ社の警備員は今年七十五歳になる老人だった。四十歳でキトに流れつき、その後、ラ・ホーラの総務係として二十五年働いた。定年退職した後も社屋に住み、警備員として働いていた。

他に行くところがなかったからである。

警備員とはいっても昼間は受付窓口で客の取次ぎを行い、夜は三回、ビルの中を巡回してまわるのが仕事だった。いつもは午前六時に三回目の巡回をしているのだが、今朝は切羽詰まった尿意に促され、一時間も早く目が覚めてしまった。

ベッドで悶々《もんもん》と時を過ごすのも馬鹿らしく思えたので、上着をつけ、社屋の中を歩き回ることにしたのだった。

二階の編集部から人が出ていくのを見た時も別段不審に思うことはなかった。出ていったのが社会部記者のエスカバルで、記者たちはよく徹夜で仕事をしていたからだ。ただ、彼が声をかけようとした時にはひどくあわてた様子で階段を下りてしまった。

彼は肩をすくめると編集部に入った。

キングの席まで来た時、机の引出しから書類がはみ出ているのに気がついた。記者の中でも几帳面《きちょうめん》で身辺を整理しておくキングには珍しいことだったし、午前一時に二回目の巡回をした時には、そんな書類など見当たらなかった。

彼はキングの席に近づくと書類を引っ張りだしてみた。他の記者の席ならそうしなかっただろう。キングの父親、ニコラスとは長年一緒に働き、特に定年退職後もラ・ホーラで働くようにしてくれたのがニコラスだったからだ。

書類を取り出した彼は、机の上のスタンドに手を伸ばしてスイッチを入れた。目を遠ざけながら書類を読んだ彼は、その内容に腰を抜かすところだった。

グアヤキルでロシア貨物船が襲われたことはテレビで見ていたが、その計画書が目の前にある。

当局へ通報すべきか、と思った時、さきほどあわてて出ていったエスカバルを思い出した。彼は上着のポケットにその書類をねじこむと、取りあえずニコラスに相談してみようと思いついた。

息子たちが立ち去った後もニコラスは眠れないまま、テーブルについていた。ファニータが朝食の用意をしている。キングは子供たちが目を覚ます前に家を出ていった。

本当の父親を告げたことで、却《かえ》ってキングを窮地に追い込んだように思えてしようがなかった。自分さえ黙っていれば、アメリカ人も諦めたに違いなかったからだ。

ノックの音が響く。

ファニータが怯《おび》えたように目を上げる。ニコラスは空になったグラスを置き、ファニータを手で制するとドアの前に立った。鍵をあけ、ドアの前に立ちふさがるような恰好で細めに開く。相手を見たニコラスは肩の力を抜いた。

「なんだ、お前か」

「あんたの家にいったら、留守だったから、ここへ来れば何かわかると思って――」

ドアの前には、小柄な老人が立っていた。

ラ・ホーラの警備員をしている老人だった。

5

アンデス山中。キトからコロンビア国境へ向かう辺境のロード。

標高三〇〇〇メートルを超えるアンデス山中、植物の一つもなく、黒っぽい紫色に染まった岩が波のようにうねってどこまでも続いていた。

山肌を削りとった道路をシリンダーの中で上下するピストンの動きがそのまま車体に伝わるような古ぼけたジープがエンジンを唸らせ、登っていた。きつく右に曲がったカーブの出口で、ジープはトラックと向かい合う恰好になった。ブレーキを踏み、人が歩くほどの速度ですれ違う。ガードレールはなかった。

ジープの助手席で、ロドリゲスは破りそうに唇を噛んでいた。

運転席の兵士がほんの一瞬、隊長の横顔を見て、あわてて視線を逸らす。すれ違うトラックに向かってクラクションを鳴らした。

ジープには四人の男が乗っていた。運転席の真後ろの席に副長の准尉、運転しているのは軍曹、准尉の隣は一等兵だった。四人ともベージュの作業服を着ている。ジープも作業服もエスカバルが用意したものだった。

実際はエスカバルが日本商社から受け取ったもので、同時に武器と弾薬の補充も受けている。

二人が死んだ——ロドリゲスの胸の内には消化不良のおりが残っている。

ロシアの貨物船を襲うだけの簡単な任務で二人も失ったことがロドリゲスには信じられなかった。最初にロシア兵に発砲した兵士は、飛び込んできた大型車にはねられた後、ロドリゲス自身が手榴弾で始末をつけている。なぜ、こちらから発砲したのか、その理由を知る術《すべ》は永遠に失われてしまった。

二人の兵士をキトに残した。エスカバルが指揮し、市民グループのアジトを破壊し、罪をきせるためである。

エスカバルのおどおどした態度がロドリゲスには気に入らなかった。

殺す。

ロドリゲスの胸には同じ言葉が何度も去来している。貨物船のそばで見た、大柄な黒人とグレーの髪をした白人を忘れることはできなかった。

エスカバルを通じて、本国から正式に大柄な黒人——アメリカ合衆国空軍退役少将フランクリン・F・バーンズの暗殺命令が届いた。たとえ命令がなくとも、ロドリゲスはただで済ませるつもりはなかった。

ロドリゲスが想像した通り、グアヤキルで消息を絶ったバーンズは、今回の事件の罪をかぶせることになっていたキングの自宅にいた。グアヤキルを出てキトに向かい、キングの自宅を訪ねた時には、老いた父親と妻がいるだけだった。

その点、エスカバルがキングの同僚であったためにキングたちが出発した時間も、向かった場所も知ることができた。

エスカバルが短時間で用意できた車両は、一九六〇年代にブラジルで生産されたジープで、目的地まで走り続けられるのか心もとなかったが、ロドリゲスたちには出発するより他に方法はなかった。

それともう一つ、ロドリゲスには気になっていることがあった。

グアヤキル港を出た時にはブルーのフォード、グアヤキルからキトに向かう間はグリーンのキャディラック、そしてキト市内では紺色のオールズモビルがロドリゲスの視野に収まっていた。

部下の誰も気づいていない。ロドリゲスにも確信があるわけではなかったが、誰かが尾行しているように思えてしようがなかった。エクアドル国内で、まともに走るアメリカ車を連日目撃する可能性がどのくらいあるだろうか？　ロドリゲスの勘に過ぎなかったが、今までにも自らの勘を信じることで何度も死地をくぐり抜けている。

ロドリゲスは手を伸ばした。フロントウィンドウの枠についているバックミラーを動かし、真後ろが見えるようにした。ロドリゲスが手を挙げただけで、運転手は首をすくめ、ジープが揺れた。横に溝を掘ったタイヤが断崖にかかり、砕けた岩が数百メートル下へと落ちていった。

ロドリゲスは車が揺れたことにまるで気づかない。ミラーを見つめていた。埃。乾いた道路に点々と転がる岩。

曇り空の下、グレーに染まった大気越しに見えた。紺色のオールズモビル。ナンバーは記憶していなかったが、ボンネットの右側にあるへこみに見覚えがある。

だが、本格的な山道に入り、農場への分かれ道に差しかかったところでオールズはあっさりと方向転換をしてしまった。ロドリゲスは興味を失って、ミラーの位置を元へ戻した。

さらに二時間ほど走った後に、運転手が叫んだ。

「見つけました。一キロほど前を走っています」

ロドリゲスが助手席で身体を起こす。グリーンのワーゲン・ビートルが棚のように突き出た道を文字通りよたよたと走り続けていた。

「追い抜きざまに前に突っ込んで停めるんだ」

ロドリゲスはそう命じると腰の裏側につけたホルスターから九ミリ口径の自動拳銃を抜き、遊底を引いて第一弾を薬室に装塡すると安全装置をかけた。銃を膝の間に挟む。

「停まりました」運転手は嬉しそうにいった。

ワーゲン・ビートルは対向車とすれ違うために設けられた岩だなで停車した。対向車が来ている気配はない。後ろ側の扉が開き、女が飛び出してくると車のそばに屈み込んだ。運転手の表情は明るく輝き、アクセルを踏む足に力がこもる。

「急げ」ロドリゲスの目は憑《つ》かれたような輝きを宿していた。


エイギラーは山中の道路に車を戻しながら目を細めた。

紺色のオールズモビルに乗ってキト市内、山中の道と正体不明のテロリストを追いかけ回していたが、さすがに尾行に限界を感じた。本格的な山道に入る直前、大きな農場を見つけ、車を乗り入れた。

農場主に対してエイギラーは、山道を走るのにオールズが適当な自動車でないことを理由として車を取り替えてもらいたいと申し出た。農場主は農場の規模に相応しく二台の車を持っており、旧式のピックアップトラックを指して、これなら山道を十分に走ることができると太鼓判を押した。

エイギラーはオールズの他に、古ぼけたピックアップトラックなら三台は購入できるほどのドル紙幣を渡して車を乗り換えた。

山中の道路から農場まではほんの五〇〇メートルほどだったが、のんびりと喋る農場主との交渉が思ったより長引き、道路に戻った時にはテロリストの車を見失ってしまった。バーンズとはグアヤキル港での襲撃以来、連絡がついていないが、目的地はわかっていた。アンデス山中を越える、目の前にある道を十時間ほど走り続けた先に最終目的地である飛行場があるのだ。

テロリストの正体はわからなかったが、狙いは十分に理解できた。山の中を走る道路は車一台がようやく通れる幅しかない。右側が岩肌、左側は数百メートルの高さがある切り立った崖。テロリストの車より先にバーンズたちがいることはほぼ間違いなかった。テロリストがどこでバーンズたちに追いつくか想像もできなかった。

エイギラーはズボンのベルトに差していた輪胴式拳銃《リヴォルバー》を抜き取ると助手席に放り出した。サブマシンガンと手榴弾で武装した四人のテロリストに立ち向かうには、あまりに貧弱な武器であり、彼らに存在を気づかせないという一点でしかエイギラーのリードはなかったのである。

アクセルを踏み込んだ。ピックアップトラックのサスペンションは古びており、荒れた路面ではねるタイヤの振動を運転席へ直《じか》に伝えた。ギアを切り換える度にトランスミッションからはひどい騒音がし、運転席には絶えずガソリンの臭いが満ちていた。

農場を出発する時に目の前でガソリンをタンクいっぱいに入れさせたが、車そのものがいつまでもつのか、不安をぬぐい去ることはできなかった。

エイギラーには大きなハンドルを小刻みに動かしながらアクセルを踏み続け、無事に追いつけることを祈るよりほかになかった。

リンダは食道を駆けのぼってくる熱い塊を何度も呑み下しながら、必死に吐き気と戦っていた。

ワーゲン・ビートルの後部座席は膝を折り曲げて座らなければならない上に舗装されていない道をはねながら走る車の中で左右に揺すられていた。キトに到着してから、ほとんど睡眠らしい睡眠をとっておらず、グアヤキルではショッキングな事件に襲われた。

リンダの神経は擦り切れ、切断される寸前だった。

ホイットマンは絶えずリンダの背中をさすってくれていた。温かいてのひらを感じていることで、リンダの心はわずかばかりの安らぎを見いだすことができる。だが、繰り返し襲ってくる嘔吐感だけはどうしようもなかった。

キングがルームミラーを見上げ、心配そうな顔をしている。リンダは何度か微笑もうとしたが徒労に終わった。

「大丈夫ですか？」キングが訊いた。

「何でもありません」リンダは歯を食いしばり、ようやく唇を持ち上げてみせた。何とか笑顔に見えるようにという彼女の願いは虚しい。

「高山病と疲労ですよ」キングが優しくいう。「少し休みましょうか？」

最後に訊いたのはリンダにではなく、バーンズに向かってだった。バーンズが大きな身体をねじり、後ろをのぞきこむ。

「私なら大丈夫です、将軍」リンダの声は震えていた。

「少し休憩をとることにしよう」バーンズはキングにいった。

「この坂を上りきったところに対向車とすれ違うための待避所があります。そこで少し車を停めることにしましょう」キングが答えた。

「申し訳ありません」

リンダは不覚にも涙がにじむのを止めることができなかった。グアヤキルでネオ・ゼロを失った時、このまま撤退することに真っ先に反対したのがリンダだった。キングの家で眠り込んでいるうちにセイバーを使用することになっていた。ホイットマンが機体の状況を見るという。その時にもホテルに帰り、エクアドルから離れることを勧められたが、ホイットマンを巻き込んだのが自分であることを主張して、強引にワーゲン・ビートルに乗り込んだ。

その自分が真っ先に倒れようとしている。

高山病というキングの言葉に、リンダは胸の内で素直にうなずいていた。キトの標高は二八五〇メートル。ホテルで眠っている時にさえ、空気が薄いために息苦しさを感じ、翌朝、目が覚めても重い疲労感が残っていた。慣れるまでには二、三日必要だったが、ほとんど休息もなく、動き続けた。体力的に彼女は限界に達していた。

キングは待避所にさしかかったところで左にハンドルを切り、ブレーキを踏んだ。クラッチを切る。ギアをニュートラルに戻して、パーキングブレーキを引く。

リンダは車が停まるとたまらずに飛び出し、屈み込んで胃袋の中身を吐き出した。何度も何度もこみあげてくる吐き気に喉が鳴り、最後には胃袋が空っぽになり、熱い気体が出てくるばかりになったが、それでも吐き気は治まらなかった。

ホイットマンが優しく背中をさすってくれた。

「ごめんね、おじいちゃん」リンダは涙声でいった。「皆に迷惑ばかりかけているわ」

「気にすることはないさ」ホイットマンは背中をさする手に力をこめた。「それほど急いでいるわけでもない。わしもこうやって外の空気が吸えるので、内心ほっとしているくらいでね」

「ごめんね、おじいちゃん」リンダはもう一度繰り返した。

涙が溢れる目を閉じ、荒い呼吸をしていたリンダはワーゲン・ビートルの前にもう一台車が割り込んで停まったことにも気づかなかった。

ホイットマンの手が停まり、リンダは不審に思って顔を上げた。目の前にジープが停まっている。ドアが開き、助手席から降りた男を見た時、リンダは思わず口許を押さえた。そうしないと、鋭い悲鳴がほとばしりそうだった。

グアヤキルで彼らを襲ったメンバーの一人、髭を生やした男だったからだ。

バーンズはジープが停車した時からきな臭いものを感じたが、リンダが車の外にいる以上、動きようはなかった。バーンズもキングも武器を所持していない。バーンズは腹を決めると助手席のドアを開けて外に出た。

ジープからはさらに二人の男が出て来るとサブマシンガンを腰だめに構えて、最初に降りた髭面の男の両脇を固めた。髭面の男は自動拳銃を右手にぶら下げている。

「二度目、ですな」髭面の男はいった。

「一体、何者だ？」バーンズが訊ねる。

「ロドリゲスとだけ申し上げておきましょう」髭の間から妙に白い歯を剝き出しにして笑う。

「何が目的なんだ」

「あなたを抹殺すること」ロドリゲスはあっさりと答えた。「あなたが何者か、私は知らないし、知る必要もない。ただ、あなたを抹殺するように命じられただけのことでね」

「エクアドル兵じゃないな」バーンズはロドリゲスをじろじろと見ながらいった。

「まさか」ロドリゲスが鼻で笑う。「我々はペルーの人間です」

バーンズの眉が上がる。

「メキシコの一件も君たちの仕業なのか?」

「いいえ」ロドリゲスは首を振った。リベラが破壊工作員を送り、派手な爆破事件を引き起こしたことは聞いている。「まあ、時間稼ぎをしたところで無駄でしょう。あっさりと仕事を済まさせてもらいますよ」

ロドリゲスはそういいながら崖下をのぞいた。

切り立った岩肌はほとんど垂直に見える。底の方まで植物はほとんど見当たらず、雲に覆われていた。

風が冷たかった。

バーンズは身じろぎもしないで立っていた。ロドリゲスは無造作に拳銃を振り上げるとワーゲン・ビートルのフロントウィンドウに一発撃ちこんだ。運転席のドアが開いて、キングが転がり出てくる。

「君の目的は私だけじゃないのか?」バーンズが訊いた。

「全員死んでもらいますよ。あなたたち四人ともを射殺して、死体を車に乗せた上で崖から落とします」

ロドリゲスの顔にはじめて表情らしいものが浮かんだ。笑み。見る者の背筋を冷たくさせるのに十分な凄味《すごみ》のある笑みだった。

バーンズはまるで銃弾を一人で引き受けるとでもいうように胸を張った。ロドリゲスの口許に皮肉っぽい笑みが浮かぶ。リンダとホイットマンはしゃがみこんだままだった。

ロドリゲスは銃を目の高さまで差し上げるとバーンズの胸をポイントした。

古ぼけたピックアップトラックが通りかかる。ロドリゲスは視線をずらしてトラックを見た。気の弱そうな男が真っ直ぐ前を見て運転している。エンジン音を殺して、できるだけ静かに通りすぎようとしていた。

目をバーンズに戻した時、トラックのエンジン音が急に高まった。

部下の怒号が重なる。トラックが方向を転じてジープの後部めがけて突っ込んだ。運転していた男の手に輪胴式拳銃が握られている。トラックがジープにぶつかる寸前、男の持っている銃が火を噴き、副長の准尉が背中を撃たれた。もう一人はトラックの前輪に巻き込まれ、首の辺りを踏みつぶされた。

応射しようとする間もなく、ロドリゲスはトラックのバンパーに引っかけられ、崖下へ弾き飛ばされた。

ジープの運転手はトラックから逃れようとしてパーキングブレーキを解除し、クラッチを踏み込んだ。

そこへトラックが衝突する。

トラックのエンジンがさらに咆哮する。二台の車はもつれるようにして道路から飛び出すと崖下へ落ちていった。岩に衝突し、ジープの前部が潰れる。運転手の身体が飛び出して堅い地面に叩きつけられる。トラックはジープに乗り上げる恰好でジャンプし、空中で反転すると運転席から落下した。

どちらの車のタンクが破裂したのか、上から見ているバーンズにはわからなかった。オレンジ色の炎と爆発音が響く。トラックとジープは燃えながら谷底に落ちていった。衝突する寸前、トラックのハンドルを握っている男の顔だけは見ることができた。

エイギラー。

バーンズは首を振り、我にかえった。呆然としているキング、リンダ、ホイットマンを車に乗せる。キングにはすぐにここを出発できるように、と命じた。それから倒れている男のそばに屈み込んだ。首筋にそっと触れる。脈はなかった。傍らに落ちていたサブマシンガンを取り上げ、弾倉を抜いて銃弾がいっぱいに詰まっているのを確かめると負い帯で肩にかけた。

男の死体を道路脇まで運び、下に落とす。でく人形のように岩に打ちつけられながら転がっていく死体を見る気になれなかった。

バーンズが乗り込むとワーゲン・ビートルはタイヤを滑らせながら走り去った。


ワーゲン・ビートルが走り去って三十分もした頃、血まみれの手が道路の上に出てきた。頭から血を流し、ところどころ裂けた服にも血がついていた。

ロドリゲスはふらつく足を何とか踏みしめ、何とか道路の上に立ち上がった。右手には拳銃を持ったままだった。

座り込む。

どれほど時間が経過したのか、ロドリゲスにもわからなかった。接近してくる車のエンジン音で目を覚まし、立ち上がる。まだ、ひどくふらついた。ロドリゲスは手を上げた。ボディを黄色に塗ったトラック——アマゾン地帯とキト周辺を結ぶタクシーだった。

トラックの運転席には、二人乗っている。怪我をしているロドリゲスに気がつくと運転手はあわててブレーキを踏み、ロドリゲスのそばに車を停めた。

ロドリゲスは助手席からのぞきこんだ。運転手が口を開きかけた途端、拳銃を発射した。助手席に座っていた男にも銃弾を撃ち込む。あっさりと片がついた。

二人の死体を放り出し、運転席についたロドリゲスは拳銃を助手席に置き、車を発進させた。

ペルー陸軍省。

リベラは机の上に広げた新聞を忌々《いまいま》しげに見つめていた。カラー写真入り、一面トップ記事でグアヤキル港で起こったロシア貨物船に対するテロ事件が報じられている。新聞紙上では犯人は特定されていない。現場で負傷した犯人が二名いたが、テロリストが投じた手榴弾によって吹き飛ばされ、身元確認を急いでいるとされていた。

電話のベルが鳴った。

リベラは受話器を取り上げると短く答えた。秘書が国際電話だと告げる。つなぐようにいった。

「ロドリゲスです」

リベラは眉をしかめた。ロドリゲスの声は弱々しく、そしてひどく遠くから聞こえてくるようだった。

「今、どこにいる？」

「エクアドル東部、ジャングル地帯にいます」

「作戦は続行するようにとの命令だ」

「聞いています」ロドリゲスの息づかいが聞こえる。「奴の目的地を教えて下さい」

「奴？」

「私が暗殺するように命じられている、例のアメリカ人です」

「ちょっと待て」

リベラはそういいながら机の引出しを開け、書類を綴じてあるホルダーを取り出した。素早く書類を繰り、古河から渡されたメモを探し出す。最終目的地と記された一行に指をあて、ゆっくりといった。ロドリゲスが繰り返す。

「二人、死んだそうだな」リベラは押し殺した声でいった。

「始末しました。我々の仕事だとわかる者はないでしょう」

「被害状況は？」

電話が切れた。リベラは受話器を耳から外すと二、三度目をしばたたき、それから叩きつけるように受話器を置いた。


アンデス山中を下ってきた道路の果てるところに小さな町があった。ロドリゲスはレストランの中にある公衆電話のボックスから出てくるとカウンターに戻った。小さなグラスに注がれたラムを一息で飲み干し、しわくちゃになった紙幣を置くとレストランを出た。

少し離れたところに停めてあるトラックにたどり着く。

ドアを開け、運転席に乗り込むために力をこめた。食いしばった歯の間から、思わず声が漏れる。

シートに座り、ハンドルに顔を伏せると荒い息を吐いた。ズボンのベルトに手をかけると緩めた。右の脇腹にあてていたハンカチを取り出す。真っ赤に染まり、濡れている。ピックアップトラックに襲われ、崖下に弾き飛ばされた時に尖った岩の先端が右脇腹に突き刺さった。

血に濡れたハンカチを捨てる。

ダッシュボードを探って、汚れたタオルを見つけると引き裂き、小さく畳んで傷口にあてるとベルトを締め直した。上着のポケットから折り畳んだ地図を取り出し、現在位置と目的地を探す。指先についた血で地図が汚れた。

気が遠くなる。唸った。目を大きく見開く。地図の細い等高線が何重にも見える。吐き気がする。背筋が冷たい。

地図を助手席に放り出した。上着のポケットに入れておいた自動拳銃を取り出す。銃把のわきについたボタンを押し、弾倉を取り出す。九ミリ弾は残り三発。再び弾倉を銃に叩きこむと地図の上に置いた。

キーをひねり、エンジンをかけた。

トラックの走行距離はすでに二〇万キロに達していた。車体が震動する。アクセルを踏んで、クラッチを繋ぐ。

ロドリゲスは目だけをぎらつかせ、蒼白《そうはく》な顔で追撃を再開した。

6

キト市。

エスカバルが自分のアパートに戻って来たのは、午後になってからだった。グアヤキルからロドリゲスたちとともにキトまで移動し、キングの家まで訪ねた。が、キングは不在で、彼の妻から行き先を聞いた。

キングの妻は夫が危険な市民運動に参加していることを常に恐れている。エスカバルは自分もそのメンバーの一員だが、例のロシア貨物船襲撃事件の件で警察がキングを追っていると告げた。ちょっとでも早くキングに知らせることができれば、彼は逮捕されずに済むといった。

妻は夫が残していったメモを手渡してくれた。

そのメモをロドリゲスに渡し、さらにロドリゲスの部下二人をキングが参加している市民活動グループのアジトまで案内した。それからラ・ホーラに出社し、急ぎの連絡がないかを確かめた。実際のところは警察の手がキングに伸びていないかを確認しにいったのだが、キングを訪ねて来た者はないようだった。

夕方に取材の約束があり、今日は戻らないと言い残し、アパートに帰って来た。社会部長は一瞬不満そうな顔をしたが、エスカバルの父親が実力者であることを思い出したらしく賢明にも何もいわなかった。

アパートに戻ったエスカバルは居間兼寝室でジャケットを脱ぎ、そのまま台所に入った。空腹を感じたが、食事をするために出掛ける気力はまったくなかった。冷蔵庫を開ける。ビールとリンゴがあるだけだった。

ビールの栓を抜き、一口飲んだ。炭酸に刺激されて、余計に腹が減った。冷蔵庫からリンゴを出し、皮を剝くためのナイフと飲みかけのビールを持って居間に戻る。テレビのスイッチを入れ、テーブルを挟んで置いてある長椅子にだらしなく腰を下ろした。

ビールをもう一口飲み、リンゴの皮を剝いた。ゆっくりと時間をかけ、ていねいに剝くと味わって食べた。リンゴ一個で空腹を誤魔化すことができそうだった。テレビでは数年前に放送したドラマの再放送を流している。ビールを飲み干し、空きビンをテーブルの上に置く。

高価な寄せ木細工のテーブルは彼の自慢のひとつでもある。このアパートに住みはじめる時に父親が記念に贈ってくれたものだった。

瞼《まぶた》が重くなってきた時、ドアを叩く音がした。エスカバルは舌打ちして立ち上がった。チェーンがきちんとかかっているのを確かめ、ドアを細めに開く。

ニコラス・キングが立っていた。エスカバルは舌打ちしそうになるのをようやく堪《こら》え、訊いた。

「一体、どうしたんです？」

「実はケンのことで」ニコラスは左右を素早く見ていった。「ちょっといいかね？」

「ケンがどうかしたんですか？」エスカバルはドアを開けずにいった。「疲れているんです。別の機会にしてもらえませんか？」

「急ぐんだ。警察がケンのところへ――」ニコラスはそれだけいうと下を向いた。

ようやく動いたか――エスカバルは内心笑みを浮かべながら、ドアを一度閉じ、チェーンを外してもう一度開いた。警察の動きをニコラスから聞いておく必要があったからだった。

「どうぞ。散らかっていますが、独り者なんで、勘弁して下さい」

「お疲れのところ、本当に申し訳ない」

ニコラスはそういいながらエスカバルのアパートに入ってきた。エスカバルはニコラスにソファに座るように勧めた。

「何かお飲みになりますか？」

「いや、結構。これを見てもらいたいんだ」ニコラスは食べ散らかしたリンゴの皮やビールの空きビンを脇へどけると書類を出した。「これがケンと関係あるらしい」

エスカバルはニコラスの隣に座り、テーブルの上に置かれた書類を見た。心臓がおかしな音をたてるのを感じた。キングの机に入れたはずのロシア貨物船襲撃計画書だった。

「これが？」エスカバルは内心の動揺を押し隠しながら書類に手を伸ばす。

ニコラスの右手が一閃《いっせん》する。

エスカバルは喉が詰まり、声が出なかった。書類に伸ばした手がニコラスの振るったナイフでテーブルの上に串刺しになったのだ。

飛び出しそうになった目でニコラスを見る。口の中に苦い唾が溜まり、開くことさえできなかった。たった今、自分がリンゴの皮を剝いたナイフが手の甲を貫き、テーブルに深々と突き刺さっている。

瘦身の老人のどこにそんな力があったのか、エスカバルはそればかり考えていた。

ニコラスはゆっくりと立ち上がった。

「ケンの机にそれを入れたのは君だそうだね」ニコラスはベルトからぶら下げている革のお守り袋を取り上げた。「今日、うちへ来たのも君だ。警察がケンを追っている、と。確かにその書類が警察の手に渡れば、警察は動くだろう。だが、それは警察の手に渡らなかった」

ニコラスはゆっくりとした動作でお守り袋の口を閉じている紐《ひも》を緩め、中身を取り出した。

「ケンはこの袋の中に何が入っているのか、いつも知りたがったよ」

エスカバルはうめき、何とか手を動かそうとしたが、果たせなかった。ナイフに貫かれた手からは血とともに力が抜けていく。ショック症状を引き起こしていた。顔面は蒼白になり、汗がびっしりと浮かんでいる。

ニコラスが手にした物を見て、エスカバルの驚きはさらに広がった。しわだらけの両手に握られているのは、旧式の手榴弾だった。

「わしも昔は市民活動家のひとりとして動き回ったものだった。この国をよくしようとしてな。グアヤキルにいる同志がこれをくれたんだ。派手な武装テロは、グアヤキルの連中の方が得意だったからね」ニコラスは哀しそうに口許を歪めた。「だが、わしは転向した。市民活動から足を洗ったんだ。ケンを授かったからね。あの子を育てるので、精一杯だったよ」

エスカバルは声にならない叫びを迸《ほとばし》らせようとしたが、唇が動くばかりでかすれた吐息しか漏れなかった。

ニコラスは手榴弾の安全ピンを抜いた。

「それがこんなところで役に立つとは思わなかった。もし爆発しなければ、お前さんは運がいい。こんな年寄りひとりをひねり潰すのはわけないだろう」

エスカバルは傷ついていない手でナイフの柄をつかんだ。ニコラスの手から手榴弾が落ちて床を転がる。

「じゃ、な」ニコラスはそういうとドアを開けて廊下に出た。

エスカバルは悲鳴を上げながらナイフを引き抜くと手榴弾に向かって這い寄った。旧式の手榴弾についている点火ヒューズの燃える臭いが居間に強く漂っている。

傷ついていない方の手を伸ばした。

手榴弾が炸裂した。

ニコラスは歩き続けていた。すでに自分がどこを歩いているのか、理解できなかった。見慣れたはずの町並みがひどくよそよそしく見える。

古い手榴弾が爆発したことには満足できたが、威力はニコラスの予想をはるかに上回った。

ドアが吹き飛ばされた時、飛び散った破片のひとつが彼の太股に食い込み、動脈を切断していたのだ。

歌声が聞こえてきた。

半世紀も昔、ナチスに雇われていた頃、夜な夜な酒場で歌われていた故国の歌だった。

若々しい声が暗い酒場にこだまする。

ニコラスも声を合わせて歌っていた。希望が見える。明るい灯となって、希望が見える。ニコラスは歩き続けた。

暗くなった視野の中で、たった一つ、小さく見えつづける希望の灯に向かって――。


アルファロとジャッカルは、開きっ放しにした飛行機の後部ドアの前に座っていた。目の前には床に毛布を敷いて、那須野が眠りこけている。

ジャッカルは、アルファロがじっと那須野を見ているのに気がついた。

「彼の顔が珍しいか?」ジャッカルがスペイン語で訊いた。

「額のここのところが――」アルファロは自分の額の両側、生え際に近いところを指で示していった。「両方とも細く禿げている。珍しいと思ってね」

アルファロは英語を話す。が、入り組んだ話はスペイン語でする方が楽だった。

ジャッカルは那須野の顔を見て、にやりと笑った。アルファロに説明して理解できるだろうか、と思いながらいった。

「面擦れっていうんだ」

「メンズレ」アルファロが大げさに顔をしかめる。

ジャッカルの笑みがますます広がる。

それからジャッカルは苦労しながら剣道について説明した。竹の刀で打ち合う際に身体を保護する道具を身につける。頭と顔を保護するのが面だといった。面を固定するためには、紐できつく縛らなければならない。そこだけ禿げたようになる。それが面擦れだった。

「ジークはサムライなのか？」アルファロが感心したように訊いた。

「多分、そういうだろうと思ったよ」

ジャッカルは自衛隊について、さらに説明をくわえた。自衛隊の話をするなど、何年ぶりだろうと思った。那須野に再び出会うまで、自分が元自衛官であることすら忘れていたのだ。

ジャッカルの思いは飛ぶ。

飛行隊に配属され、那須野の存在を知ってから、まるで那須野について調べることがジャッカル——西藤二尉の一つの目標になった。

ソ連機を撃った男がいる。その男のようなファイターパイロットになる。胸を焦がされるような思いだった。飛行隊の中では古参隊員に那須野について聞きまくり、出張で防衛庁を訪ねた時には同僚のつてを頼って資料をあさった。

那須野治朗。

一九四八年七月九日、北海道生まれ。母親は那須野がまだ幼い時に病死、その後、平凡なサラリーマンをしていた父親に育てられる。父親は予科練出身だったが、あこがれの零式艦戦パイロットになる手前に終戦を迎えていた。

高校卒業時、父親が交通事故に巻き込まれて死亡。業務中ではなく、会社からの帰路、自家用車を運転している時にセンターラインをオーバーしてきた対向車と正面衝突して死亡した。

父親が剣道をしていた。その影響で小学生時代から剣道をするようになる。航空自衛隊に入ってからも剣道を続け、最終的には四段。

高校を出た後、航空学生教育隊——通称航空学生に進む。天性の素質を開花させたのは教育隊時代。その後、三沢《みさわ》、千歳《ちとせ》、那覇《なは》で勤務。

一九七三年からアメリカ空軍で研修を受ける。

退官した航空幕僚長と酒を飲んでいる席でこのアメリカ空軍時代、那須野が中東に派遣され、第四次中東戦争に参加したことを知ったジャッカルは、那須野の生きた跡を追うのにさらに熱中することになった。が、その後は目ざましい活躍もなく、一人の隊員として職務に励んだ。

ジャッカルは何度も那須野の内側に秘めた屈託を想像してみた。中東で敵機を撃墜したことのある男が、威嚇するための射撃も許されぬまま、毎日戦闘機に乗って飛び回っている時の心情を——。

むき身の真剣の上に裸足で立ち、進むも退くも許されない状況で飛ぶ日々を——。一九八八年、那覇勤務時代に領空侵犯してきたソ連機に対して威嚇射撃を行う。そして翌年、退職。その後の行方はほとんど知ることができなかった。

自分の能力を、腕を試してみたいと心焦がされる思いで生きながら、ジャッカルはいつの間にか那須野と自分を同化するようになっていた。南米に飛び出すきっかけは、やはり今日の前に眠っている男に違いなかった。

「この男が好きか？」ふいにアルファロが訊いた。

ジャッカルが顔を上げ、訝しげに見つめる。

「不思議な男だ。最初に会った時、何年も前から知っているような気がした。こんな目をした男と、かつて会ったような気がした」アルファロはひとり言のように続ける。「いつ会ったのか、どこで会ったのか、思い出すのは難しい。きっとこの男に会ったことはないだろう。ただ、な——」

「わかるような気がする」ジャッカルはそれだけいった。

ふいにアルファロが顔を上げ、厳しい表情を作った。ジャッカルもつられてアルファロの視線を追う。

飛行場にグリーンのワーゲン・ビートルが近づいていた。

腕にまとわりつくほどに濃密な大気はねっとりと湿気を帯びていた。

分厚いジャングルの一角に小さな格納庫があった。

「こんなところにもう一つ格納庫があったとはね」アルファロが後ろを振り返った。隣に立っていたジャッカルがうなずいた。アルファロの飛行機を収容してある格納庫は滑走路を挟んで反対側にある。

小さな格納庫の前には、那須野、バーンズ、キングが立っていた。その後ろでリンダとホイットマンが見つめている。アルファロとジャッカルは少し離れた場所で並んで立っていた。

小さな格納庫の扉にはワイヤーが結びつけられ、その先端がキングたちが乗ってきたワーゲン・ビートルのシャーシについている牽引《けんいん》用のフックと結ばれていた。キングは車まで歩くと運転席に乗り込んだ。

セルスターターが苦しげな音をたてて回転する。一度目はエンジンがかからず、キングは唇をへの字に曲げて、もう一度キーをひねった。スターターの回転音に続いて、空冷エンジンが始動し、乾いた排気音を響かせる。

キングが運転席の窓から顔を出した。那須野が振り向いてうなずき、バーンズとともに扉の前を離れた。

何年もの間、アルファロはこの飛行場を利用していた。かつては軍事基地として使用されていたが、今では誰も訪れる者はいない。放棄された施設が古びるままにされている。アルファロが自分の飛行機を隠すのに利用している格納庫も、そのうちの一つであり、キングが父親の手帳から見つけた小さな格納庫も同じだった。

小さな格納庫は三十年もの間にジャングルに取り囲まれ、かつては駐機場として利用されていたコンクリートもひび割れ、雑草が生い茂っている。

全員が扉の前から離れたのを確認するとキングはアクセルを踏み込み、慎重にクラッチをつないだ。ワーゲン・ビートルがゆっくりと前進し、扉と車を結ぶワイヤーが持ち上がり、張り詰めた。

ワーゲン・ビートルの排気音が高まる。タイヤはしっかりとコンクリートを噛み、じりじりと前進した。古く乾燥した木製の扉がきしみ、大きな破裂音とともに粉砕された。ワーゲン・ビートルは抵抗を失って飛び出し、キングがあわててブレーキを踏む。

埃が舞い上がった。

左右に開くようになっていたはずの扉は、片側だけが裂け、細かい破片となって飛び散っていた。那須野が格納庫の前に立つ。バーンズ、ホイットマン、リンダが後ろに続く。ジャッカルとアルファロも格納庫に近づく。

キングはワーゲン・ビートルのエンジンを切って、運転席から降りると小走りに格納庫に戻った。

扉が開いたのは三十年ぶりだった。埃がゆっくりと落ちていく。

誰もが言葉もなく、格納庫の中を見つめていた。

「こりゃ、凄い」

アルファロが感心してつぶやき、ジャッカルがうなずく。

薄暗い格納庫の中、F－86Fセイバーの銀色に輝く機体がうずくまっていた。機体の表面にはうっすらと白い膜がかかり、かつての光沢は失われていたが、風防には小さな傷がついているだけで透明なままだった。

七人の男女は、まるで古代遺跡の中にある神殿に踏み込むような顔をして歩を進めた。格納庫の中には、古くなったオイルの酸っぱい臭いが充満していた。ひんやりとした空気の中でセイバーは、すっかり離陸準備を整えているように見える。

ホイットマンは機首に近寄り、指先で機体の表面を擦《こす》った。二度、三度と強く擦り、指先を明るい方にむけてしげしげと眺めている。バーンズがホイットマンのそばに近づいて訊いた。

「この飛行機は使えますか？」

「普通なら無理だといいますがね――」ホイットマンは指先を見つめたまま応えた。

那須野は右翼の下にもぐり込み、主脚と翼下に吊るされている増槽やロケット弾を見つめていた。ジャッカルとアルファロは那須野のそばでしゃがみこむ。

「この機のコンディションはどうだい？」アルファロが軽い調子で訊いた。

「何ともいえないな」那須野はロケット弾の弾頭部をそっとなでた。「だが、少なくともこいつを何とかしないと飛ぶのは無理だ」

那須野はそういいながら右の主脚についているタイヤを軽く蹴った。ひしゃげ、空気が抜けている。

ジャッカルとアルファロが同時にうなずいた。

「これがあなたのお父さまが乗ってきた戦闘機なのね？」リンダがつぶやいた。大きな声を出せば、それだけでセイバーが潰れてしまうと思っているようだった。

隣に立ったキングが無言でうなずく。

機首に空気取り入れ口を設けた、葉巻型の胴体。胴体中央、下部から左右に張り出している主翼。機尾、はね上がった水平尾翼の真ん中からそそり立つ垂直尾翼。キングは目を細めた。機首と胴体中央には細かい傷が一面についている。

「あの傷はなんだろう」キングは指さして訊いた。

「機体のシリアルナンバーと国籍を示す記章が描かれていたのよ。あなたのお父さまが削り取ったに違いないわ」リンダが答えた。「ここでボリビアの戦闘機が発見されるのを防ぎたかったのでしょう」

キングはうなずいた。

ホイットマンとバーンズは右翼の付け根まで歩いていった。ホイットマンは手慣れた様子で主翼の付け根にある小さな窪《くぼ》みに手を突っ込んだ。胴体についている小さな扉が下に向かって開き、たれ下がる。ホイットマンは両手をあてて、二、三度強く押した。きしんだ音をたてた。操縦席へ昇るための内蔵型簡易ステップだった。

操縦席から三〇センチほど下にある窪みに右手をかけたホイットマンは、ステップに左足をかけ、軽々と昇った。右足の爪先で胴体の窪みを探し当て、さらに昇る。

主翼の下から那須野が出てくる。バーンズの横に立って、操縦席に昇るホイットマンを見上げた。

バーンズは那須野の横顔を見ながらいった。

「当初の予定が大きく狂った。この飛行機で飛べとはいわない」

「この飛行機が地上で分解しないのなら、これで飛ぶしかないだろう」那須野は淡々という。

バーンズは到着するとすぐにグアヤキルで襲撃を受け、ネオ・ゼロが破壊されたこと、キングの父親が隠してあるセイバーがあることを説明した。

コロンビア国境にほど近い軍用飛行場は、キングの父親が飛来してくる直前に閉鎖されていた。その後、二十年以上経過した後、アルファロのように南米を秘密裏に飛び回る人間が利用するようになった。最初にこの飛行場を発見し、最低限の使用に耐えられるよう整備をしたのは、アメリカの中央情報局だった。南米での作戦に利用することを考えていたが、外国における活動を制限され、飛行場を放棄せざるをえなくなった。アメリカ国内に流通するコカインを運ぶ飛行機がこの古い基地を利用するようになったのは自然の流れだった。周囲数百キロに、ここほど都合のよいロケーションはない。

「無理をするな、ジーク」バーンズは重ねていった。

「金のためだ」那須野はぼそりという。「俺たちには金が要る」

「チャンのことか？」

バーンズの言葉に、那須野は弾かれたように顔を上げた。巨軀の元空軍少将を見上げ、押し出すように訊いた。

「チャンを知っているのか？」

「会った」バーンズはうなずいた。口許をゆがめ、やがて言葉を継いだ。「私を訪ねてきたんだ。ワシントンへ、ね。お前の消息を聞くために」

那須野はまばたきもせずにじっとバーンズを見つめた。沈黙に耐えきれなくなったようにバーンズが口を開く。

「チャンはエクアドルに来たんだ。そして、我々はチャンに助けられた」

「何があった？」

「ネオ・ゼロが正体不明のテロリストに襲われた時、チャンが車で突っ込んできた。二人のテロリストを倒して、奴らの仲間に撃たれたんだ」

バーンズの言葉を聞きながら、那須野は眉ひとつ動かさなかった。バーンズは苦いものを吐き出すようにいう。

「チャンは死んだ。お前にボストンバッグを渡してくれ、といわれた」バーンズは格納庫の外に停めてあるワーゲン・ビートルをあごで示した。「あの中にバッグは置いてある」

気配を察したキングは那須野に近づくとズボンのポケットから鍵を取り出した。鍵を那須野に渡していう。

「ミスタ・バーンズがお持ちになったバッグは車の前部トランクに入れてあります」

那須野は鍵を受け取るとゆっくりと車に向かった。

チャンが死んだというバーンズの言葉が脳裏で何度も繰り返されている。が、チャンの面影すら思い浮かべることができなかった。

バーンズは那須野の背中に声をかけようとして、果たせなかった。バーンズの脳裏には何の言葉もなかったのだ。視線を転ずる。ホイットマンがセイバーの風防を開こうとしているところだった。

ホイットマンは風防の枠のすぐ下にある〈緊急用〉と記された小さな扉を開いた。中には赤いレバーがついている。右手でレバーを握ったホイットマンは息を吸い、力をこめて引いた。

金属音がして、ぴったりと閉ざされていた後部風防が持ち上がる。前部と後部の風防枠の間に生じたわずかな隙間に右手を差し入れ、ホイットマンは後部風防を真後ろにスライドさせた。

風防はほんの少し抵抗を示しただけで、三十年も放置されていたとは思えないほどスムーズに開いた。操縦席の中には黴臭い空気が詰まっていた。機体の保存状態を一目見た時からホイットマンには、この機を最後に操縦したパイロットが入念に点検し、機体をできるだけ長い間保存するためにあらゆる措置を施していたことを察していた。

操縦席の前部にあるパネルには、ずらりと計器が並び、一つも欠けているところはなかった。ホイットマンの脳は全速回転しており、このセイバーを再び飛べる状態にするために必要な作業を思い描いていた。

油圧系統、新しい作動油の注入、パンクしたタイヤの修理、電気系統のチェック、動翼の修繕、酸素供給システムの修復、等々。

ホイットマンは射出座席に目をやった。シートの上には、折り畳んだ飛行服、ブーツ、Gスーツ、ヘルメット、酸素マスクが置いてあった。ホイットマンは酸素マスクから伸びているホースに手を伸ばし、傷や腐食の有無を確かめた。外観を見る限りでは、ホースに穴はない。ホイットマンは何度かうなずき、さらにひとわたり操縦席を見渡した後、爪先でステップを探り、慎重に下りた。

「機体の状態はいかが、ですか？」バーンズがせきこむように訊く。

「三十年間、人手が触れてないのは事実ですな」

「それでは――」

喋りはじめようとしたバーンズを手を挙げて制し、ホイットマンはズボンの尻ポケットからハンカチを取り出した。風防を開く時に汚れた右手を拭いながらアルファロに手招きをする。

アルファロが近づいてきた。

「あんたの飛行機には整備用の工具がどの程度積んであるかね？」ホイットマンがアルファロに訊いた。

「地上で整備する時に必要な物は大抵そろっている。商売柄、正規ルートじゃないところを飛ぶことも多い。そんな時には整備員を全面的に信頼するわけにいかないんでね」

「君の飛行機はターボプロップだな。燃料のグレードは？」

「ＪＰ４だ」

「油圧装置用の作動油は予備を積んでいるか？」

「もちろん」アルファロは胸ポケットから茶色のサングラスを取り出してかけながら答えた。

ホイットマンは満足そうにうなずいた。バーンズに向き直り、きっぱりとした口調で告げる。

「私、リンダ、セニョール・オスカル・アルファロ、それにあなたやミスタ・キング、ジャッカルという人の手を借りれば、二十時間ほどで再びこのセイバーを飛べるようにして見せますよ」

「本当ですか？」

「何度も戦闘に駆り出すのは無理ですが、たった一度の出撃なら耐えることができるでしょう」

自信に満ちたホイットマンの言葉を聞きながら、バーンズはまったく別のことを考えていた。

攻撃対象である新タイプのコカインの集積地を脳裏に描く。次にセイバーの主翼下に吊り下げられているロケット弾に目をやり、視線を動かして機首を見た。

「セイバーの機関銃は五〇口径でしたな」バーンズがひとり言のようにいった。

「そう、それが六挺です」ホイットマンが答える。

五〇口径——直径〇・五インチ、一二・七ミリの弾丸を発射する機関銃が六挺、機首の空気取り入れ口を挟んで左右に三挺ずつ配されている。

ロケット弾と機銃か——バーンズはそれらの兵装を集中させた時の打撃力を脳裏で計

算していた。

ワーゲン・ビートルの前に回りこんだ那須野は、ボンネットの先端にある鍵穴にキーを差し込んだ。ワーゲン・ビートルは空冷エンジンを車体後部に積んであり、前部にトランクがある。

キーをひねってロックを外し、ボンネットを持ち上げた。ボンネットの裏側にあるバーを伸ばして立てる。

視線を落とした。白いボストンバッグ。表面には乾いて黒ずんだ血痕が散っている。

那須野は血痕に手を伸ばすと指先でこすった。血液はすっかり乾燥し、粉となって剝げ落ちる。チャンの身体から流れ出た血だとは、どうしても思えなかった。

バッグのファスナーを開いた。両手をバッグの中に入れ、中身を取り出す。

軽い物だった。油紙に包まれ、細い麻の紐で縛ってある。那須野は慎重な手つきで紐を解き、油紙を破った。三重になった油紙を破り終えると強く樟脳《しょうのう》が臭った。

飛行服。

那須野は飛行服の肩の部分を両手で持ち、高くかざした。オレンジ色の耐火製布で作られた、上下つなぎのカバーオール スタイルの飛行服がだらりとたれ下がる。

左胸に黒い革製のネームプレートが張ってある。そこには翼を広げ、腹に桜のマークを抱えた金色の鷲《わし》が描かれ、さらに二行記されていた。

JASDF ZEKE
J. NASUNO

ジャパン・エア・セルフ・ディフェンス・フォースの略、那須野のタックネームと名前がしっかりとした金色の活字体で刻まれている。

那須野が航空自衛隊時代に使っていた古いフライトスーツ。

初めてチャンにあった頃、オレンジ色のフライトスーツを珍しがり、ひどく欲しがったので那須野が譲った物だった。チャンは民間の飛行学校に通って操縦を学び、その後インドネシア空軍に知己を得て、戦闘機の操縦を習った。ただし、正規の訓練を受けたわけではなかったので、編隊飛行や空戦機動はできなかった。もっともチャンはガンランナーであり、特定の場所から別の場所までのフェリーフライトができれば十分だった。戦闘機乗りに憧れたチャンが宝物のように大切にしていたフライトスーツが自分の手に戻った今、ようやく那須野はチャンの死を肌に感じることができた。

胸には何の思いも去来しなかった。

ただ、五年ぶりに見る自分のフライトスーツが風に吹かれているのを不思議そうに見つめるばかりだった。

7

ロドリゲスは時間の感覚をすっかり失っていた。

目的地であるかつての軍用飛行場の手前、一二キロの地点でトラックの燃料が切れた。燃料計が壊れており、常に一定値しか表示していないことに気づいたのは、ガソリンがなくなり、エンジンが停止した時だった。

ロドリゲスは地図と拳銃だけを持って車を捨てた。右脇腹にできた傷口の出血は幾分治まっていたものの、歩きはじめると再び傷口が開き、タオルに付着した血は、黒っぽく固まっていた。右足をひきずって歩いたために靴は破れ、親指の付け根からも出血しはじめた。

脳裏にバーンズの姿だけを描き続け、ロドリゲスは歩を進めた。標的がいつまで目的地に止まっているか、うかがい知ることができなかった。焦燥感がロドリゲスの神経をせめさいなんだ。

大きく右に曲がっている道路を外れ、道が回りこんでいる丘を半ば這うようにして進んだ。うっそうとしたジャングルの下草をかき分け、ひとかかえもありそうな巨木を手掛かりとして歩く。

木の根につまずき、じっとりと濡れた腐葉土の上に倒れる度にロドリゲスは口汚く罵った。ゲリラ戦を想定したサバイバル訓練の成果が彼を支えた。だが、彼は自分の死期が近いこともさとっていた。

キトを出発して以来、一切の食事を摂《と》っていないにもかかわらず食欲がわかなかった。ただし、喉だけが猛烈に渇く。ロドリゲスは立ち止まり、巨木に絡みついている蔓《つる》を子細に点検した。細く、柔らかい蔓を選んで折り曲げ、断ち切る。切り口に唇をあて、流れ出る水を啜った。

渇きを癒すとわずかに気力が湧いてくる。

再び胸につかえそうな斜面を登りはじめる。木の根につかまり、手と足を使って身体を引き上げる。斜面は無限に続くように思えた。

ロドリゲスは自己暗示をかけると自分の感覚を麻痺《まひ》させ、苦痛を遮断した。

ようやく丘の頂上に達する。呼吸が荒い。全身が気味の悪い汗に濡れ、意識が遠のく。ロドリゲスは唇を噛んだ。あまりに強く噛みしめたために、唇の表面が破れ、血が流れる。痛みが口許から脳天に突き抜けた。

ようやく頭がはっきりする。

二度、三度とまばたきを繰り返し、それから丘の反対側に広がる光景に目をやる。眼下には滑走路が広がっていた。白く塗装された大型機が、小さな格納庫の前に駐機されており、そのすぐ後ろに銀色の戦闘機があった。

ロドリゲスは自分の幸運にようやく笑みを浮かべることができた。まだ、バーンズは去ってはいないと確信する。

踏み出した足が腐葉土に横滑りし、前のめりに倒れる。木の根がねじ曲がり、こぶのようになった部分をみぞおちにぶつけたロドリゲスは息が詰まるのを感じた。

暗闇が急速に襲ってくる。

殺してやる、殺してやる、殺してやる——ロドリゲスは闇の中にぽっかりと浮かぶバーンズの姿に向かって毒づきながら失神した。ポケットに突っ込んだ右手には、しっかりと拳銃が握られている。

ロドリゲスは、目の前の道路をグリーンのワーゲン・ビートルが駆け抜けていったのを見ることはなかった。

タイヤチューブをヤスリで擦っていたジャッカルは手を止め、額から流れ出る汗を手の甲で拭った。

目を上げる。

右主脚の下に航空機用の大型ジャッキをかませ、タイヤを外したセイバーが炎天下にさらされ、鈍い銀色に輝いていた。セイバーの前にはアルファロの飛行機が停めてある。セイバーは大型機の右翼、外側にある第四エンジンのすぐ後ろにあった。

リンダは大型機の第四エンジンの排気口に白っぽいエアダクトを取り付けていた。エアダクトはアルファロの機に積んであった耐火製の布地で作られたエンジンカバーを利用して自作したものだった。

ジャッカルもリンダもホイットマンの命令で動いていた。

セイバーを発見し、操縦席までを一瞥したホイットマンはアルファロの案内を受けて、彼の機を見せてもらった。一度、アルファロの機が入っている大きな格納庫に全員を集めるとホイットマンはてきぱきと命令を下した。

まずアルファロには、彼の機を小さな格納庫の前まで移動させるようにいった。キングにはワーゲン・ビートルを使ってセイバーを格納庫から引き出し、アルファロの機の四番エンジンの後ろへ停めさせた。ジャッカルには右主輪の修理を、リンダにはエアダクト作りを命じた。

二機の飛行機をホイットマンが指示した通りに並べ終えると、バーンズとキングは五〇キロ東へ行ったところにある小さな町まで灯油を買いに出掛けた。灯油はジェット機の燃料ケロシンに成分が似ている。セイバーに燃料を回した後、アルファロの機には灯油を積んで飛ばすことになったのだ。

バーンズはその町からアメリカに電話を入れ、経過を報告すると同時にペルーの攻撃目標に関する最新情報を得るために同行した。

バーンズとキングが出発して、すでに四時間近い。もうすぐ戻って来るはずだった。

那須野は大きな格納庫の二階にある小部屋にこもっていた。ホイットマンは離陸前点検が始まるまでは那須野にしてもらうことはないと告げたのだ。

ジャッカルは大きい方の格納庫にあったバスルームの浴槽に水を張り、その中にチューブを沈めてパンク箇所を探し当てるとアルファロの機に積んであったパンクしたタイヤの修理キットを使って修繕を始めた。パンクした箇所の周辺を入念にヤスリで削り取り、缶に入ったゴム糊《のり》をたっぷりと塗って補修用のゴム板を貼りつけ、さらに余分なゴム板を削っていた。作業は間もなく終わろうとしている。

リンダが作るように命じられたエアダクトは、アルファロの機の第四エンジンからセイバーの空気取り入れ口にジェット排気を引き込み、エンジンを始動させるのに必要なものだった。リンダは耐火布製のエンジンカバーを小さく畳み、ワイヤーを内側に入れて四角い空洞を作った。空洞の大きさは五〇センチ四方ほどで、エアダクトの全長は三メートルほどである。エンジンカバーはエアダクトを一つ作るためには大きすぎたが、エアダクトの外切断して強度が不足するよりは何重にも折り畳んで使う方が選ばれた。

側にもワイヤーが巻かれ、さらに強度を高めてあった。

リンダは大きい方の格納庫にあった脚立を使って、アルファロの機の第四エンジン後部にエアダクトを被せ、余ったワイヤーで固定している最中だった。

ホイットマンとアルファロはセイバーの機尾部分を分解してエンジンを子細に点検し、次に動翼を作動させる油圧装置やパイプに油漏れがないかを丹念に見て回った。パイプの数カ所に小さな亀裂が見つかり、作動油が漏れていた。ホイットマンはアルファロが持ち歩いている整備用具に入っていたアルミニウム片を強力な接着剤で亀裂のある箇所に貼りつけて塞いだ。

実際、油圧装置がきちんと動くのを確かめるには、エンジンを始動させ、油圧ポンプを動かさなければならない。また、一度動翼が満足に動いたとしても油圧装置全体が三十年も昔のものであり、いつ作動油漏れを起こすか、わからなかった。

これにしても同じだな――ジャッカルはタイヤチューブの修繕箇所に貼ったレンガ色のゴム片を見ながら思った――いつ剝がれるか、何も保証できない。

ホイットマンの命令を聞きながら、ジャッカルは老整備兵がセイバーを一度きりのフライトに耐えられるように整備する方針であることを理解した。キングを除いた全員が軍用機に関わっている。作戦機を確保するための最低限の整備がどのようなものであるか、経験上、知っていたのだった。

ジャッカルは大きい方の格納庫に目を転じた。その二階にある小部屋で待機している那須野を思いやった。西側諸国の空軍で第一線を退いて何十年にもなる機体で作戦飛行をしなければならず、しかもその機体はたった一度のフライトにさえ満足に耐えられるという保証もなかったのだ。

那須野が哀れに思えた。

ジャッカルは首を振り、チューブの仕上げにかかった。

ホイットマンがひとわたり説明を終えた後、格納庫に向かう時の那須野の眼を思い出したのだ。怜悧《れいり》とさえ見える落ち着きを見せる那須野は、刑場に引き出される哀れな男などでは決してなかった。

修繕を終えたチューブを持ってジャッカルは立ち上がった。金梃《かなてこ》のような道具を使ってチューブをタイヤに押し込み、タイヤを主脚に取り付けて、二十本以上あるナットを締めて固定した。大きな十文字のレンチで、ナットの締まり具合を一つずつ点検する。どこにも緩みはない。

次いでジャッカルはアルファロの機から足踏み式の圧縮ボンベと圧力計のついた空気ポンプを出してくると修繕を終えたばかりのタイヤにつないだ。圧力計とにらめっこをし、大汗をかきながらペダルを踏み続けた。タイヤ内の空気圧が規定値に達した時には、乱れた呼吸に肩が大きく揺れ、目眩《めまい》がした。

コンクリートを踏みしめ、右の主脚を持ち上げているジャッキを緩めた。セイバーは再び、三つのタイヤでしっかりと駐機場の上に立った。仕事の出来ばえに満足したジャッカルは空気ポンプやパンクの補修道具の入った金属製の箱をアルファロの機に戻した。

ホイットマンはアルファロとジャッカルを指揮して燃料移送用のホースで二つの機体を結んだ。燃料ポンプをホースの中間地点に置く。ジャッカルはセイバーの主翼についている燃料口にホースをしっかりと差し込むとホイットマンに向かって親指を突き立てて見せた。

ホイットマンがアルファロに合図を送る。ポンプが作動し、ＪＰ４燃料がセイバーに注ぎこまれた。

エアダクトを固定しおえたリンダがホイットマンに近づき、抱きついた。

「終わったわ、おじいちゃん」

「ご苦労だったね」

「整備兵に必要なのは、柔軟性なのね。このセイバーが再び飛べるようになるなんて夢みたいだわ」

「それと忍耐力、そして自分自身を信頼する心だ」ホイットマンがセイバーを見ながら目を細める。「世界中の誰一人として、自分ほど自分を知り、自分を信頼してくれる奴など存在しないのだからね」

リンダが小さくうなずいた。

グリーンのワーゲン・ビートルが駐機場に停まり、運転席からキングが下りた。燃料ポンプを動かしていたアルファロが声をかける。

「灯油は買えたか？」

「ええ、十分に」キングがにっこり微笑んでいった。

「将軍は？」アルファロが訊く。

「あっちの格納庫に行きました。ジークに話があるとか、で」

「了解」

アルファロの声が駐機場に響いた。

目を開いた。西に傾いた太陽の光が虹色の帯となって、わずかに開いたまぶたの間から射し込んでくる。

ロドリゲスは、しばらくの間、空の青さに呆然としていた。

意識を取り戻してから、どれくらいの時間が流れたのか、見当もつかなかった。強張った右手を挙げ、顔の前にもってくる。自動拳銃が握られていた。

血が身体の中を駆けめぐり始める。

自動車の中で血まみれになり、恨めしげに見上げる男が見えた。判事。脈絡のない言葉が脳裏に浮かぶ。金色の空薬莢が飛び交い、薄青い硝煙が立ちのぼる中、男たちが笑みを浮かべている。貨物船。ロシアの国旗。叫び声。迷彩戦闘服。サブマシンガンが吼え、腕の中でまるで生き物のように震える。手榴弾。粉砕される肉体。山間《やまあい》の崖を切り崩した道路。襲いかかるトラック。

そして、今、手の中にある拳銃。

標的の黒い顔。

ロドリゲスは太く息を吐き、仰向けから俯《うつぶ》せになった。血を吸ったズボンが地面に叩きつけられ、湿った音がした。身体はひどく震え、熱帯の太陽に照らされながら猛烈な寒けがする。

背中は冷たい汗で濡れていた。

「バーンズ」ロドリゲスはそういいながら左手を前へ突き出し、地面に爪を立てた。「フランクリン・バーンズ――」

半ば開きっ放しになった唇からは、血の混じったよだれが止めどなく流れ、細い糸となって伸びる。

咳き込んだ。

身体中が燃えているようだった。ロドリゲスはゆっくりと立ち上がると眼下に見える滑走路に向かってふらふらと歩きはじめた。

格納庫二階の小部屋。

バーンズは傷だらけのテーブルを挟んで那須野と向かい合っていた。バーンズは椅子に浅く腰掛け、那須野は背もたれに身体をあずけて両足を投げ出している。

「やはりセイバーでは無理だよ、ジーク」バーンズは静かにいった。「一縷《いちる》の希望にすがってここまで来てみたが、君を行かせるわけにはいかない。スメルジャコフが待っていることはわかっている」

バーンズは那須野の表情を探るように見つめていた。那須野はテーブルの上に視線を落としたまま、微動だにしない。テーブルの上には、チャンから託されたフライトスーツが置いてある。部屋の隅には、セイバーから降ろして運び込んだGスーツ、ヘルメット、パラシュートがきちんと並べられていた。

バーンズが言葉を継いだ。

「ネオ・ゼロさえあれば、可能だと思っていた。そのネオ・ゼロが失われて、私もどうかしていたんだと思う。正直に認めるよ」バーンズは言葉を切り、唇をなめていたが、那須野の表情がまったく変化しないのを見て、続けた。「あの工場は国ぐるみで運営されている。それにペルーからエクアドルへ陸軍の特殊部隊が送り込まれていることも判明していた。ネオ・ゼロを破壊したのは、その連中の工作であることは間違いない」

部屋の中はむせかえるように暑く、バーンズは顔いっぱいに玉の汗を浮かべていた。こめかみから頰へ、頰からあごへ汗のしずくが流れ、あごからしたたり落ちた汗がワイシャツの襟を濡らした。

バーンズはついに視線を落とし、床に向かってつぶやいた。

「今回の作戦は、最初から筒抜けだったんだ。メキシコでラインダースを襲ったのもペルーのテロ部隊だった。ニカラグアのガルシアは買収されていた」

那須野はゆっくりと顔を上げ、バーンズを真っ直ぐに見つめた。

「国防総省の中に、日本の商社から金をもらっているモグラがいたそうだ。その男は、私が統合参謀本部議長に提出した書類をコピーしていた。日本商社はペルーと結び、妨害工作を仕掛けてきた。ガルシアに金を渡したのも、その商社だ」バーンズは首を振る。「申し訳ない、ジーク。機密を守りきれなかった私のミスだ」

「セイバーの準備が整うまでに、どれくらい時間がかかる？」那須野がぼそりと訊いた。

「冗談はよせ」バーンズは弾かれたように顔を上げ、怒鳴った。「私のいったことがわからないのか？　奴らは新鋭戦闘機を並べてお前が飛んでくるのを待ち構えているんだ。セイバーなんかで何ができるというんだ」

「俺は着替えるよ。出発の準備をする」

「馬鹿な真似はやめるんだ、ジーク。間抜けな七面鳥になるだけのことだ」バーンズの頰を涙が伝った。「今、飛び出していって何になる？　ひとかけらだって栄光などありはしない」

「あんた、そんなもののために飛ぶのか？」

「じゃ、何だ。何のために飛ぶっていうんだ」

「俺がジークだからさ」

那須野の口許にゆっくりと笑みが広がっていった。


那須野はフライトスーツの下半分に両足を入れると、担ぎ上げるような恰好をして両袖に腕を通した。股間から首筋へファスナーを引き上げる。素肌にポリアミド繊維のカバーオールが貼りつき、汗が勢いよく流れだした。

部屋の隅に並べてあった飛行用装具の中からブーツを取り上げた。木の椅子に腰を下ろして、ブーツを床に置くとまず右足を入れた。

気配。

那須野は顔を上げた。さっきまでバーンズが座り、さかんに那須野をかき口説いていた椅子に、那須野と同じオレンジ色のフライトスーツを着た男が腰を下ろしている。両腕をテーブルの上に置き、すっかりくつろいでいるように見えた。

五年前、那須野とともにＦ－４ＥＪファントムに乗り組み、死んだ後席員——かつての相棒だった。

『変わらないな』かつての相棒がいった。『まだ、右足からブーツを履いているんだ』

那須野は鼻にしわを寄せて笑った。

右足から靴を履くのは、那須野の癖だった。航空学生教育隊に入り、二年間の座学教育を終えた後、実際に操縦桿を握るようになった頃、那須野は靴を右から履くと事故がなく、最高に飛べると自己暗示にかけた。ジンクス。それが積み重なって単なる癖になった。

かつての相棒は航空学生の同期。学生の頃から互いに見知っている。

「俺は変わらんさ」那須野は靴の紐を締め上げながら答えた。「それにしても古くて履きにくい靴だ」

『飛行機も古いな。ハチロクは古くて、飛ばしにくい奴だ』

航空自衛隊の隊員はF－86Fセイバーを〈ハチロク〉と愛称で呼ぶことが多かった。

那須野には、その呼称が懐かしかった。

「飛行機は新しければいいってものじゃない。最新鋭機は誰にでも飛ばせる」

『まだ、自分がジークであることを証明したがっているのか？』相棒は驚いたようにいった。

「どうかな」那須野は左足をブーツに突っ込み、紐を締めはじめた。「ようやく気がついたよ。自分がファイターパイロットでしかないことに」

『俺はファントムが好きだったよ』

「俺もさ。とくにお前が後席に乗っている時には、世界中を相手にしても負けないと思っていたね」

『若かったんだよ』相棒が含み笑いをする。

「強気でいられたんだ」

『俺は今でもお前の後ろに乗っているさ』

相棒の幻はそう答えて消え去った。

那須野はゆっくりと立ち上がった。Gスーツを取り上げて装着しはじめる。Gスーツには気嚢《きのう》が内蔵されており、戦闘機が高G機動を行うとエンジンコンプレッサーから高圧空気を引き込み、気嚢が膨らんで太股と胃袋の下あたりを締めつけるようになっていた。

気配。

振り向くと航空自衛隊の制服を着た初老の男が立っていた。肩章は空将補。旧帝国海軍の零戦パイロットから太平洋戦争後は航空自衛隊の創設メンバーとなった。次期支援戦闘機開発の責任者となり、ネオ・ゼロを作り上げた男。

航空自衛隊を飛び出した那須野を呼び寄せ、ネオ・ゼロのパイロットとしたのが、その空将補だった。

『今までで、もっとも辛い作戦になりそうだな、那須野』空将補がいった。

「あなたに命じられたフライトは、どれもしんどかったですよ、将軍」

那須野は空将補が周囲にいる誰からも〈将軍〉と呼ばれていたのを思い出した。癌におかされて死ぬ寸前まで、戦闘機乗りの目をしたままだったと聞いた。

『君は私の次に優秀なファイターパイロットだよ』

空将補の言葉を聞き、那須野は苦笑した。

戦闘機乗りは誰も自分がナンバーワンのパイロットだと確信している。強烈な自我と自分に対する絶対の自信だけが瞬時のそして孤独な判断を可能にする。戦闘機が空戦機動している間には、一瞬たりとも躊躇《ちゅうちょ》している余裕はない。それ故、自分の次に優秀というのが精一杯の褒め言葉なのだ。

戦闘機乗りの気質は、どれほど年老いても身体に染みつき、離れることはない。Gスーツを装着しおわり、サバイバルベストを着ける。メッシュ状のベストで発煙筒やトランシーバーが装着されている。

再び、気配。

テーブルの端に腰掛け、昔と変わらず仏頂面をして、唇の端から端へハッカパイプを転がしている。整備隊員。那須野とともに中東へ派遣されたこともある。那須野の乗機の機付長をした期間が長く、誰よりも信頼した男。破壊工作に巻き込まれ、爆死した。

元々は愛煙家だったが、火気厳禁である格納庫で仕事をする時間があまりに長く、煙草を吸いたくなるのを紛らわせるために始めたハッカパイプがトレードマークになった。死んだ頃には煙草すら吸わなくなっていたはずだ。

『死ぬなよ』

整備隊員は一言だけいうとふっと姿を消した。喜怒哀楽をあまり表に出すこともなく、無口な、その男らしいと那須野は思った。

那須野は二〇キロ近い重量があるパラシュートパックを両手で持ち、背中に担ぎ上げた。ファントムが登場して以後は、パラシュートは射出座席に内蔵されるようになったためパイロットが背負って歩く必要はなくなったが、ファントムより前の戦闘機に乗り込む際には大きなバックパックのように背中と尻にパラシュートをくりつけなければならなかった。

身体とパラシュートを結ぶハーネスを締めている時に何気なく顔を上げた那須野は、女性科学者の姿を見ても驚かなかった。

セミロングの真っ直ぐな髪を額の真ん中から分けている。小さな顔をしていた。その女性科学者は中国系アメリカ人で、戦闘機のコンピューターとパイロットの脳を直接結びつけるという画期的な機載電子システムを発明した。那須野は彼女を救い出すために飛んだが、結局、アメリカ兵の放った銃弾が彼女の生命を奪った。

「すまないと思っている」那須野は素直にいった。「救い出すことができなかった」

女性科学者は首を振り、輝くばかりの笑顔を見せていった。

『あなたは気づいていないかも知れないけれど、あなたは私の魂を救済してくれたのよ』

「まさか」那須野は弱々しく笑みを浮かべ、パラシュートを装着していった。

『私は自分で開発したシステムが武器に転用されるのを何としても避けたかった』彼女は真っ直ぐに那須野を見つめていった。『あなたが証明してくれたわ。あの機械が戦闘機のパイロットには無用だということを』

那須野は再び唇を歪め、笑みを見せる。

ファイターパイロットは敵機、味方機のいずれの位置も研ぎ澄まされた勘で把握しながら飛ぶ。空戦機動や悪天候下での飛行で高速コンピューターでさえが計算不能となり、機体を制御しきれなくなった刹那、天性の資質と訓練の積み重ねによって本能的に操縦桿を取り、ラダーペダルを蹴る。

『あなたを信じているわ』

パラシュートを装着し終える寸前、女性科学者の言葉が耳を打った。

那須野はフライトスーツの右太股についている大きなポケットのファスナーを開いた。

中を見て、にやりとする。紺色の帽子が丁寧に折り畳まれて入っていた。野球帽のような形をしており、帽子の前面、つばの上にはかつて那須野が所属していた飛行隊のナンバーが金糸で縫いとってある。

眼を上げた。オリーブグリーンの飛行服を着たラインダースが立っていた。トラックのバンパーのように張り出したあごを突き出している。

『お前を撃墜するのは、俺だけだ。ジーク、わかっているな』喉にからむようなかすれた声も変わりなかった。

那須野は帽子を被り、あごひもを下ろした。航空自衛隊のパイロットたちはジェット戦闘機の空気取り入れ口に吸い込まれないようにあごひもをきちんとかけて帽子を被ることが習慣づけられていた。

ラインダースを見上げていう。

「俺に落とされたのを忘れたか？」

日米共同訓練の時、那須野はラインダースを無理な機動に引き込み、失速させて墜落させたことがある。一発の機関砲弾さえ発射していないが、撃墜であることに変わりはなかった。

『今度は負けねぇ』ラインダースは不機嫌そうにいい、姿を消した。

那須野は脱ぎ捨てた服の間から輪胴式拳銃《リヴォルバー》を取り出した。弾巣をスウィングアウトし、五発の三五七マグナム弾が並んでいるのを確かめる。ゴメスが持っていくようにいった銃だった。

　銃をサバイバルベストのポケットに突っ込み、左足の太股にあるポケットから手袋を取り出してヘルメットに放り込んだ。ヘルメットを抱え、自分の身体を見回してすっかり支度が整ったのを確かめる。

『やっぱりお前はその恰好が似合うよ、ジーク』

　那須野は肩ごしに声がした方をうかがった。那須野がさっきまで座っていた椅子にどっかりと腰を下ろし、両足をテーブルの上にのせているのはチャンだった。

『俺はお前に出会えて良かったと思っている。俺らしい仕事ができたからな』

「俺もさ、チャン」

　那須野がそう答えた時、格納庫の外からターボプロップエンジンを始動する音が聞こえてきた。アルファロの機体とセイバーを直結してエンジンをかけ始めたのだ。

　那須野の口許が引き締まる。

　作戦を開始するために、那須野はしっかりとした足取りで小部屋を出ていった。

8

ホイットマンはセイバーの操縦席で身を屈めるようにして座っていた。すでにエンジン始動前に必要なスイッチ類はすべて入れてある。スロットルレバーを前進させて燃料を噴射し、点火スイッチを押せばセイバーのJ47エンジンは息を吹き返すはずだった。

大型機の副操縦士席にいるアルファロが窓から顔を出していた。ホイットマンは風防から右手を突き出し、天を指してぐるぐる回した。

右翼の外側にある第四エンジン始動の合図。

アルファロがうなずいて機内に引っ込むと、間もなく第四エンジンの補助動力装置が作動、プロペラが回りはじめた。

リンダが自作し、アルファロの機とセイバーを結びつけるエアダクトが膨らむ。

大型機のエンジンは一基で四千九百馬力を発生する。その排気を直接セイバーのエンジン内部に引き込んでやれば始動に必要なパワーは得られるはずだった。

ただ、セイバーのエンジンが吐き出す排気ガスの温度が上がりすぎないように注意が必要だった。それでなくとも高温になっている大型機の排気をタービンに引き込み、さらに燃料を加えてエンジン内部で燃焼させる。セイバーのエンジンが溶ける前に始動させなければならない。

アルファロが再び大型機の右側の窓から顔を出した。ホイットマンの合図を受けて間髪を入れずにエンジンを切るためだ。

大型機とセイバーの右横ではリンダがひざまずき、心配そうに見つめている。ホイットマンの合図と同時に駆け寄り、セイバーの機首を覆っているエアダクトを取り除くのが彼女の仕事だった。

計器パネルの右側にあるエンジン回転計を見つめながら、ホイットマンは歯を食いしばり、低い声でつぶやき続けた。

「上がれ、上がれ、上がれ」

回転計の指針がわずかに痙攣するように反応し、やがて上昇する。ホイットマンは素早くエンジン排気温度計に目をやった。その計器では排気が早くもイエローゾーンにかかろうとしている。レッドゾーンに突入すれば、エンジンの溶解がはじまる。

回転計の指針が一〇パーセントの位置にさしかかる。

エンジン始動の難所だった。セイバーが搭載しているのは初期のジェットエンジンであり、ひどく神経質で出力と燃料噴射のタイミングがわずかでも違うとエンストを起こしてしまう。高温の排気を利用する始動に失敗すれば、エンジンを冷やすために長時間のロスが出るか、悪くすればエンジンそのものを壊してしまいかねない。

　ホイットマンはスロットルレバーにかけた左手をじわりと前へ押し出した。左手を風防の外に出し、アルファロとリンダに見えるように高く掲げる。握り拳をつくって振り下ろせば、それがエンジン停止、エアダクト外せの合図となる。

　回転計の指針が一〇パーセントを示すのと同時に、ホイットマンは点火スイッチを入れた。排気温度計の指針がはね上がる。右手を握りしめて下ろした。間髪を入れずに大型機のエンジン音が静まり、リンダがセイバーの機首に駆け寄ってエアダクトを固定していたワイヤーを外す。

　セイバーが積んでいるターボジェット特有の甲高い排気音が徐々に高まる。機体の右側ではバーンズが、左側ではジャッカルとキングが、セイバーの機首下にはリンダがうずくまり、心配そうに旧式のジェット戦闘機を見つめていた。

　ホイットマンはスロットルレバーを開き、エンジンに燃料をくれてやった。出力計の指針は二〇、三〇、四〇と上昇していく。エンジンノイズは甲高く、さらに力強いものへと変化していく。

　エンジン始動が成功した。ホイットマンは右手を高々と突き上げた。誰の顔にも笑みが浮かんだ。

　その時だった。バーンズは足下のコンクリートが弾けたのを見て、何気なく後ろを振り返った。心臓が喉から飛び出しそうになる。

幽鬼のように蒼白の顔をしたロドリゲスが右手に持った拳銃を突き出し、ふらふらと歩み寄ってくる。ロドリゲスの両目はすっかり虚ろになっていた。ロドリゲスの手の中で拳銃がはね、二発目が発射される。

バーンズは頭のすぐわきを唸りを上げて銃弾が飛び去るのを感じて首をすくめた。身体は金縛りにあったように動かなかった。バーンズの様子に不審を抱いたリンダが顔を上げ、ロドリゲスの姿に気がつくと悲鳴をほとばしらせた。

だが、J47エンジンの排気音は飛行場全体を圧する雷鳴のように轟いており、銃声もリンダの悲鳴もかき消され、まるで無音の世界で動き回っているようにロドリゲスは歩き続けていた。

バーンズはただ立ち尽くし、リンダは悲鳴を上げ続けた。ホイットマンとアルファロは飛行機の様子に夢中で気がつかず、ジャッカルとキングは機体の反対側にいてロドリゲスを見ることができなかった。

ロドリゲスはバーンズの目の前に立ち、銃を水平に構えた。

弾丸はあと一発残っている。彼我の距離は三メートルもない。ロドリゲスは真っ直ぐにバーンズの胸を狙った。

バーンズは荒い呼吸を繰り返しながら大きく見開いた目でロドリゲスを見つめていた。

ロドリゲスの右手がはね上がり、バーンズは目を閉じた。が、痛みはない。恐る恐る目を開くと右の手首を失ったロドリゲスが呆然と立ち尽くしていた。次いで身体をくの字に曲げる。左の膝が折れ、駐機場にはいつくばる。ロドリゲスは顔を左へねじ曲げた。その頭が破裂した。

バーンズは首を巡らせた。

飛行用装具ですっかり身を固め、輪胴式拳銃《リヴォルバー》を突き出した那須野が立っていた。

エンジンが力強く回転を続けるセイバーの横にバーンズ、リンダ、キング、アルファロが立っていた。

ホイットマンはセイバーの操縦席の脇に立ち、那須野が上がってくるのを待っていた。ジャッカルは那須野に近づき、右手を差し出す。

「色々とありがとうございました。やはり私はあなたを追いかけて正しかったと思いますよ」

二人の元自衛官は向かい合うと敬礼を交わした。

那須野はバーンズたちに手を振り、それからセイバーに近づくとステップを踏んで操縦席に上がった。ヘルメットをホイットマンに手渡し、操縦席に乗り込む。ホイットマンは那須野にヘルメットを返すと操縦席の中に身体を突っ込んで、射出座席と那須野の身体を結ぶハーネスの金具を固定していった。

どこの空軍基地でも見られる、整備兵とパイロットの出撃準備だった。

ホイットマンは、ハーネスの金具を装着し、酸素マスクとGスーツの連結を終えた。酸素マスクを口許にあてて点検した那須野が顔を上げ、右手の親指を突き上げて見せる。ホイットマンも同じ動作をして互いの準備が完了したことを確認した。

ホイットマンは操縦席から胴体脇の手掛かりを利用して地上に降り、最後にステップを持ち上げて胴体にぴったりと押しつけてロックした。小走りに機体から離れる。

那須野は両手を上げて風防を閉じ、酸素マスクで口許を覆うとロック、そしてヘルメットの前面についているサンバイザーを引き下ろした。

ホイットマンはセイバーの前を大きく迂回《うかい》して走り、バーンズたちが立っている場所に戻った。

セイバーのエンジン音が高まった。

アマゾンが源を発するジャングルを押し包む濃密な大気が震えた。

バーンズは五十年あまりの人生の内で激情に駆られて行動したことがないのを誇りとしていた。常に冷静沈着に判断し、理性によって制御された行動をする。本能的に身体が動くことを何より軽蔑していたのである。

ヘルメットを被り、酸素マスクで顔を覆い、サンバイザーを下ろした那須野を見つめているうちにバーンズは心臓が激しく鼓動してくるのを感じた。それは胸に痛みすら伴っている。

セイバーの前輪がわずかに沈み、ゆっくりと前へ出た。

透明な風防が太陽光線を受けて一瞬きらめき、バーンズの前を通り過ぎる。操縦席に
収まった那須野の右手が上がり、ぴんと伸びた指先がヘルメットのひさしに触れる。

バーンズは自分の右手が本能的に持ち上がるのを不思議な気持ちで感じていた。

那須野とバーンズ。

二人の視線がぶつかる。

敬礼。

セイバーは轟音を残し、バーンズの目の前を走り去っていった。


ペルー、山間部。コカイン基地。

発進準備を整えたSu－27型機の操縦席で、スメルジャコフはゆっくりと手袋をはめていた。

コカイン基地の北二五〇マイルにあるペルー空軍のレーダーサイトが単機で潜入してくる小型の機影を発見した。連絡を受けたスメルジャコフは、四機のうち二機に発進準備をさせるよう命じた。

リーダー機は自らが操縦し、僚機は旧ソ連軍から連れてきたパイロットを乗せる。ペルー空軍から選抜されたパイロットは、スホーイの慣熟飛行を終えていなかった。

ナスノ——手袋を着け終え、左手に右の拳を叩きつけながらスメルジャコフは胸の内でつぶやいた——今度こそ、貴様を始末する。

那須野の名は、スメルジャコフにとって忘れられないものだった。一九八八年、沖縄上空。極秘中の極秘とされていたステルス戦闘機での空中戦。あの時、那須野の駆るファントムから発射された機銃弾を受けながらも、スメルジャコフは高機動力を生かして返り討ちにした。

だが、その後になって空戦は、アメリカ空軍が仕掛けた罠であることが判明した。スメルジャコフはステルス機を危険にさらした責任を問われ、降格処分を受け、地上勤務に回された。いつの日にか再び飛行隊の指揮官に返り咲くことを念じながら、スメルジャコフは雌伏の日々を過ごした。エリートとして陽のあたる場所だけを歩いていたスメルジャコフにとっては、手ひどい屈辱だった。

なかでもクルビコフと名乗るKGB局員による面談調査は、耐えがたい恥辱となった。KGBは、共産党への忠誠心だけでなく、パイロットとしての適性まで調査したのだ。

スメルジャコフはひたすら耐えた。

だが、ついに彼が忍耐に限界を来たした原因は、ソ連という超大国の崩壊だった。軍は権威を失い、軍人は誇りを捨てなければ生きていかれなくなった。スメルジャコフは北朝鮮に逃れ、日本への脱出ルートを利用し、さらにヨーロッパ、中東へと逃れ続けた。

ようやくイラクで教官パイロットとしての仕事を得た矢先に湾岸戦争が勃発する。イラク空軍のパイロットたちは、戦う前に逃亡をはかり、多数のスホーイやミグがイランに飛び去った。

スメルジャコフもイランに逃れ、さらに四機のスホーイを盗み出して、ペルーに売りつけ、自らも南米にたどり着いた。

ペルーで飛び、眼下に広がるジャングル、アンデス山脈の荒涼とした姿を見るたびに自らの運命を、そしてそのきっかけとなった日本人パイロットを呪った。

その那須野がやって来る。

スメルジャコフは神を信じない。が、自分の誇りについた傷を自らの手で修復できる幸運が巡って来たことを誰かに感謝したいとまで思った。

双発、双垂直尾翼の大型戦闘機スホーイは、翼を並べ、巨大なエンジンからあふれる爆音で高地の薄い大気を震わせながら駐機場を出ていった。

滑走路で一度停止したスメルジャコフは、僚機に向かって発進の合図を送った。

エンジンが轟然と吼え、六〇〇メートル滑走したところで二機のスホーイは鋭く機首を上げ、垂直に上昇していった。

ペルーの山岳地帯上空一〇〇〇フィートほどの空間をセイバーが飛んでいた。

機首に空気取り入れ口のある円筒形の胴体、後退角のついた低翼、直線的なフォルムの尾翼、三六〇度を見渡すことができる涙滴型の風防を備えていた。塗装を施さない〝ナチュラルメタル〟と呼ばれた機体はジュラルミンの地肌が銀色に輝いていた。

那須野は操縦桿を緩く握り、首を左右に振りながら見張りを続けていた。酸素マスクのホースがフライトスーツに擦れ、乾いた音をたてる。

素早く計器を点検した。

速度、三〇〇ノット、時速五五六キロ。羅針儀は一八九、真南よりわずかに西を指している。姿勢指示器を見る限り、セイバーは水平飛行をしていた。エンジン出力、九〇パーセント。排気温度にも異常はない。燃料流量計は一定した値を示しており、昇降計の指針は水平になっており、『0』を指していた。電圧、電流とも異常はなく、警告灯は一つも灯っていなかった。

時計が目に入る。午後一時を回ろうとしていた。すでに離陸して三時間が経過している。

セイバーは翼下に二〇〇ガロン入り増槽二個、八発の五インチＨＶＡロケット弾を下げ、機首に備えた六挺のM３型一二・七ミリ機銃に各三百発、合計千八百発の実弾を積んでいた。

かつてボリビア空軍で使用されていた定常パトロールと同じ装備だった。

那須野は、手足のように意が通じるセイバーが気に入った。古ぼけた戦闘機ではあったが、操縦桿はラダーペダルに素直に反応する。まるで自分の背中に羽が生えたように飛行できた。

涙滴型の風防は青い空に覆われ、眼下には無限にも見えるアンデス山脈が連なっている。ちぎれた雲が山々の頂上にまとわりついている。光景は足下に、ゆっくりと吸い込まれ、流れていった。

那須野は、飛ぶことを堪能していた。

二十五年前、初めて単独飛行した日が脳裏に蘇ってくる。大空にただ一人、おのれの力だけを頼りに飛行機を飛ばした、あの日。

那須野にとって飛行機を飛ばすことは、生きるのと同じ意味だった。息をするのと同じくらい自然にスロットルレバーを操作し、二本の足で歩くように宙を舞ってきた。

体重が五倍、六倍になる高いGに耐えながら戦闘機を機動させ、敵機を追う。きな臭い死と直面する瞬間に、生きていることの手応えを感じた。

全身の血が沸き立つような思いを抱きながら、瞬時も視線を緩めることはなかった。

国際緊急周波数にセットしておいた無線機から、ひずんだ声が流れてきた。

〝ペルー領内、アンデス山脈を飛行中の識別不明機に告げる。貴機は領空を侵犯している。所属および目的地、航路を報告せよ〟

那須野は沈黙したままだった。

〝繰り返す。領空侵犯機、所属、目的地、航路を報告せよ〟ひずんだ声がわずかに間を置き、それから人間らしさを増していった。〝ナスノ、貴様だな？〟

身体に冷たい電流が走ったような気がした。バーンズは今回の作戦に関する情報が敵に漏洩《ろうえい》しているといった。

〝スメルジャコフだ。貴様の間抜けな姿は、レーダーでしっかりと捉えている〟

「ほう、俺を知っているのか？　光栄の至りだとでもいうべきか？」那須野は酸素マスクの内側で歪んだ笑みを浮かべた。

〝忘れたことはない。オキナワは私の人生にとって汚点なのだ。何度も消したいと思っていた〟

「俺にとっても同じさ」那須野は皮肉っぽい口調で応じた。

沖縄上空でソ連機を撃った。その時、ファントムの後席に乗っていた同僚が死に、那須野はイスラエルに流れ、やがてガンランナーになった。

同じ飛行隊の仲間の死は、那須野に深い傷となって残っている。

〝貴様を殺す〟スメルジャコフは押し出すようにいった。

「試してみるんだな」

その時、視界の隅で敵機がきらりと光った。右寄り、二〇マイルほどと見当をつける。眼をすぼめた。針の先のような黒点が見える。視線を据えたまま、操縦桿を目一杯突いた。

セイバーは機首を下げ、山肌に向かって一直線に降下していった。

「無駄なことを」スメルジャコフはレーダースコープを見つめながら、せせら笑う。

スホーイが搭載しているレーダーには、下方監視能力が付与されている。那須野が降下して逃れても、レーダーは下向きに切り換わり、自動的に追尾を続けていた。地表からの乱反射は、コンピューターが除去し、レーダースコープには那須野機を表すシンボルマークだけがくっきりと浮かび上がっている。

那須野は急降下を続けていた。

自殺する気か？――スメルジャコフは眉を寄せた。

次の瞬間、那須野の意図に気がついたスメルジャコフは、僚機に今の高度で旋回待機するように命じ、自分は那須野を追ってスホーイの機首を下げた。

セイバーは岩山と岩山の間を縫うように飛んだ。時速四六〇キロ。那須野は鋭い視線を飛ばし、飛び抜けられる空間を見つけ、機体をねじこむように機動させた。次々に岩山が迫る。反射神経を限界まで張り詰めていた。

主翼を垂直に立て、山肌を頭上に見るように旋回を切る。翼端から水蒸気の白い帯が流れる。

スメルジャコフが新鋭のスホーイを駆っていることはわかっていた。レーダー、搭載兵器、エンジン推力、機動力——彼我の飛行機にある性能の差は埋めようがない。セイバーに搭載されているレーダーは、機関砲の照準用でしかなかった。髪の毛ほどの光を見いだすためには、相手を低空、それも地表ぎりぎりまで引きずり下ろさなければならなかった。

スホーイのレーダーは、下方監視能力をもっている。だが、それは平坦《へいたん》な土地の上でなければ、必ずしも有効に働かない。山が遮蔽物《しゃへいぶつ》となるからだ。

高度三〇フィートから五〇フィートの空間を時速数百キロで駆け抜ける。地形を読み、自機の動きを予想して機動させる。瞬時でも注意を逸らしたり、予想よりも機体が大きなカーブを描けば、岩肌に激突することになる。

那須野は本能で飛んだ。眼から入る情報は、直接手足を動かした。セイバーと一体になり、生と死の狭間をすり抜ける。考えている余裕はなかった。

スメルジャコフは風防いっぱいに立ちはだかる山を見て、悲鳴を上げながら操縦桿を引いた。

思わず目を閉じる。

斜面に激突するスホーイのイメージが脳裏をよぎる。心臓の鼓動が激しい。全身が汗でぐっしょり濡れているにもかかわらず、身体は冷たく感じられた。

目を開く。前方には青い空が広がっている。息をつぐ間もなく、操縦桿を倒してスホーイを横転させる。頭上にアンデス山脈が広がっている。

素早く視線を飛ばす。

セイバーだと？――スメルジャコフは自分の見た物が信じられなかった。前世紀の遺物とでもいえそうな旧式機が相手だった。

やはり自殺するつもりなのか――スメルジャコフの頬にようやく笑みが浮かんだ。

操縦桿をさらに引き、スホーイの機首をセイバーの後方に向けた。上空から見下ろすスメルジャコフの口許には笑みが広がった。

セイバーは右に旋回を切り、狭い渓谷に飛び込もうとしていた。渓谷は二マイルほど真っ直ぐに延びている。機関砲を撃ち込む余裕が得られそうだった。

スメルジャコフは兵装セレクターを近接戦闘モードに入れ、機関砲を選択した。安全装置を外す。そしてスロットルレバーを前進させ、アフタ・バーナに点火する。スホーイは、機首をわずかに下げた姿勢で蹴飛ばされたように加速する。セイバーは真正面を飛んでいた。

那須野は右のラダーペダルをわずかに踏み込んだ。機首のセンターラインを、狭まりかけている谷間に向けるためだった。

操縦席のすぐ左を曳光弾が帯となってすり抜けていった。

わずかに気をとられ、機体がぐらりと揺れた。歯を食いしばり、セイバーを立て直す。数十秒の空戦機動に過ぎなかったが、重力に抗う筋肉が震え、骨が軋んだ。神経が耐えられるのも、あとわずかだった。

だが、スメルジャコフを機関砲が撃てる距離まで引き寄せてもいる。

左に視線を飛ばした。谷の斜面がせり上がり、高い岩山に連なっている。

那須野はわずかに右ラダーを踏んで、機体を滑らせた。フェイク。その直後、一気に操縦桿を左へ倒し、同時に左のラダーペダルを蹴った。

スメルジャコフはヘッドアップ・ディスプレイの中央にセイバーの機体を捉えた。機関砲による最初の一連射は、完全に敵機を照準できずにかわされた。

セイバーがわずかに右に傾いた。機体を滑らせようとしている。スメルジャコフはスホーイを加速させ、距離を詰めた。

照準環の両端からセイバーの主翼がはみ出すほどに接近する。

祈りの文句を唱えな——スメルジャコフは引き金にのせた指に力をこめた。

セイバーが予想した通り右に滑った。スメルジャコフはあわてずに右ラダーを使って機首をわずかに右に振り、照準した。

機関砲、発射。

オレンジ色に輝く曳光弾の帯が伸びていく。銃弾が引き裂くかに見えた刹那、セイバーが左へ急旋回を切ると岩山の陰に回り込んだ。

スメルジャコフは罵り、セイバーを追った。岩山をかすめるようにして旋回を切ったスメルジャコフは、自分の目を疑った。

セイバーが消えている。

予感。

操縦桿を引き、さらに頭上を見た。太陽が両目を射る。あふれる光の中に黒い影。

スメルジャコフは罠に飛び込んだのを知った。

野獣のように研ぎ澄まされた本能のまま、那須野は操縦桿を引いた。岩山を回り込んだセイバーが鋭く機首を上げる。

操縦桿を引き続ける。

セイバーが中天に腹部をさらしながら、小さく、鋭く宙返りを打つ。那須野の視界から岩山が消え、空が広がり、黄色い太陽が流れていった。

こめかみに脈動を感じる。天地が反転する。

宙返りの頂点で、さらにスロットルレバーの上端にあるエアブレーキの開閉スイッチを親指で押し出す。セイバーの胴体後部、左右に取り付けられたエアブレーキが展開した。機速が落ち、ハーネスで座席に固定された身体が前のめりになる。

エンジンが息継ぎをして、機体が揺れる。

再び眼前が焦げ茶色の岩に覆われ、白っぽいガンクロスがガラスの照準器に浮かび上がる。

ブルーグレーのスホーイが照準環に飛び込んできた。

引き金をひいた。機首に据えられた六挺の機銃から一二・七ミリ弾が吐き出される。曳光弾が作る六条の帯が伸び、スホーイの操縦席に向かって収束する。

スホーイの風防が粉々に砕けて飛び散った。スホーイは機首を下げ、そのまま岩だらけの斜面に突っ込むと紅蓮の焔に包まれた。

那須野は操縦桿を倒し、左に延びる渓谷にセイバーを入れた。エンジン音が山間にこだまする。
スメルジャコフの僚機は、ただ高空を旋回しているだけだった。

エピローグ

二カ月後。

ワシントン市郊外にある自宅で、バーンズはリビングルームの長椅子に腰を下ろし、右腕にジャネット、左腕に猫のドラゴンを抱いていた。

彼らの座っている長椅子以外は、すべて白い紙に包まれ、ビニールのカバーがかけられている。リビングルームの床には、段ボール箱が積み上げられていた。

「テレビを真っ先に梱包してしまうなんて、引っ越し業者も気がきかないな」バーンズはのんびりとした声でいった。

「あら、あなた、退屈しているの？」ジャネットが喉の奥でおかしそうに笑う。「私とこうしているのにテレビを見たいというのね」

ドラゴンが鳴き、それから欠伸《あくび》をした。バーンズとジャネットは同時に笑いだした。

「ねえ、将軍」ジャネットが甘えた声を出す。「あなたのどこに、そんな勇気があったのか、教えてくれない」

「勇気ね。まあ、それも一つの見方だな。多分に好意的ではあるが」

「大変なものよ。あなたはアメリカ合衆国大統領に真っ向から逆らったんですからね」

「あるいは、糞食らえと叫んだ」

「あなた」ジャネットがたしなめるように低い声でゆっくりといった。

那須野はペルーのコカイン工場攻撃に成功した。機関銃もロケット弾も大きな効果を生み出すことはできなかったが、那須野は工場の中心にもっとも巨大な爆弾を撃ちこんだのである。

軍事偵察衛星の撮影した写真を国防総省で見せられた時、バーンズは嘔吐するところだった。そこにはコカイン工場に突っ込むセイバーの姿がはっきりと捉えられていたのである。

バーンズはその事実をジャネットに伝えていない。

カミカゼだな——統合参謀本部議長が写真を見てつぶやいた時、バーンズは誰一人として那須野の行動を理解できないだろうと思った。

ジークというのは、第二次世界大戦中、米軍が零式艦上戦闘機につけたコードネームである。

那須野治朗、日本人、ジーク、飛行機、そしてカミカゼ攻撃。

奴がジークであるから突っ込んだが、それはカミカゼとはまったく違う次元の話だとバーンズは考えていた。那須野の行動を理解するためには、バーンズのように二十年以上もあの男と付き合う必要があったのだ。

コカイン工場攻撃に成功したことにより、合衆国大統領はバーンズを正式に空軍に復帰させるように命令した。退官前よりも星が一つ増える中将として——。

バーンズはあっさり断った。

あわてた統合参謀本部議長が詰問調で理由を問いただしたが、バーンズは疲れたからだとだけ答えた。ただ、望外の結果だったのはジャネットがひどく喜んだことだった。バーンズは顧問をしていた軍事コンサルタント会社をも辞し、家屋を売り払ってカリフォルニアに移ることにした。

ジャネットも賛成してくれた。二人はカリフォルニアでハンバーガーショップを経営する夢を持っている。実際、ハンバーガーショップでも花屋でも中古車のディーラーでも何でも良かった。

肝心なのは、二人がそろって働くことだ。

バーンズは自分が結局ファイターパイロットになれなかったことを後悔していない。妻の身体の温《ぬく》もりを腕に感じながら、生きる喜びと目標をこの中に見いだそうと決心していた。

ニカラグア。

退職願を胸に、ボスのガルシアを訪ねたタマノは社長室の光景に呆然とした。ガルシアは驚いたように目を見開き、凍りついたように動かなくなっていた。

シルクの光沢を放つシャツの胸には銃弾を撃ちこまれた跡がいびつな五角形を描いていた。

メキシコ。

ハイウェイを疾走していた大型トレーラーが道路から飛び出し、横転した。運転していた男はフロントウィンドウを突き破って地面に叩きつけられた。即死だった。

平坦な直線道路での事故。

現場検証を行った市警察当局は居眠り運転による事故と判定した。

運転者の名前はガブリエル・ゴメスだった。

ワシントンDC。

統合参謀本部議長付きの秘書、オブライエン中尉は、空軍警察の手によって身柄を拘束された。オフィスから直接軍刑務所に連行された彼は、今まで日本人に渡した資料について懸命に喋り続けた。

刑の軽減を願ってのことだったが、国家反逆罪では政府当局との取引は不可能だった。

銀座八丁目にある喫茶店、窓辺のボックス席でジャッカル――西藤篤志は落ち着かない視線を扉に向けていた。

エクアドルをアルファロとともに脱出、キューバに戻った西藤は日本に帰ることを決意した。そのきっかけになったのは、一枚の写真だった。

沖縄に展開している第三〇二飛行隊のF－4EJファントムを背景として、那須野が若い女性と肩を並べて写っている。写真の裏側には、〈那須野さんへ、亜紀より〉とだけ記されていた。

なぜ、日本に戻り、その女性に写真を返そうという気持ちになったのか、西藤には自分でもよくわからなかった。ただ、那須野と縁のあった女性にむしょうに会いたくなったのだ。

日本に帰って来た西藤は沖縄へ飛び、那須野がいた頃と同じ時期に勤務していた人間を探し歩いた。何人かに会うことができた西藤は、写真に写っている女性が氷室《ひむろ》亜紀という名前で、当時那覇市内のスナックで働いていたことを突き止めた。その店を訪ねたが、三年前に潰れたということだった。

西藤は私立探偵を雇い、自分も航空自衛隊時代の伝《つて》を頼って執拗《しつよう》に調べ続けた。

亜紀の消息を摑んだのは私立探偵だった。彼女は今、銀座七丁目にあるクラブのホステスとして働いていた。西藤は店に電話を入れ、店に出る前に銀座のどこかで会いたいといった。銀座のクラブに会いに行けるほどの資金は逆立ちしても出そうになかったからだった。

ジークのことで、というと意外なほどあっさり亜紀は会うことを承諾した。

西藤は腕時計に目をやった。午後四時三十五分。約束の時間を五分過ぎている。西藤はすっかり冷めてしまったコーヒーを啜り、ガラスの自動扉を見つめていた。

紫の和服姿の女性が入ってくる。髪をアップにしており、写真とは随分印象が違ったが、顔つきはそれほど違っていない。

西藤は立ち上がった。亜紀と目が合い、会釈する。彼女は遅れたことを詫びることもなく、西藤の正面に腰を下ろすとアイスティを注文し、ハンドバッグから煙草を取り出した。分厚く口紅を塗った唇に煙草を挟み、火を点ける。

煙を吐き出しながら亜紀が訊いた。

「それでジークのことって、何ですか？」

「これをお返ししようと思いまして」

西藤はそういいながら写真をテーブルの上に置いた。亜紀は一瞥をくれただけで手を伸ばそうともしない。

「あの人から頼まれたんですか？」亜紀はまっすぐに西藤の目を見ていった。

「いいえ」

西藤はうつむき、首を振る。

ペルーにいる友人を通じて那須野の消息を調べたが、ついに掴むことはできなかった。今までに培ってきた南米におけるどのチャンネルにも那須野に関する情報は引っ掛からなかった。

亜紀はしばらく写真を眺めていたが、やがて意を決したように訊ねた。

「あの人は亡くなったんですか？」

西藤は首を振る。

突然、自分がなぜここに来たのかわからなくなった。誰彼となく、たまらなく攻撃したくなった。自分のしたことが彼女を苦しめる結果になったのを理解した。

西藤の表情を見つめていた亜紀がふっと顔つきを和らげ、口許に笑みすら浮かべた。

「安心なさい」

「何がですか？」西藤が弾かれたように顔を上げる。

「あの人――」

亜紀が遠くを見つめるような顔をする。西藤は彼女の瞳が那須野の澄んだ眼に似ていると思った。

亜紀はぽつりといった。

「なかなか死なない人だから」

参考文献

『ラテン・アメリカを知る事典』（平凡社）
『世界の軍事情勢』英国国際戦略研究所編（メイナード出版）
『世界軍用機年鑑』（エアワールド）
『イミダス１９９３』（集英社）
『ジェット戦闘機』立花正照著（原書房）
『軍用機の最先端』Ｂ・スウィートマン著　江畑謙介訳（原書房）
『兵器最先端①』読売新聞社編（読売新聞社）
「丸」（潮書房）
「航空ファン」（文林堂）
「航空情報」（酣燈社）
「軍事研究」（ジャパン・ミリタリー・レビュー）

解説

近藤篤

『ファイナル・ゼロ』の解説を書いてくれないか、突然そんな依頼が来た。

二十六年前もほぼ同じだった。

当時僕はアルゼンチンのブエノスアイレスに住んでいた。

ある日、東京にいる知人の編集者から国際電話がかかってきて、翌月だったか、翌々月だったか、メキシコシティまで来てもらえないか、と問われた。

二十六年前、僕はまだ三十歳手前だった。写真を始めて五、六年たち、ようやくその職業で食べていけるようになった頃だった。

仕事の内容は、ある作家の取材活動に付き合って、その作家の写真を撮り、通訳もこなす、というものだった。

作家の名は、鳴海章、と言われた。ナルミショウ？　失礼ながら、僕はその作家の名前を知らなかった。だから、当たり前と言えば当たり前だが、彼の作品も読んだことがなかった。

でも、仕事は仕事だ。仕事をすればいくばくかのお金は手に入るし、お金は生きてゆくためには必要だった。そして、ほとんどすべての人間にとっては、この世界には自分の知らない作家の方が知っている作家よりも多い。鳴海章を知らないからといって卑屈になる必要もなかった。

だから僕はその仕事を受けた。写真の撮影がメインだと言われていたけれど、実質は写真も撮れるボディーガードみたいなものを期待されていたのだろう。僕はスペイン語を相当巧みに操れた。当時の中南米は色々と物騒だったが（もちろん今でも物騒だ）、僕は目の前の風景を一瞥《いちべつ》しただけで怪しい人間がどいつとどいつかを、まるでアイアンマンのように見分けられた。タクシーでもポン引きでも、もしやれと言われれば、ラテンの男たちが逆に呆《あき》れるほど値切ることもできた。実際、カメラマンになる数年前は、インディオのふりをしてチチェン・イッァのピラミッドの横に立ち、アメリカ人観光客のカメラの中に収まっては二ドルとか三ドルとかのチップをせしめていたりもした。

二十六年というのはそれなりに長い時間だ。

合流したのは、メキシコシティの空港だったか、ホテルだったか、その時の取材のことはあまりうまく思い出せない。記憶はバラバラの破片となって、細かい粒の砂の中に深く埋もれている。

深夜、ポンペイの遺跡を発掘する考古学者のように、スコップで丁寧に丁寧に記憶を掘り起こしていくと、やがていくつかの断片が現れてくる。


鳴海さんはやや小柄でがっしりとした肩を持っていた。

知的な顔をし、丸縁のメガネをかけ、よく笑った。

自分からあれこれと質問することはほとんどなく、通りを歩き、食事をし、じっと世界を観察していた。

メキシコでは確か太陽のピラミッドに一緒に登った。

そして、ピラミッドの周辺にあるかなりやばい地区を車で通って回った。車の運転手は、頼りになりそうなメキシコ人だった。

僕たちは確かメキシコシティからエクアドルのキトに飛んだ。

キトではインディオたちの集まる広場を散策し、郊外にあるパネシージョの丘に足を運んだ。

そこには奇妙に表現された巨大な銀色のマリア像が立っていて、彼女は不公平と貧困に満ちた世界を、静かに微笑《ほほえ》みながら見つめていた。

僕たちの目の前では、麦わら帽をかぶり、濃紺のセーターに白いズボンを穿いたインディオの男が、彼のまだ幼い子供とサッカーボールで戯れていた。鳴海さんは僕の横で、南米のサッカー熱について語り始めた。僕は確か彼にこう答えた。いや、ああやって子供を鍛えてるんですよ。そうすれば、いいかっぱらいになれるから、と。

その説明が正しかったかどうか、僕にはわからない。僕の答えはある意味で、悪意と、真実と、皮肉と、絶望の混ざったものだった。

当時、エクアドル、あるいはペルーの高地では、観光客を狙った子供のかっぱらいが流行《はや》っていた。

高度二五〇〇から三〇〇〇メートルを越えると、人間の肺はうまく機能しなくなる。少年たちは（通常彼らはペアで仕事をしていた）一瞬の隙をついて観光客の荷物をひったくり、そして走り始める。観光客はもちろん追いかけるが、最初の一〇〇メートル以内で追いつけなければ、ほぼアウトだ。少年たちは逃げ切りに成功し、観光客は突然の酸欠状態に襲われる。

実際僕は、ペルーのマチュピチュで奪ったカバンをまるでラグビーボールのようにパスしながら逃げてゆく少年二人を追いかけきれなかったアメリカ人男性が突如立ち止まり、その場で膝を折って地面に四つん這《ば》いになって、吐き始めた光景を見たことがあった。そしてその光景は、悲しいくらい滑稽だった。

　僕の答えを鳴海さんがどう捉えたのか、僕にはわからないが、少なくとも愉快な時間でなかったことは間違いない。彼は夢の話をしようとし、僕はクソみたいに現実の話をしていたのだから。


　その取材旅行を終え、鳴海さんが書き上げたのがこの『ファイナル・ゼロ』になる。物語はニューヨークで始まり、東京で終わる。南米ペルーの奥地にあるコカインの密造所を巡って、様々な国と人々の思惑が錯綜《さくそう》する。

　主人公は、那須野治朗《なすのじろう》、ジークと呼ばれる戦闘機乗りである。

　そして、僕はジャッカルと呼ばれる一人の日本人カメラマンとしてこの物語に途中から登場し、最後の場面まで生き延びることになる。

　物語の内容については、ここでは語りたくないが、とても面白いことだけは約束しておく。たとえあなたが飛行機や戦闘機について全く詳しくなくとも（僕がそうだ）、スリリングなストーリーはどこまでも追いかけていけるし、読後は多少なりとも空の世界のことがわかったような気分にもなれるだろう。

　冒頭のニューヨークでの警官たちの会話、あるいはメキシコ人の運び屋のセリフ、日本人ではない登場人物たちの言葉の使い方もいい。よくこの手の小説では、そんな喋《しゃべ》り方はしないだろう、といきなり興味を削《そ》がれるような表現が出てくるが、鳴海さんの作品にはそれがない。

　そして、主人公のジーク、那須野治朗があまり多くを語らないまま、物語が進んでいくところに、僕はこの作品の一番の魅力を感じる。ページをめくるたび、主人公の存在と生き様が感覚的に読者に伝わってゆく、そういう物語はあまり多くないような気がする。

　鳴海さんとはその取材旅行で人生が交差したが、実はその後一度も再会していない。彼は彼で文章を書き続け、僕は僕で写真を撮り続けた。前述したように、『ファイナル・ゼロ』の中に登場する西藤《さいとう》篤志《あつし》という男として僕は彼の記憶の中に残り、僕にとって彼はほぼ二週間を共に過ごした作家、戦闘機の登場する作品を書かせたら右に並ぶものはいない高名な作家として、記憶の引き出しの中に丁寧にしまいこまれた。カメラマン兼通訳、たまにボディーガードと、一人の日本人作家の間には、それ以上の接点は生れようもないし、そういう関係が僕は好きだ。

　鳴海さんとはそのままになってしまったが、実はその後僕は一度だけ、ジークらしき男にあったことがある。

一年後だったか、あるいは、もう少し後だったか、サンパウロの日本人街にある安ホテルのロビーで、僕は彼にあった。元自衛隊の戦闘機乗り、年齢は四十五歳前後、猛禽《もうきん》類のような両瞳《りょうめ》とものすごく太い首を持っていた。

『ファイナル・ゼロ』の中で、鳴海さんはこう記している。

四十歳を超えた頃から那須野は自分が〈立派な年寄り〉になっているのを意識しないではいられなかった。

ファイターパイロットの寿命は四十歳、見えない敵機に感じる苛立《いらだ》ちはすでに老い――那須野は自らの思いを振り切るために、かすかに笑った。

南米で仕事を探しているのだけれどなかなかいい仕事が見つからないんです、とその日本人パイロットは言った。

僕はあまり深い考えもなく、民間機のパイロットとかどうなんですか？　そういう仕事ならいくらでもありそうですけどね、と答えた。

彼は静かに微笑み、僕のアイデアを二〇〇パーセント否定した。

それって元Ｆ１のドライバーにバスの運転手やれ、っていうようなもんですから。
もしあの時、僕のそばに鳴海さんが座っていたら、間違いなくその後の作品に僕がジャッカルとして登場することはなかっただろうと確信している。

（こんどう・あつし　カメラマン）

本文デザイン／成見紀子

本書は一九九四年二月、書き下ろし単行本として集英社より刊行され、九五年に集英社文庫として刊行されたものを改訂しました。

鳴海 章の本

ゼロと呼ばれた男

「お前はソ連機を撃墜できるか？」米ソ冷戦時代、沖縄上空での機密演習。空自パイロット那須野治朗がファントムを駆る。圧倒的な描写で迫る航空小説。

集英社文庫